中公文庫

バルザック（下）

シュテファン・ツヴァイク
水野　亮訳

中央公論新社

目次

第三篇　小説を地で行く（承前）　9

第十二章　ジュネーヴ　10

第十三章　ウィーンの別れ　26

第四篇　小説家バルザックの栄光と悲惨　55

第十四章　破局の年一八三六年　56

第十五章　イタリア旅行　81

第十六章　転機の年　108

第十七章　サルデーニャの銀山　123

第十八章　芝居の投機　150

第五篇　『人間喜劇』の作者　179
第十九章　ハンスカ夫人征服の戦い　180
第二十章　『人間喜劇』　207
第二十一章　最初の挫折　224
第二十二章　蒐集家バルザック　240
第六篇　事の成就と終り　263
第二十三章　最後の傑作　264
第二十四章　ウクライナのバルザック　277
第二十五章　結婚と帰国　306
第二十六章　おわり　318
編者あとがき　329
訳者のことば　337

解説　宮下志朗　344
バルザック略年譜　358

上巻目次

第一篇　青春と初舞台
第一章　少年期の悲劇
第二章　運命への早まった問いかけ
第三章　オラース・ド・サン・トーバン小説工場
第四章　ベルニー夫人
第五章　商業的幕間狂言
第六章　バルザックとナポレオン
第二篇　仕事部屋のバルザック
第七章　三十男
第八章　書斎のうちとそと
第九章　カストリー侯爵夫人
第十章　バルザック自己の秘密を発見す
第三篇　小説を地で行く
第十一章　未知の女

バルザック（下）

第三篇　小説を地で行く（承前）

第十二章　ジュネーヴ

ヌーシャテル行きは戦術的意味では偵察であった。バルザックは地形を探り、それが断乎たる攻撃にすこぶる好都合であることを認めたのである。しかしその攻撃に対して要塞に陥落の準備をととのえさせ、是が非でも降服させるためには、深謀遠慮の戦術家が一度パリに帰って弾薬を補給する必要があった。翌月か翌々月、贅沢に慣れたこの女性の前に愛人として求婚者として立ち現われるつもりなら、そしてまた大富豪の家庭に対等の資格で食事に誘われるつもりなら、派手な恰好で登場し、相当な旅館に宿をとり、見栄えのする役を演じなければならない。今やバルザックは何が賭けられているか、ちゃんと知っている。ハンスカ夫人と一緒に生きようとするこの小説、至極有望なスタートをきったこの恋愛小説が、物質的意味においても社会的意味においても大いに利益をもたらす見込みがあることを知っている。だから、それでなくても無類の観のある彼のエネルギーは倍加した。

　ここにいる僕の友達は、僕が目下発揮している猛烈な意志に肝をつぶしている。


と彼はいったが、それは誇張でもなんでもない。

負債やいろんな義務から免れられないのがいつものことだったが、しかしその彼もついに財政的窮境をほんの一時ながら乗り切ることに成功した。出版業者、いやもっと適切に言えば、女出版業者が見つかったのだ。ベシェという未亡人で、彼女は「十九世紀風俗研究」一二巻に対して二万七〇〇〇フランを支払った。この集には「田園生活場景」「パリ生活場景」と並んで「私生活場景」の新版が入るはずだった。これは大部分まだ書かれていない仕事に対する前払いで、少くとも当時の事情では、

　われわれの世界を羨望、嫉妬の愚かしいわめき声でいっぱいにさせ、大胆にも僕のあとからついてこようとする連中の黄色い胆汁をなおのこと黄色くさせるような

素晴らしい契約だった。

　これで少くともバルザックは最もうるさく攻めたてる債権者を満足させることができるようになった、——むろん母親とベルニー夫人に対してはそうはいかなかったが。そして

あまり早まって喜びすぎたお蔭で、二週間たつとまたもや、

木曜日に四、五〇〇フラン支払わなくてはならないが、文字どおり一文なしだ。

と書く仕儀に立ち至ったけれども、そんなちっぽけな「もう慣れっこになっている小競合い」には格別心を痛めなかった。彼は仕事をすれば二、三ヵ月でどれだけ収入が得られるか知っていた。ジュネーヴの滞在が、彼の近い将来のみならず恐らく全生涯の運命を決するかもしれないことを知っていた。

だから今は夜を日についで仕事をしなければなりません。ジュネーヴで獲得すべき二週間の幸福、というのが僕の脳裡に刻まれている言葉で、これがかつて知らなかったほどの素晴らしい勇気を僕に与えました。

今度はバルザックも大言壮語しなかった。単にきまった報酬や一時のがれのためばかりでなく、心の一番奥に秘めた希求、つまり決定的に生活の安定を得たいために働くのだという感じに酔いしれている今ほど猛烈な、そして実りの多い仕事をしたことは彼の生涯でもまれだった。

　そうした考えに僕の心臓には一段と多くの血が、僕の頭脳には一段と多くの思想が、そして全身には一段と多くの力がみなぎるように思う。だから僕はこの欲求によって一段と立派な作品が生れることを疑わない。

と言っているが、まことに彼の作品はその言葉を裏書きしている。

　バルザックはこの数ヵ月のあいだ外的な意味、すなわち純粋に量的な意味ばかりでなく芸術的道徳的な意味でも平素の腕前以上を見せようと試みた。ハンスカ夫人との対話や彼女の手紙から、「結婚の生理」のような「くだらない作品」に対して彼女がある種の不満をもっていることを察知した。そして純情でロマンティックな男という触込みの手前、最近発行されたばかりの「滑稽譚」などから判断されてはたまらないと思った。偉大にして高貴な感情で行動する能力も一方にあるし、豊かな人道主義的、いやそれどころか宗教的な思想の持主でもあることを証明したかった。彼の「田舎医者」はこれまでの彼の読者層にとってはちとむずかしすぎるまじめな作品だが、それによって彼は、ほかの軽い物語がただ折りにふれて締まりのない気分で書き流されたものであること、彼の本当のエネルギーはほんとうに理想的なもののほうにいつも向いていることを証明しようとした。それと同時に彼はその不滅の傑作の一つ「ウジェニー・グランデ」を完成したが、こうして彼の性格、芸術家的力量、人間的価値についての争うべからざる新たな二つの証拠をもたらした。

バルザックは実生活の恋愛小説の重大な決定的場面に対して甚だ大胆かつエネルギッシュに準備をととのえる一方、灼熱した鉄を冷却しないうちに打つことをもゆるがせにしなかった。毎週「親愛な恋妻」に燃えるような手紙を書いたが、形式ばった呼びかけはいつか心おきない馴れなれしい調子に変ってしまった。今や「心地よい生活」がようやく始まろうとしているが、彼女こそ彼にとって世界に「ただ一人の愛する女性」であることを保証した。「少し強いアクセント、善良で同時に嗜欲的な口もと」など、彼女のものならなんでも好きだ。彼の全生活が彼女に属している有様に気づいて自分ながら驚いている。――「この世にもはや女はいません。いるのはただあなただけです。」彼は最初から下手に、つまり「あわれな奴隷」の地位に身をおいた。高貴な女主人をおそるおそる見上げる農奴の役を演じたのである。両手をしばられたままのわが身を死ぬまで彼女に引き渡したのだ。彼の言葉を信用するなら、世界はじまって以来およそ女に対してこれほど無際限な愛情を抱いた男は一人もあるまい。彼は毎週いや毎日、遠い異国の要塞に向ってこんな焼夷弾を投げつけた。

日ごとにますますあなたが好きになる。日ごとに一層あなたは僕の心の底ふかく住むようになる。僕はこんな激しい恋を決して裏切らない。

そして不道徳な男だという疑いを晴らすために、――彼が驚いたことにハンスカ夫人はちゃんと「滑稽譚」を一部買いもとめていたのだが、――「君は僕の恋がどれほど汚れなきものかご存じないのです。」と請けあい、更に「三年このかた僕は処女のように純潔です。」と告白したが、一方ではちょうどそのとき私生児の父となったことを妹に自慢そうに打ち明けているだけに、この告白はいよいよもって意外に響く。

「選ばれたる女性」のいかなる抵抗も彼の重砲で前もって粉砕しようと容赦なく努めながらも、同時に彼は厄介な夫の好意獲得に役立つはずの地下坑道のほうも巧みに掘った。彼は「心の天使」や「わが愛人」にあてて親密な手紙を送るかたわら、明らかにハンスキ氏に読まれることを予期して、へだたりをおいた「貴女《ヴー》」を使い、「奥さま」という言葉で始まる手紙も書いた。それらの手紙は、バルザック氏が夫人の娘や姪や家庭教師や、彼女の夫まで含めた全家族に非常に親愛の情を抱いていること、そしてその敬愛する一行と数週間をともにすごすためにわざわざジュネーヴに行くのだというような印象を喚起させるはずのものだった。特別な心づくしとして彼は、名士の筆跡を集めているハンスキ氏にロッシーニの手蹟を送り、また相手を感動させずにはおかないほど謙遜な態度で「ウジェニー・グランデ」の原稿を夫人に贈呈する許しを乞うた。この原稿のタイトルページの裏にはバルザックがジュネーヴにつく日付がこっそり鉛筆で書き込んであったが、それはもちろん人のいい夫には隠して知らせないことだった。ハンスキ氏はほかならぬ彼の妻とスイス生れの敬虔な家庭教師、——長年身辺にいるこの二人が、彼に内証でバルザック氏の自伝小説に共作者として加わっていようとは夢にも知らなかった。

十二月に準備は万端ととのった。バルザックはただ「ウジェニー・グランデ」の発刊をパリで待ちたかったが、この小説は最も意地の悪い敵手さえ狼狽したほどの成功を収め、お蔭で旅費のほうも意外に、そして思いどおりに補充できた。一八三三年十二月二十五日ほどバルザックが上機嫌で、心がうきうきして、意志がはりきっていたことはこれまで一度もなかった。この日ジュネーヴのオテル・ド・ラルク旅館につくと、まことに素晴らしいひと巻きの黒髪を人目につかないように仕込んだ貴重な指輪を最初の挨拶として見出したからだ。これこそ前途有望のしるしで、バルザックが護符のように指にはめて、もはや終生離さなかった指輪である。

*

バルザックはすっかりで四四日間ジュネーヴに滞在した。もっともそのあいだでも毎日一二時間は仕事をしたのである。ジュネーヴで天使のそばにいられるお蔭でどんなに仕合せな気持になれることだろうなどと讃歌的に前もって言ってやる一方、ジュネーヴでもやはり夜の十二時から正午まで仕事をすることになるきびしい時間割を天使に書きおくった。労働者バルザックは楽園にいながらも休むわけに行かないのだ。わずかに午後の時間だけがハンスキ家のために、もしくはハンスカ夫人を愛することのために捧げられるだろう。その他の時間は、復讐というまったく反対の感情のために使われる。バルザックはカストリー夫人との不幸な恋物語を描いた「ランジェー公爵夫人」の原稿を、公爵夫人に決定的に、いな侮蔑的に拒絶された同じ町で、——外ならぬジュネーヴで仕上げるために持ってきた。彼がこの機会にこの原稿を書きあげようと目論んだのは深謀遠慮あってのことである。つまりハンスカ夫人に心理的な圧力をかけようと考えたに相違ない。彼がもしも毎晩彼女の面前で自作を朗読して、およそ作家というものは、最後のものを与えずに男の愛情を弄んではばからない女に対しどんなふうに復讐することができるかを示したら、彼の求愛の的でしかも最後のあかしを見せるよう彼から性急に攻められている夫人は、意識するとしないとに拘らず縮み上るだろう。そして自分もひどく無慈悲な手によって公衆の嘲笑という煉獄に投じられはしまいか、恐れおののくだろう。バルザックの手紙を読むと、彼がこの賭博でどんなに器用にカードを切っていたかがわかる。彼は無情な女にはどんなに容赦ない態度をとるかを、カストリー侯爵夫人に対する大幅に修正した憎しみによって求愛の女性に披露する一方、ベルニー夫人のことを子供っぽい忠実な、——それも同様に大分修正した感激で語って、いやしくも作家というものは、身も心もあげて躊躇なく捧げる女性にはどんなに感謝するすべを知っているかを示そうとした。ハンスカ夫人がひそかにバルザックと逢ったとき二人がどんな内証話をしたか殆ど何も知られていないけれども、バルザックの努力が何はさておき「天使を無理やり大空から地上に引きずりおろし」、カストリー侯爵夫人がこの同じ町で拒んだものを彼に与えるよう相手にせがむことに向けられていたのは疑問の余地がない。

ハンスカ夫人はこの最後の要求に最初は断乎として抵抗した、――そのことはバルザックの手紙や切々たる哀願から想像がつく。彼女はバルザックに絶対の信頼をおいていないかの印象を受ける。伝記作者や心理学者は、ハンスカ夫人が要するにバルザックを一度でもほんとに「愛した」ことがあったかどうかという問題について愚かにも論争した、――あたかも恋愛なる概念が明々白々たる、輪郭のくっきりした、不変のものであって、変動や抑制や抵抗とは無縁の概念ででもあるかのように。彼女はその後半生が証明するように、甚だ官能的な性質だったにせよ、だからといって情熱が彼女を無分別な行為に駆り立てるようなことは決してなかった。彼女はその属する階級や良い評判や社会的地位を考えていつも自制していた。近視眼ながらその小さな黒みがちの眼は、いつもはっきりものを見ることができた。バルザックがあんなにもほめたたえた大理石のような額は、物思いを冷かなままにとどめておくことができた。ハンスカ夫人は、自分で思った以上に深入りしてしまったこの冒険を、何物にも束縛されない限界内にいつもおいておこうと、初めから気をくばった。これこそ性急に最後のものを強要するバルザックとはまさに正反対の態度である。彼女は種々雑多の分野で彼にさまざまな感じをもち、いろいろと批判を下したから、終生不安な気持でバルザックに対したのである。彼女は相手の個々の弱点を沢山見たけれども、作家としてのバルザックには驚嘆した。意地が悪く、あら探しの好きな批評界が、彼をアレクサンドル・デュマや他のすべての小説家と十把ひとからげに同じ力量の持主と見なしていた時代に、世紀の上にひとりそびえる彼の偉大さを認めたのである。しかし危険なくらい明晰な同じ眼で、彼が恋にのぼせあがったときに見せる喜劇役者風の誇張癖をも見抜いていた。彼女のいつも注意深い、したがっていよいよもって鋭い耳は、彼のちょっとした不誠意や当意即妙の嘘を聞き分けた。そして女として色情に負けた時でも彼女のうちなる貴族は、この度しがたい平民のお行儀の悪さと悪趣味と誇大妄想癖に悩まされた。バルザックがその手紙に浸みこませた麻酔薬も、彼女の油断のない眼を無理やりとざすわけに行かなかった。彼女は虚栄と好奇心にかられて、忠誠の誓いの異国的な強い匂いを吸いこんだが、決してそれに酔いしれることはなかった。彼女が最初から二人の関係をどんなにはっきり見きわめていたかは、ヌーシャテル滞在中に弟にあてた一通の手紙が示している。

とうとうバルザックと知合いになりました。彼に対する熱狂ぶり（あなたにいわせればよ）、それが今もって続いてるだろうか、それともケロリとなおってしまったろうかっておっしゃることでしょう。覚えていらっしゃる、彼はナイフを口に持っていくだろうし、ナプキンで洟をかむだろうって、いつもいってらしたことを。そうなの、二番目の罪は一度も犯さなかったにしろ、最初の罪は立派に犯しました。もちろん見るにみかねることで、私たちがいう悪い教育が生んだ過ちを犯すのを見ると、ちょうどそんな場合にアンナをこらすように何遍も彼をこらしてやりたくなりました。けれどそんなことはみんな物の「表面」です。人間そのものには、物腰が上品だとか下品だとかいうことよりはるかにましなものがそなわっています。電気のように人を強く感動させ、最高の知的領域に連れていく天才を持っています。あなたをあなた自身のそとへ連れ出し、あなたの生活に欠けているものを実感させ理解させる天才の持主なのです。こういうとあなたはまたもや私のことを狂信者だとかなんとかいうでしょう。けれど事実は決してそうじゃないのです。というのはいくら彼に感心しているにもせよ、無数にあるバルザックの欠点に対して私が眼をつぶるわけでないことは確かなのですから。しかし彼は私を愛していますし、私もその愛がこれまでに私が手に入れた一番貴重なものだという気がします。きょうを境に彼は私の生活のなかで明るい松明の役目をつとめることになるという気がするのです。その松明は私のまぶしくてよく見えない眼の前でしょっちゅう燃えていることでしょう。私の眼といえば、社交界や私のまわりの人々の卑俗さやケチ臭い面をさんざ眺めたお蔭で、かわいそうに時にはひどく疲れています。

「未知の女」のこれら数行はバルザックのあらゆる手紙よりずっと誠実だといっていい。彼女は女としてこのような天才に愛されることに誇りを感じたに違いない。そしてなかなかの野心家だったのでこのような文通の対象となった自分は後世に残る記録の出納役となること、そしてウクライナのささやかな無名の地主の妻で、それだけではとるに足りない、非生産的な女にすぎない自分が史的人物になることを悟った。彼女の心境は結局カストリー侯爵夫人の場合と奇妙なほど似ている。カストリー侯爵夫人も同じようにこの有名な作家から言い寄られ、讃美され、神のごとく崇められ、それどころか激しい懇願の的にされて、しみじみ幸福と誇りを覚えたが、彼と係り合いになるほど十分な情熱と熱狂的な愛を感じなかったものだ。ハンスカ夫人も彼が、

　愛し合いましょう。すべてを受け入れさせるところのものを僕に拒まないで下さい。

といってせがんだとき、彼を押しのけたのである。

買収した家庭教師とグルになって、夫と娘に内証でバルザックのホテルの部屋にヴェー

ルをかぶって忍び込むのは甚だ不快で不名誉なことだと、明らかに彼女は感じている。多分バルザックのある種の大言壮語やおしゃべりが彼女の信頼をぐらつかせていたのであろう。そして一旦肌身を許したとなると、それを無分別に触れまわって果ては文学の仕事の上で利用するのではないか、それが心配だった。しかし彼は、彼女の献身が自分の愛情と感謝の念をつのらせるばかりでしょうと誓っている。

所有が愛を増大することがやがてお分りになるでしょう。……あなたのほんの移り香にも酔ったようになることを、どうお伝えしたらいいでしょう。あなたをどんなに数多く所有しようと、ますます僕はあなたに酔いしれるでしょう。

数週間はこんなふうにしてすぎた。真夜中から正午までバルザックは、やがて印刷にまわされるはずの例の小説を書きつづけ、愛人に最後の贈物を拒んだランジェー公爵夫人の姿を、痛恨やるかたない筆致で描いた。そして午後は、いつかなびこうとしない女の抵抗をなんとかして打ち砕こうと試みた。

しかし今度はバルザックの意志も狂暴なものになった。とうとう幸運が彼に合図をしてみせた。四週間にわたって頑強に拒みつづけたあげく、天使は人目を忍んでオテル・ド・ラルク旅館の部屋に天下った。

きのうは一晩中僕はこう自分にいって聞かせました。「彼女は僕のものだ。」と。おお、楽園の天使だってきのうの僕ほど幸福ではありません。

*

ロマンティックな構想にもとづいて老練な技巧で組立てられた恋愛小説、それをバルザックは体験しようとかねて企てていたが、今やその小説はクライマックスに達したのだ。バルザックはありそうもないことを現実化した。これまで一度も見たこともない女を、若くて金持で美しい貴婦人に相違ないと夢想していたが、事実はまさにその通りだった。相手について何一つ知らないくせに愛人になるよう要求したが、相手はついに彼の愛人となった。彼の魔神的な壮大な意志に凱歌があがったのだ。幻想の恋を現実の恋に創造し直してしまったのだ。彼の実人生小説は意外な事件や緊迫感にあふれている点で、人物ならびに場面に異国情調が豊かな点で、『人間喜劇』におさおさ劣らない。

しかしこの小説はまだ終っていない。最初の頂点に達したにすぎない。恋人同士はめぐり会った。エーヴとオノレは抱き合い、愛と久遠の貞節を誓い合った。しかしこれからどんなことがおこるだろう。二人の空想家は恋の冒険に我を忘れ、情熱に酔いしれて、今や何をやり出すだろう。恋を道づれにどこへ逃避先を求めに行くだろう。ハンスカ夫人は彼を追ってパリへ行くだろうか。愛してもいない年寄りの夫を捨てるだろうか。それとももっと通俗的な考え方をして、合法的かつ正当にオノレ・ド・バルザックの妻となるために離婚を請求し、ウクライナの城館《シャトー》と巨万の富をバルザックの姓を名乗る名誉と引替えにするだろうか。二人はもう、離れたら恐らく一日はおろか一時間たりとも生きられないように見えるが、これからどうするだろう。豊かな工夫の才に恵まれた彼バルザックは、どんな空想的な解決策を考え出すだろうか。

しかしバルザックは他のあらゆる事柄においてと同じようにその実人生小説においても、単に偉大な幻想家であるばかりでなく、同時にはっきりした現実家である。彼の人生計画では最初から「女と財産」が金科玉条である。そしてハンスカ夫人に対する彼の情熱を何にもましてかきたてたのは、彼女がまさに貴族の女であり千万長者の夫人であるハンスカ夫人だったという事実である。そしてこの「北極星」もバルザックと同様、パリの小市民の住宅に落ち着いて、バルザックにしつこくつきまとう債権者にくる日もくる日も入口の扉をあけてやる気はないのだ。誘拐、離婚、決闘もしくはそれと似たりよったりのロマンティックな解決策のかわりに、堕落の罪を犯したあとで愛人同士のあいだに取りかわされたのは、殆ど商人のそれのようなはっきりした契約だった。彼らはお互い、めいめいの気持とその日の出来事を毎日知らせ合うことを約束し、早くも万一を考えて手紙をしまっておくための小箱を贈り合った。当のハンスキ氏が親切気を出してついに……そう、ついにもはや邪魔立てしなくなる日まで手紙のやりとりを続ける気なのである。それまでは時々人目を忍んで逢う工夫をするだろう。ハンスカ夫人の社会的地位を傷つけたり、悪い噂や醜聞の種となったりしないように心がけることは言うまでもない。ハンスカ夫人が、夫の死によってヴィエジュホヴニャの女領主となり、巨万の富の相続人となったら、さっそくこの新しいアベラールとエロイーズ、——この愛人同士は永遠に結ばれるだろう。

　感情の濫費のあとで結ばれたこの婚約は、センチメンタルな人々にはいささか冷たく打算的なものに見えるかもしれない。しかしバルザックは有頂天だったので、この解決策を別につらいともなんとも思わなかった。一、二年がなんだ。虚弱で気むずかしい夫はもうそれ以上は長生きしないだろうと考えた。彼の楽天主義、押せど突けどビクともしない彼の楽天主義は、奇蹟が一つおこった以上、つづいていま一つおこるに違いないと彼に告げるのだ。彼はなんにも気がつかない夫、——二人の心のなかではすでに墓穴に埋められてしまった夫と、いともねんごろに握手をかわし、その厚遇とかずかずの貴重な贈物に謝意を表した。そしてハンスカ夫人は夫と家族をひきつれてイタリア漫遊の旅にのぼり、バルザックはパリの仕事机に戻った。

第十三章　ウィーンの別れ

バルザックは元気づき、感激し、以前より一層エネルギーにあふれてパリに帰った。この前の敗北に対して立派に復讐をとげたのだ。真剣に抵抗する女性に男として初めて打ち勝ったのである。彼の勇気と力がこのときほど素晴らしかったことはなかった。天候の激変や大災害に相変らず脅かされどおしの不安定な生活だが、初めてそれを立て直すことができそうな目算が立った。彼の性質が動的であるだけに、彼の生涯はいまわのきわまで、「奔流のような生活」で終始しなければなるまい。しかしこの泡立ち荒れ狂い沸き返る急流は、少くとも確かな目標と明らかな方向をかちえたのであった。バルザックはこのときから一定の生活計画の持主となり、この計画を彼独特のエネルギーで追求することになる。それは彼自身に対して仮借なく猛威をふるい、彼の健康と楽しみを遠慮なく踏みにじって顧みないエネルギーだ。彼は世紀の最も大胆な作品ともいうべき『人間喜劇』を一〇年で完成したいと思った。普通ならこの作品は一〇人もの人間の一生の仕事に相当するだろう。

彼はこの女性を征服し妻にしたいと思った。彼女によって自分の官能を静め、彼女の名門の家系ゆえに自分の社会的虚栄心を満足させるためだった。一つにはその巨万の富によって、出版業者や新聞雑誌から独立し、いよいよもってやりきれなくなった無理な制作にわずらわされないようにするためだった。

好んで一見無邪気な告白をしたり、荒っぽい大言壮語をしたりして、その蔭に実際の出来事を最も安全にかくまうすべはバルザックの天才的な戦術の一つである。巨額の印税や稿料の自慢をするときは、大抵借金の山を人に感づかれないためなのだ。上衣に純金のボタンをつけ、自家用馬車をそなえつけるときは、パン屋にその月のパン代を借りている事実をヒタ隠しに隠すためなのである。作家がその作品に熱情と活気を与えることができるのは、ひとえに絶対の純潔を守る場合だけだということを、聞いていて思わずうっとりするような論法でゴーティエやジョルジュ・サンドに説いて聞かせるときは、人目を忍んで彼を訪れる婦人たちが、はたからうさん臭い眼で見られないようにと予防線をはるためなのである。他のロマン派の人々が自分たちの恋愛関係をさらけ出し、全読者にあらゆる段階にわたって自分たちの、――あらん限り劇的な恋愛劇を披露しようとひたすら努めた時代に、バルザックは典型的に慎重な態度をとった。「未知の女」とじきじきに出会ったときを境に、まったく黙して語らなくなった。最も親しい友人にも一言も漏らさなかった。初めての会見後に有頂天になって書いた妹あてのあの手紙のほかは、もはや何人にも彼女の名を言わなかった。ズュルマ・カローは以前「ロシアかポーランドの公爵夫人からの神々しい手紙」に返信をしたためることを頼まれたが、今ではもうその夫人について暗示さえ聞かせてもらえなかった。ベルニー夫人やカストリー侯爵夫人に至ってはなおさらである。彼女からの手紙はすべて小箱にしまいこみ、その鍵はいつも身につけていた。「セラフィタ」の献詞は、抒情的でいかにもぼんやりした言いまわしだったし、彼には公爵や伯爵や外国の貴族にあてた沢山の寄題もほかにあることとて、これといって目立たなかった。一〇年間というもの彼の親友でさえ、ハンスカ夫人の存在に気づかなかった。彼は勝ち誇った口調で『人間喜劇』による世界征服の計画を発表するが、今後あらゆる彼の告白を聞きとり、一切の原稿を保管し、ガレー船から彼を救い出し独立させるために選ばれた女性ハンスカ夫人の存在については、頑強巧妙に沈黙した。

ジュネーヴから帰るとすぐベルニー夫人を訪ねたが、何はさておきこの旅行のことばかりは一言も漏らすわけに行かなかった。彼自身の言葉を使えば、「ディレクタ」（選ばれた女、ベルニー夫人）は彼が「プレディレクタ」（やがてディレクタになる女、ハンスカ夫人）を選んだことを知ってはならないのだ。彼女をやさしくいたわってやらねばならず、臨終のきわまで自分こそ彼から秘密を打ち明けられたただ一人の女だという幻想を抱かせておかねばならない。というのもベルニー夫人の健康はみるみるうちに悪化して、医師もバルザックにその点に関して疑念をさしはさむ余地を与えなかった。もはやそう長いことはないのだ。このちょっと押せば倒れそうな老婦人がついこの間まで自分の愛人だったとは殆ど考えられないことと彼には思われた。

> 健康が旧に復しても、――そうなってほしいものですが、――老年期の悲しい変化を見るのは依然として僕にとって辛いことでしょう。自然と時とに対して長いあいだ抗議を申し立てていたのが、なんだか不意にしかも瞬間的にその自然から復讐されてしまったように思われるのです。

　これは象徴のような気がする。すなわち太陽がのぼるとき、月の光は薄れるものである。バルザックが一女性を生涯のただ一人の支配者にしようと決心した刹那、彼にすべてを与えたもう一人の女性は死んで行く。

　ジュネーヴから戻った直後にベルニー夫人を訪れたのは恐らくひそかな罪悪感にもとづく行為だったろう。よしんば夫人から離れ去るにしても、それを彼女に知られたり勘ぐられたりされてはならない。それは激しい緊張のあとの憩いの一瞬だった。いま一度彼女と向い合って過去を振り返り、彼女に手を引かれて通った暗い、うねうねした、石だらけの、茨の道を回想したのかもしれない。しかし今や問題は、彼をついに自由と名声と富と不滅に導くはずの新しい道に踏み込むことなのだ。バルザックは元気づけられ、緊張をときほぐされ、決然と仕事に飛びかかった。

*

絶えず過大な圧力を受け、今にも弁が破裂するほど過熱されどおしの生活においても、ジュネーヴから帰ったあとほどバルザックが多くの仕事をしたことはなかった。そしてこのときほど立派に、とんとん拍子に、華々しく仕事をしたことは一度もなかった。これは勝利、――本当に男性的な最初の勝利のせいなのか、それとも立派な人物に身を捧げ将来を約束したのだということをハンスカ夫人に納得させようとする意志にもとづくのか、はたまた彼女が再びウクライナの薄明の国に消え去らないうちに豪奢な恰好で立ち現われ、「恋女房」のあとを追って旅行するに足りるだけの巨額の金を一年間で儲け、かき集めようという現実的な要求のせいなのか。いずれにせよそのティタン的制作の期間中、バルザック自身この一年間ほど沢山仕事をしたことは一度もなかった。医者たちは不安にかられて体を大切にするよう注意した。彼自身も、参ってしまいはしないかと何度か心配した。

僕は少しこわくなり出しました。作品が仕上らないうちに疲労や倦怠や不能が僕にとり憑きはしないか、それが心配です。

しかし彼は次々と作品を書き、なかには同時に並行して書き進めたものも数篇あった。しかもなんと見事な作品だったろう。

想像力が、かくも異なる領域に同時にふるわれたことはかつてなかった。

一年間で彼は「ランジェー公爵夫人」を完成し、六月から九月までの「百夜」のあいだに「絶対の探求」を書き、そして同時に十月には「セラフィタ」の初めの部分を、十一月には四〇日間で不朽の傑作「ゴリオ爺さん」を、十二月とその後数ヵ月で「海辺の悲劇」「黄金色の眼の娘」「メルモトの回心」を書き、「三十女」の新しい部分を書いた。そして早くも「セザール・ビロトー」と「谷間の百合」の腹案を立てている。不可能だと人は言うであろうが、バルザックにとって不可能は可能であるばかりでなく、可能をはるかに超えるものなのだ。というのはその間にも彼は以前のいくつかの小説を改作している。すなわち「ふくろう党」と「あら皮」と「シャベール大佐」に新たな形式を与えているのだ。そしてジュール・サンドーと一緒に脚本の共作を始め、「十九世紀フランス作家に与える書簡」を書き、自作の出版者と争い、おまけに五〇〇ページにもなる「恋女房」あての手紙兼日記を几帳面にそして忠実に書いている。

*

文学のシジフォスにもなぞらえられるバルザックがこのように毎日仕事の石を山の上に押し上げている間に、ハンスカ夫人はイタリアで理想的な安逸怠惰の時をすごしていた。夫人の一行は一流ホテルを次から次とわたり歩いた。ハンスカ夫人はあてどなく散歩し、肖像画を描かせ、店が空になるまで買いあさった。教養はあっても、これまでロシアの国境外に出たことのない婦人にとって、ヴェネツィアやフィレンツェやナポリを目のあたり見物することがどんなに素晴らしい楽しみだったに違いないか、よく分る。夫人は、バルザックが持ち合せていないものをふんだんに持っていた。時間、ひま、楽しみ、金を持っていた。しかも彼女の手紙には、偉大な愛人のためにこの心地よい「安逸」を切り上げて急いで彼の腕に帰りたいという希望のかけらすら認められない。それどころかわれわれは往々、この恋愛事件の全過程を通じてハンスカ夫人がバルザックという人間よりも彼の手紙のほうにはるかに関心があったのではないか、というような感じを持たされないわけにいかない。彼女は至上権で手紙という貢ぎ物を彼に要求したが、彼女自身は用事もなくて閑人にもかかわらず、彼の濫発する多量の手紙に対し、かなり不規則に、またまれにしか答えなかった。――バルザックは何度それを嘆いたろう。この支配者は旅行中の一ヵ年、どこの宿場でもこの忠実で従順な農奴《ムジーク》の手紙を待つことができた。

今やこれらの手紙の形式と調子は当然変らなければならなかった。ヴィエジュホヴニャとかヌーシャテルとかジュネーヴとかに送ったような秘密の手紙はもはや不可能である。局留郵便には恐らくイタリアの検閲の眼が光るし、スイス人の家庭教師あてにパリからしげしげと手紙がくれば、ハンスキ氏のように無頓着で軽信家の夫でも奇異の感を抱くに違いない。そこでバルザックは公式にハンスカ夫人にあてて手紙を書き、しかもハンスキ氏が一緒に読んでも差支えないような文体で書かなければならなかった。親しみのこもった「お前」はうやうやしい「貴女」にかわり、「天使」や「恋女房」は「夫人」と変った。彼は「夫人」に、「ウクライナの州貴族会長」やアンナやボレル嬢や旅の一行すべてによろしくと、その都度丁重に伝言を頼んでいる。そこには久遠の愛の誓いも見られず、——読むほうでもまったくほっとするが、もはや奴隷のそらぞらしい言葉遣いもない。バルザックは単に数週間のジュネーヴ滞在中に、文学に関心をもち批評に確かな見識を見せる敬慕に値する友人をハンスカ夫人のうちに見出しただけだというようなことを手紙に書いた。だから彼女に対し自分の生活を細大漏らさず報告する義務を感じるというのだ。ジュネーヴで数週間すごすうちにハンスキ一家と実に親しい交際仲間になったので、少くとも手紙でなりと引き続きおしゃべりを交わしたい欲求を抑えることができなくなったというふうに見せかけようとした。

バルザックが見かけはおしゃべりにすぎない文句のなかに、彼女にだけしか分らないちょっとした暗号をこっそり入れなかったとしたら、堂々たる練達の作家とは言えないだろう。彼がスイスの風景に対する情熱を告白するとき、彼女にはその望郷病がそもそも誰に向けられているかがよく分った。こうして再び彼女の前には、秘密と危険を種の、つい手を出したくなるような遊戯が差し出された。

しかしイタリアあての手紙や、のちにウィーンに出された手紙は、二人の友情が純粋に精神的文学的な形のものだという錯覚をハンスキ氏に持たせておくために書かれたばかりでなく、自分こそ相変らずバルザックの唯一の愛人であり、遠く異境にあっても彼は変ることなき貞節を自分に対して守っているとハンスカ夫人に思わせ安心させるためにも書かれたのである。即刻もとの「純潔」状態に戻るということは、ハンスカ夫人がまだ存命中の夫を無視して奇妙な婚約を結んだときにバルザックに要求したか、それとも彼がいつもの大胆ぶりを発揮して自分の方から約束したか、どちらかであるらしい。とにかくバルザックの手紙は、彼がどんなに昼夜の別なく世間から離れ、孤独と蟄居の生活を送っているかを断言する点で、あとになるほどすさまじい書きぶりになっている。彼は再三彼の「僧院生活」について語り、そして

僕の孤独ほど完全な孤独はどこにも決してないだろう。

と断言している。

　海中の岩のように僕はひとりだ。僕がやっているようなのべつ幕なしの仕事は、ほかの誰の好みでもない。

と言い、また

　恋愛というものにこの上もなく飢え渇いている女ならたったひとりでいたいと思うかもしれないが、いまの僕がやはりそれと同じくらいひとりぼっちなのだ。

とも言っている。

しかし不運なことにハンスカ夫人は、彼の誓言にろくろく信用をおかなかったらしい。利口で眼のするどい女だっただけに、バルザックが手紙のなかで描いてみせた浪漫的な悲愴な自画像と実物が殆ど似ていないことを、ジュネーヴでちゃんと見抜いてしまった。彼の想像力がいつ何時でも彼の意のままになることも分った。厚かましい小説家が嘘をつく現場を幾度か押えたことも確かである。バルザックは恐らくジュネーヴのホテルの一室でねんごろな密会をしたためにかえって馬脚を現わし、色恋の手管に通じていない小胆未熟な禁欲者という触込みとは全く違う印象を与えてしまったのであろう。おまけにかなり優秀な情報機関が隠密裡に活動していたように思われる。ハンスカ夫人はバルザックのジュネーヴ出発にあたって、パリ在住のロシアやポーランドの貴族に紹介状をもたせたが、多分これはまったくの下心なしにやったこととはいえないだろう。そしてポトツキ家やキッセレフ家の社交仲間から定めし報告書が送られてきたに相違ないが、それは彼が一途にベルニー夫人の病気を悲しみながら、日夜ゆるぎなき孤独の仕事に没頭しているかどうか、怪しげく思わせるような性質のものだった。バルザックはパリであまりにも知名の士であるから、同じようにパリ全市に名を知られている美貌の一貴婦人といつも同伴で週に二回劇場の常連《ティーグル》ボックスに現われると、人目につかないわけにいかなかったのだ。この「ガレー船の貧しい漕手の奴隷」が、カシニ街の住いのほかにバタイユ街にも第二の住いを持っているということ、そしてパリでも一流の金細工の店で例の有名な散歩用ステッキを七〇〇フランで買ったということもまた同じように彼女に隠しておくことはできなかった。このステッキが彼の全作品よりはるかに噂の種になった代物だということは彼自身も認めている。ハンスカ夫人は何らかの方法で、自分はペテンにかかるほど単純な女ではないということを暗示したに違いない。なぜならバルザックは明らかに窮地に追い込まれたからである。彼は浮気や不貞は彼の本質と両立しないと繰り返し断言している。これは公式の手紙では友情を指しているのだが、彼女だけは前記のただ一つの意味に解釈できるのである。誰かが彼女に何か気になる事実を伝えるかもしれない場合にそなえ、彼は素晴らしい体かわしで巧みに予防線を張ろうとした。「僕と深い仲だとか、よく僕のところへ遊びにいくとかいって、それを鼻にかける女がいます。」しかしそんなのはみんな嘘で中傷で誇張だ。彼が音楽に夢中ではまり込んだのは、「僕は持ち合せないが、あなたはよくご存じの詩情にあこがれて」（というと、「彼女はよく分ってくれるだろう。」という例の「フィガロの結婚」の詠唱を思い出すが）、ひとえに深い孤独感からだ。社交界や世間とはなんの関係もないことなのだ。

音楽を聞くということは、愛の対象をよりよく愛することである。おのれの人知れぬ快楽をうっとりと考えることである。火のように輝くのが好ましいその眼に近く生きることである。愛するその声を聞くことである。

しかし城館《シャトー》の女主人は、この農奴《ムジーク》が何事にあれ驚くほど見事に表現したり変形したりすることができるけれども、いや恐らくできるがゆえにもはや信用しなかった。バルザックとの関係が永続きするためには、もっぱら彼に信頼がおかれなければならない。――ハンスカ夫人は貴婦人であるから、彼の側で慎重を欠く行為をされるのを何よりも恐れた。だから彼女はある程度控え目になったらしく、それがバルザックを不安にした。イタリア旅行は夏がすぎると終った。旅の一行は冬をすごすためにウィーンに移った。春になってハンスキ氏が妻と一緒に再び文化世界の果ての忌々しい城館《シャトー》に帰る日がくれば、バルザックの大空に輝く希望の光とも言うべき「北極星」は永久に消えうせてしまうだろう。したがって一度手に入れたものをなくすまいとすれば、再び会って二人の親密な関係を新鮮なものにし、それに火を点じ、血を通わすことが絶対に必要である。命をかけた大賭博でかち得た最大の勝利を、思い切りよく放棄するわけにはいかない。よし、ではウィーンへ！口実だけは立ちどころに思いついた。彼はすべての友人やハンスキ氏に、長年計画中の長篇小説「戦闘」を仕上げるためアスペルンとヴァグラムの戦場を見物しなければならないと説明した。しかしいつしか秋もすぎ冬もすぎた。バルザックは旅行に出られなかった。いつも同じ障害がまたもやいろいろに姿を変えて現われた。まだ完成しない小説、前からどうしても必要だった印税、もっと金高のはる新たな借金をすることができるように今のうちに返しておきたい借金といった工合である。しかし彼の出現という嵐のような風で元どおり激しく煽り立てる前に、早くも下火になったその炎がすっかり消えてしまわないようにと、彼は続々手紙を書いて、できるだけ近い再会の希望を改めて持たせておいた。

＊

この再会は不幸な偶然のお蔭で、もうちょっとで永久に駄目になるところだった。ハンスキ一行は七月末ウィーンに戻った。去年そこでは内証の手紙が完全な機能を発揮したので、バルザックは神妙に数ヵ月送ったあと、今度もハンスキ氏に読まれることを予期しない夫人あての情熱的な手紙を局留で送ることができると思った。今度はもう「夫人《マダム》」も慣例の「貴女《ヴー》」もなく、州貴族会長ハンスキ氏にくれぐれもよろしくという言葉もなく、セヴェリーナ嬢やアンリエット・ボレル嬢に対する挨拶もなく、ただ燃えるような情愛をこめた言葉が急流のようにほとばしり出る。

おう、僕の天使、僕の愛、僕の生命、僕の幸福、僕の力、僕の宝、僕の愛人よ、なんと恐ろしい拘束だろう。心から心へ書くことのなんという喜びだろう。

バルザックの熱狂的な恋文はこんなふうに始まっている。いわば喜びと欲求にわななくこの手紙はウィーン付近のバーデンに逗留中のハンスキ一家を訪問するために八月十日に出発することを告げている。

　僕は風のように飛んで行きます。これ以上はいえません。そちらへ行くについては巨人的な努力を必要とするのですから。しかし僕は超人間的な力であなたを愛しています。

彼は「半年恋を抑えつけられ、半年欲求し続けた」あとで、ついに「神のように崇拝する額に接吻し、いつか自分の首に巻きつけた恋人の髪の毛に手を触れ」たいと思う。

彼女と三日一緒にすごせれば「千年の寿命と力」が湧いてくるであろう。

不幸にして「愛する色白なミネット」へのこの手紙か、あるいはこれと似たような親密な内容のいま一つの手紙か、どちらかがこんな関係をこれまで夢にも知らなかったハンスキ氏の手に落ちたのである。そしてわれわれには何も分っていないが、すさまじい騒ぎが持ち上ったらしい。というのはその間財政上の不如意のせいで出発を延期しなければならなかったバルザックが、なぜハンスカ夫人にあからさまな愛の告白を書きおくる羽目になったか、そのいきさつをハンスキ氏に説明するために突然筆を取らねばならなくなったからである。明白な事実に直面しているので、これは簡単な仕事ではなかった。しかしバルザックのような発明工夫力の持主で、事実ありそうもないことを平気で書く小説家は、相手の気に入るような作り話を案出するのに大して苦労しない。彼はハンスカ夫人と文通を始めた頃、自分はその時々の精神状態に応じて書体を思いのままに使い分けると躊躇するところなく夫人にいったものだが、それと同じ大胆不敵さで、今や御機嫌をそこねたコキュにこんな軽快な童話を持ち出した。——ハンスカ夫人といえば、「わたくしの知るかぎりその本性は最も清らかで、子供っぽくて、まじめで、冗談好きで、教養が深くて、聖女のようで、哲人めいた方であるが」、ある夜「いったい恋文とはどんなものか知りたいものだ。」と笑いながら言ったことがある。それに対してわたくしは、同じように笑いながら「まあ、ヴェルヌイユ嬢にあてたモントーランの手紙といったようなものです。」と答えた。自作「ふくろう党」の二人の主人公風の手紙を考えていたわけである。わたくしたち二人はそれについて罪のない冗談をいい合った。その莫迦らしい冗談を思い出したのだろうか、ハンスカ夫人はトリエステから「マリー・ド・ヴェルヌイユをお忘れになりましたか。」と書いてよこした。それで思い出したのは、わたくしがほんとうの恋文の見本をお目にかけましょうといったことだった。で、その種の手紙を二通ウィーンに書きおくったのである。つまりハンスキ氏が発見して定めし憤慨もし驚きもしたであろう手紙である。

　とにかく一応の教養ある男がこのような説明を信じると期待するのは相手を馬鹿にした話である。しかしバルザックの次の出方は確かにずっと巧みであった。すなわち彼は、ハンスカ夫人が最初の手紙を受けとった直後、——したがってそれは二通の危険な証拠書類がハンスキ氏によって発見される前のことになるが、——彼女がひどく立腹の体で返事をよこしたことを物語っている。

最初の手紙のせいで夫人から実に冷やかな御返事を頂きましたとき、わたくしがどれほど自分の愚かしさを悲しく思いましたことか、とても御想像になれますまい。しかもまだほかに一通あることが分っているのです。

そこでバルザックは、この欺かれた良人に向って欺いたのは自分だとまっすぐに白状するか、もしくは誤解だといって弁解するか、そのどちらかを選ぶかわりに、——これこそ本当に天才的な出方だが、——紳士ハンスキ氏にどうぞ自分の味方になっていただきたい、自分に協力して潔白で貞淑で近づきがたいハンスカ夫人の腹立ちをなだめていただきたいと頼みこんだ。ハンスカ夫人がヴェルヌイユ嬢の手紙についての例の冗談を忘れていたという事実こそ、座興の見本として恋文を見せられたにすぎないとはいえ、それを読んだだけで早くも彼女がひどい無作法と感じとった何よりの証拠である、——どうも奇妙な論法だが。

ハンスカ夫人の無関心こそ、わたくしの愚かしさと夫人の清らかさとの貴い証明であります。そう思うことがせめてものわたくしの慰めでした。

「失われた友情にもせよ、もしその友情に幾分でも権利があるものなら」、ハンスキ氏は何とぞ「風俗研究」第三巻とその原稿をハンスカ夫人に献呈するための親切な仲立ちとなっていただきたい。そして夫人なり氏自身なりが、品位のない冗談をとばす男から友情のしるしを受けとるのはもはや適当ならずと思われたら、「お願いですから、本も原稿もお焼き棄て下さい。」

よしんばハンスカ夫人が「寛大かつ全幅の赦し」を与えようとされても、この高貴な魂の持主を一瞬とはいえ傷つけた罪を、彼自身は決して容赦しないだろう。

二度とお目にかかれないのが恐らくわたくしの宿命なのでしょうが、それを深く遺憾とする旨だけは申し上げても差支えないかと思います。わたくしのまわりには親しい人がさう沢山はいませんので、その一人を失うことは涙なくしてはできません。

ハンスキ氏に対して申開きをするどころか、バルザックは驚嘆すべき巧妙な手を打って、妻と引き続き文通するよう、またお互いの友情が曇りなく継続するよう、欺かれた夫のほうから彼に頼みこむよう暗示さえした。

ハンスカ氏は事実バルザックの馬鹿らしい物語を信じるほど童心の持主だったろうか。それともとにかく数ヵ月たてば自分の妻はその愛人から一〇〇〇マイルも離れてしまうのだと考えて、哲学的に自ら慰めていたのだろうか。はたまた件の貴重な文通と「不滅の愛人」の役割をやめようと思わないハンスカ夫人が、大目にみるように夫の心を動かしたのだろうか、――この説が一番もっともらしい。われわれはただ、彼ら夫妻がバルザックの脚色になる芝居に見かけはお人好しらしく同意したことだけ知っている。ハンスキ氏はバルザックに手紙を書き（これは残念ながら残っていない）、ハンスカ夫人は罪人を寛大に赦した。というのは一ヵ月後、バルザックはこんな手紙を書くことができた。

貴 Beauté の御命令にしたがってまた通信を続けます（Bは大文字です、ちょうど Altesse, Hautesse, Grandeur, Sainteté, Excellence, Majesté の初語が大文字であるように）。（いずれもそれぞれ皇帝王族教皇高官などの敬称）なぜなら beauté（美という抽象名詞、従って先のは貴夫人に対する半ばふざけた敬称いわば美殿下）はそれら一切を含んでいますから。

あわれな農奴《ムジーク》は相当長いあいだ地べたにひれ伏してから、やっとヴィエジュホヴニャの崇高なパトロンの夫人に彼の取るに足りない生活の出来事を物語ることを許された。ハンスキ一行が再びウクライナに帰る前に、もう一度ウィーンをうやうやしく訪問することさえ許された。

*

この誤解は、――われわれも知るように全然それは誤解ではなかったのだが、――今や形式的には解決された。バルザックは都合さえつけばウィーンへ旅立つことができたし、そうすべきであった。ところが十一月、十二月とたち、一月、二月、三月もすぎ、はや四月となったが、いつもいろいろと新しい障害、いや一つの大きな障害につきあたるのだ。すなわちバルザックには旅行のための金がないのである。労働のティタンともいうべき彼のことだからとはいえ、それにしてもわれわれにはちょっと納得しかねるほどの強烈さと辛抱づよさと霊感とをもって彼は仕事をした。不朽の傑作「ゴリオ爺さん」と他に三つの長篇と一連の短篇小説を完成し、これまでの彼として最大の成功を博し、あわせて最高の印税を手に入れたのである。しかし彼の右手つまり書く方の手がねばり強くもあれば酔ったようでもある素早い仕事でかき集めるものを、彼の左手つまり浪費者の手がめくら滅法界に使ってしまうのだ。彼の新居と家具調度も、ハンスカ夫人あての手紙によれば全然彼自身のためでなくジュール・サンドーを泊めるために使われる始末で、しかも金のほうはまだほんの少ししか払ってない。宝石商や仕立屋や家具屋たちは、「ゴリオ爺さん」と天使を扱った作品「セラフィタ」からの収入を早くも前もってお互いのあいだで分配してしまった。「五ヵ月にわたる途方もない重労働で」、たった一月の自由を買いとろうというバルザックの計算は、今度もやはり見込み違いとなった。で、彼はこう告白しなければならなかった。

重なる負債に身動きも叶わぬ境遇にかくも残酷にしばりつけられ、何一つしでかすこともできず、わが身の始末さえ自由にならないのをなんとも情なく恥かしく思います。

しかし今や矢の催促をはじめたのはどうやらハンスカ夫人のほうらしい。領地に帰ろうというハンスキ氏をあらゆる口実をもうけて春までウィーンに引きとめておくことに、彼女はひどく苦労した。四月がギリギリ一杯の期限だった。しかし「セラフィタ」が済み次第、彼女に献呈するはずの原稿をたずさえて旅行馬車に乗り込むというバルザックの約束を信用して、彼女は重ねて夫にせがんで五月まで滞在を延ばした。いつも新たな理由と延期をひねり出す男だから、そんな頼みがたい男をそれ以上待つことは不可能だった。ここでバルザックが来ないなら、恐らくこの小説も永遠に終ってしまうことであろう。

もうこれ以上ぐずついてはならないことをバルザックも認めた。ハンスキ氏亡きあとの結婚こそ彼の人生の決定的な機会らしく思われる以上、この際どんな賭けも恐れるべきではなかった。「セラフィタ」は前もって売り込んであり抵当にも入っているが、まだ完成していなかった。しかしそんなことは大したことではない。ウィーンで書きあげるまでだ。金はないが、それも苦にならなかった。カシニ街の自宅にある銀の食器をことごとく公設質屋へ持っていくこととし、出版者や新聞社にせがんで前借をし、何枚かまた手形に署名した。五月九日パリを立ち、十六日ウィーンに着いた。

＊

バルザックのウィーン旅行は、ありきたりの天才性格学をいちじるしく奥行のあるものにするようだ。最もよく組織された至高の頭脳の持主が、かえってどんなに愚かな行為に走りかねないかという実例でこれほど完全なものは、ほかに見出すことはできないだろう。光が強いと影は濃くなるものである。これが凡人ならろくに目立たないかそれとも罪のない微笑で片づけられるかする弱点や子供らしさが、人生の知識に長けている点ではシェイクスピアに比肩されるバルザックのような人物の場合、必然的に異様な印象を生むことになる。芸術家としてのバルザックは「ゴリオ爺さん」でこれまでにない鮮かな手並をみせた。彼の敵はこれまで単に彼の嘘のような仕事の量に不安を覚え苛立っただけだが、その一番手ごわい敵でさえ今や彼の天才に我にもなく敬意を表さないわけに行かなくなった。一般の人は彼を尊敬し、出版業者と新聞はバルザックという名前の魅力を認めた。彼の小説はちょっと広告するだけで予約が殺到し版を重ねた。あらゆる町、あらゆる地方から敬意を表された。自分が一強国となり、ヨーロッパのどの王侯とも対等となったことを、バルザックはもはや見損なうわけに行かなくなった。

しかし、――バルザックの光りかがやく頭脳にもひそむ影の場所とは実にここのことなのだが、――かような名声を博し、世界史的業績を自覚するにも拘らずバルザックは、自己の本然の姿でもなく、おのれの所有でもないもので世間を感服させてやろうという子供じみた功名心に支配された。すなわち農民の孫のくせに貴族扱いをしてもらいたいのだ。借金で首が回らないくせに金持とみてもらいたいのだ。彼はハンスカ夫人からの手紙で、ウィーンの貴族社会が彼を待ちこがれていることを知った。彼は今やそれらの貴族や富豪に同輩として立ち向おうという、ちとわけの分らない不吉な野望を抱いた。ウィーンの貴族たちがベートーヴェンにみせた態度でも分るように、彼らがこの地上で感心するのは至高にして神を恐れぬ天才以外にないのだ。エステルハジー家、シュヴァルツェンベルク家、ルボミルスキ家、リヒテンシュタイン家など貴族の人々から結局はバルザック氏も疲れはてた貧乏文士だなどと思われるようなことがあってはならない。そこでバルザックは、――彼にいわせると粋をつくして、だが本当は成金然とした身支度をととのえた。「ルイ・ランベール」と「ゴリオ爺さん」の作者が世にも派手な身のまわり品を買いもとめた。つまり次のような品物である。

全パリの噂の種になっているステッキ、出入りの化学機械商が天文台御用の眼鏡屋に作らせた神々しいオペラグラス、それから僕の青い服の金ボタン、妖精の手で彫り上げたボタン。

ジェヴスキ家の出の貴婦人とやがて結婚するくらいの男は、――バルザックはいつも希望が実現するものと早合点する、――世間並に死すべき他の人間どもと同じようにありふれた郵便馬車に乗ってウィーンへ旅行などしないであろうことは申すまでもない。途中よく侯爵と自称する貴族ド・バルザック氏は自家用馬車を注文し、ダントレーグ家の紋章を全くなんの権利もないのに馬車に飾りつけ、お仕着せ姿の従者を一人連れていった。――これだけでもむざむざ五〇〇〇フランの失費であり、しかも癪にさわるのはこの愚かな無駄遣いがウィーン逗留中だれの注意も引かなかったことだ。半分はホテルの書き物机で、三分の一は金のかかった旅行馬車のなかで過したこのみじめな三週間の旅行は、すっかりで一万五〇〇〇フランかかった。その穴を埋めるためには百夜また百夜、パリの彼のガレー船であくせく仕事をしなければならないであろう。

ハンスキ一家は外交官が住む上品な第三地区に滞在していたが、バルザックのためにすぐ近くの「金梨館」ホテルに一室とっておいた。じきに判明するとおり、この部屋はずいぶん物好きな選び方をしたものだ。というのはほんの少し前、ラズモフスキ伯爵の秘書で同伯爵の義姉妹のルル・テュルハイム伯爵夫人と秘密に結婚していたシャルル・ティリオンが、場所もあろうにバルザックが眠ることになるまさにその同じ寝台で右手にピストルを、左手にバルザックの小説を持って自殺をとげたからである。ホテルの敷居をまたぐかまたがないうちにバルザックは、自分がウィーンでどんなに有名人であり偶像視されているかを知った。――お仕着せ姿の従者をつれたり他人の紋章を馬車につけたりしたけれども、そんな必要はなかったわけである。パリのサン・ジェルマンの貴族区で、また意地の悪い同輩の作家たちからさんざ侮辱されたものだが、ここでその償いは立派についた。最上流の貴族たちがいずれも自分の大邸宅に彼を迎えようと懸命につとめた。皇帝につぐこの国最高の顕官で、ナポレオン打倒者で、ヨーロッパ外交界に君臨する（おまけにダブランテス公爵夫人にかけてはバルザックの先輩の）メッテルニヒ大公は、ほんのわずかしか彼の作品を読んでいなかったけれども、この高名の作家を自邸に招いた。そして長時間話し合っているうちに素敵な逸話を一つ語った。バルザックは後年その話にもとづいて戯曲「パメラ・ジロー」を書くことになる。（これは誤りで、事実は悲劇「夫婦学校」第五幕目に利用された）

これら歴史的に由緒ある貴族の名前はバルザックの貴族マニアにとって天与の甘露《マナ》だったにせよ、ハンスカ夫人がその社交仲間のために彼を封じこめたから、招待があっても全部は応じきれなかった。彼女はルボミルスキ家とかランスコロンスキ家とかいうような、彼女と一番親しいポーランド貴族にだけ、自分の「お供の紳士」を時々貸してやった。彼は作家や学者とは、次の二人をのぞいて誰とも知合いにならなかった。その一人はベドゥークという護符を彼に贈った東洋学者ハマー・ブルクシュタル男爵である。――バルザックは終生そのお守りを迷信的に大事にもっていた。もう一人はささやかな詩人フォン・ツエトリッツ男爵で、男爵はかねて敬慕する偉大で有名なバルザックが印税や金のことばかりしゃべるのをきいて幻滅を感じた。

　ウィーン逗留中のバルザックは酔い心地であった。異国のこの地で初めて彼の文学的業績と地位のナポレオン的勝利を体験し把握したのだ。しかも彼にとって一番重要な人々すなわち上流貴族のサークルで勝利を味わったのだ。バルザックが日ごろ畏敬の念をこめて話すこれらすべての名前が、彼の名前に敬意を表した。このような誘惑のまっただなかでは、自分の仕事を忠実に追いつづけ、午前はホテルの部屋で「セラフィタ」のような秘教的、神秘的、宗教的な作品、俗界放棄の作品を結末まで書き、それから午後は「上流社会」で選り抜きの陳列品の役を演じるということは、バルザックのような作家でさえもむずかしくなった。バルザックは若干の校正刷を片づけ、アスペルンやエスリンゲンの戦場を訪れて計画中の長篇小説「戦闘」の備忘録を作った。彼はハンスカ夫人につきまとって大部分の時間をすごしたが、しかしウィーンはかりそめの逢瀬を楽しむにしては、ヌーシャテルやジュネーヴほど好都合でなかったらしい。ハンスカ夫人は例の手紙を横取りされた偶発事件のあとのこととて、極めて慎重に構えたに相違ない。そしてバルザックの名声がかえって道徳の善い番人をつとめた。彼は出発前、ハンスカ夫人に憂鬱そうにこう告白しなければならなかった。

　一時間、いや一分間でもわれわれの思うままにならないでしょう。いっそ僕の出発を早めたほうがいいくらい、こういう障害はひどく激情をかきたてます。

　バルザックがウィーン出発を早めたのはこの「激情」のせいというより、本当はもっと物質的な理由があったのである。すなわちたまった勘定の支払いができなかったのだ。彼はウィーンで彼の出版者ヴェルデの諒解もなしに彼あての違法の手形を振り出していたけれども、現金はニセの王侯的な行動のお蔭で日ごとに乏しくなった。六月四日出発の際は、もはやホテルの使用人に心づけをやることさえできない始末で、あわれなことにハンスカ夫人から一ドゥカーテン借りなければならなかった。

　バルザックは万事を片づける際の例の狂熱的なテンポで途中休まず一気に車を走らせて、七日後にパリについた。ハンスカ夫人に再会するまでに、それから七年の星霜が流れる。実人生小説として計画された恋愛物語の本当に手に汗を握らせる情熱篇ともいうべき第一巻は終ったのだ。そして文学の仕事でしばしばやったように、バルザックは何年かこの作品を中止して、ほかのもっと緊急な、もっと魅惑的な計画に没頭する。

第四篇　小説家バルザックの栄光と悲惨

第十四章　破局の年一八三六年

自然界には時として、違う方角からやってきたいくつかの雷雨がある地点でぶつかり、十倍もの激しさで爆発することがある。バルザックが金モールずくめの従者をお供にウィーンからパリに戻ったとなると、そんな工合で四方八方から不幸がおそいかかった。今や旅の気楽さを懸念心配で償わなくてはならないときがきた。バルザックは仕事をやめるといつも破局に陥る。そして鎖を鋸で切って逃亡しようとする囚人のように、自由を一月楽しむごとに罰として束縛の一年を新たに科せられるのである。

まず第一に彼の生涯を通じての古い腫物で、すでに固い皮ができかかっていたやつが、折も折、ちょうどそのときに膿んでつぶれたのである。すなわち家庭のごたごたであった。妹のシュルヴィル夫人は病気、その夫には金の心配があった。バルザックの母親は神経を苛立たせていた。というのは秘蔵っ子のアンリ、このやっとのことで海外へと送り出したのらくら者が無一物になって、おまけに十五も年上の女房をつれて西インド諸島から戻ってきたのである。オノレ、偉大な全能のオノレが是が非でも職を見つけてやり、母親にも結局以前の借金を返さなければならないのだ、――懐中無一文で、しかも著作上の義務を履行することができずにパリから姿を消したと新聞に意地悪く書き立てられているオノレが、である。これまで家族にいろいろと注文をつけられたり非難されたりして苦しんだときとか、母親のお蔭で人生が味気ないものに見えたときなど、バルザックはいつも心の母ともいうべきベルニー夫人のところへ逃げていって慰められたものだった。しかし、今度は彼が慰める番だった。ディレクタは病い重く、突然の精神的ショックで心臓病が悪化していた。息子の一人が死に、娘が一人精神病になったのだ。彼女自身途方にくれ弱気になっていて、もはや愛する友に助言を与えるどころではなかった。バルザックの作品の校正刷を一緒に読むという喜ばしい役目さえ、あきらめなければならなかった。というのも読書は、傷ついた神経には刺戟が強すぎたから。今や意気消沈し絶望した夫人を助けるのは、自身どうしてよいか分らない彼の番だろう。

　彼の状況も今度は特に悪かった。バルザックは普通の借金や前渡し金の負債や手形の負債があったばかりでなく、――これは彼の場合特記すべきことではないが、何年この方これがはじめて、仕事の義務を果すことを怠った。最初の成功以来バルザックは、自分の労働力を十分知っていたので、きめられた期限内に小説を提供する義務を負うかわりに新聞や出版者には前払いをさせるという危険なくせがついていた。彼の作品はまだ一行も書かれていないうちに、早くも抵当に入れられた。で、前借に追い立てられ、ガムシャラにペンをふるわなければならなかった。友人たちはこの不幸な方法をやめるよう諫めたが、受けつけなかった。大急ぎで制作してそのように堕落するより、むしろ鵞ペン用の金の彫りのある小形ナイフや宝石入りの棍棒みたいなステッキをあきらめるようにとしきりに訴えていたのは、友達のなかでも一番のズュルマ・カロー夫人その人だった。

しかしバルザックは動かず、その方法を頑固に実行し続けた。文学上の信用が彼のもつ唯一の信用だったから、出版者に現物を見せずに買わせ、まだ題名しかできていない長篇小説に現金を出させることは、バルザックに一種の力の喜びを味わわせた。恐らく彼は、この最大限の仕事に無理やり従事するために、出版期限の強制的拘束を受け、背中に鞭をあてられることさえ必要としたのであろう。

借金で首が回らないバルザックは、今や初めて自分自身に対しても借金してしまった。ウィーンで王侯然たる態度をとることができるようにと、彼は出発前、金蔓にありつけそうなところならどこででも金を都合してもらったり前金を取りこんだりした。彼はサン・トーバンの名で刊行した自作の古い三文小説の新版を売ってしまったばかりでなく、まだ全然手をつけていない作品「二人の若妻の手記」を「両世界評論」に売っていた。その上ビュロに「セラフィタ」の結びの章の原稿を渡さなければならなかった。これはずっと前に稿料の支払いが済んでいて、すでに数ヵ月前から雑誌に掲載され出した作品である。しかしこんなことはいささかも苦にならなかった。「セラフィタ」の終りの部分を書くには彼の胸算用によれば八日（いなむしろ八夜）でいいのだし、しかもウィーンのホテルの「金梨館」で即座に書けるはずである。「二人の若妻の手記」は二週間と踏んだ。したがってパリに帰ればさっそくまた別の新しい長篇小説のため、新規に前借ができるというわけである。

しかしバルザックは今度初めておのれに忠実ではなかった。彼の暦は祭日を考慮に入れてなかった。ところが不吉にも彼はウィーンで祭日を暦にいれてしまった。ハンスカ夫人の手でオーストリアやポーランドの貴族のサロンに出入りさせてもらうという誘惑に負けてしまった。夫人と馬車で遠乗りに出かけるし、夜は机に坐るかわりに雑談でうかうかすごしてしまった。「セラフィタ」の結末が届かないので、ビュロはその掲載を中止しなければならなかった。雑誌予約購読者たちはそのことをそんなに悪くはとらなかった。なぜならスヴェーデンボルグ流の神秘主義に染まった不愉快なくらい悲愴なその作品には、いずれにせよもともと大して興味がなかったから。もっと悪いことはバルザックがいま一つの長篇「二人の若妻の手記」を一行も書いていないことだった。彼は書きあげようとする気持も興奮も失っていた。というのはウィーンへの旅行中、――いつもバルザックは旅行で霊感を受けるのだが、――他の長篇「谷間の百合」が彼を惹きつけ出したからである。彼は負債の埋合せに約束の作品のかわりとしてこの新しい小説を申し出て、まだウィーン滞在中に連載第一回分を送った。

ビュロは交換を承諾して、「谷間の百合」の連載第一回分を印刷した。しかし彼は、バルザックが「セラフィタ」の結末を几帳面に手渡す義務を怠ったのだから、ほかの方法で負債を回収する権利があると思った。サンクト・ペテルブルクでは少し前から「外国評論《ルヴィユ・エトランジェール》」が発行されていた。これはロシアの読者に最新のフランス文学をパリと同時に、もしくはできるならばパリでまだ発表されない前に伝達しようとする野心をもって発刊された雑誌である。ビュロは協定により若干の報酬を受けとるかわりに、「両世界評論」と「パリ評論」への寄稿をこの評論雑誌にも回し、その棒組ゲラ刷をサンクト・ペテルブルクに売っていた。当時バルザックはロシアでフランス作家として最も人気があり一番よく読まれていたから、ビュロは「谷間の百合」のゲラ刷をロシアに売るのになんの躊躇もしなかった。——バルザックには貸しがあり、この自分に因縁をつけるような真似はまさかしないだろう。

ところがバルザックはパリに帰ってこのことを知った途端、手負いのライオンのようにビュロに跳びかかった。ビュロの処置に憤慨したのは物質的な面ではなく、むしろ彼の芸術的良心が傷つけられ裏切られたと感じたからである。バルザックはビュロに生原稿を送ったには送った。ビュロはそれをそのままの形で印刷させ、その棒組ゲラ刷をサンクト・ペテルブルクに送った。そして「外国評論《ルヴィユ・エトランジェール》」はそれをその後バルザックの手によるどんな校正も経ずに転載してしまった。さてすでに何度もいったように、初校の校正刷はバルザックには一種の基礎のスケッチにすぎない。彼はこれを手掛りとしてやっと本当の仕事にとりかかるのだ。そしていつものように「両世界評論」からも四回、五回、恐らくもっとしばしばゲラ刷を要求してようやく印刷許可を与えるのである。「外国評論《ルヴィユ・エトランジェール》」が突然サンクト・ペテルブルクから届られ、その数章が推敲の上で正式に許可した形式ではなく最初のスケッチにすぎないのをみたとき、バルザックがどんなに憤慨したか想像できる。彼はこんな不十分な形で印刷されようとは夢にも思っていなかったのだ。いつもなら一番親しい友達にも見せようとはしないあらゆる弱点と技術的な鈍重さを持つ初稿が、ここでは泥棒の手で公衆に彼の作として披露され、しかもバルザックの芸術作品と銘打って売り出されたのだ。バルザックはビュロに留守をつけ込まれて一杯くわされたと思った。これは至極もっともなことである。ただちにビュロと一切の関係を絶ちきり、「両世界評論」を相手どって訴訟を起そうと決心した。

＊

　バルザックに好意をもつ友人たちは、この意図を知って驚いた。ビュロは二つの最も有力な評論雑誌の編集を一手に握っているところから、パリで一強国をなしているのだ。文学の株式取引所で自在に作者の相場を上げ下げできる男なのだ。パリの著作家とジャーナリストの五分の四は直接間接彼の意のままになるのだ。大きな日刊新聞の編集にも発言権を持っている。バルザックはもともと同じ仲間の作家たちから好かれていないので、公然と争う場合になると、ビュロのかかるテロに対してあえて証人の役を引受け、助け舟を出してくれる新聞や友人はどこにも見つからないだろう。ビュロはありとあらゆる方法で彼の声望を傷つけ、囲い記事や人身攻撃で物笑いの種にさせ、出版者に睨みをきかせ、書籍商にさえ干渉することができる男だ、——こうバルザックは忠告された。したがって訴訟だけはやめるようにと、好意をもつ相談役は彼に迫った。なぜならよしんば公式には訴訟に勝っても、事実は最初から負けなのだ。無数の触手をあらゆる方面に張りめぐらしている影の力に対してはどうにもなるものではない。

しかしバルザックはおのれの芸術的名誉にかかわる場合には躊躇しない。自分が何者であるかを改めて認識し、そしてパリでは周囲の憎悪や羨望が邪魔するばかりに自分の本当の姿が隠されてしまうことを感じたのは、かえって外国のウィーンでであった。バルザックは自分の力を知っていた。しかもそれが確固たるものであること、そしてその力は敗北したり屈辱をなめたりすると、いつも一層ふるい立ち無敵になるばかりであることを知っていた。個々の攻撃には決して反撃しなかった。それはあまりにもどうでもよいことで、あまりにも些細なことであった。しかし出版界の一味を残らず向うにまわしてそのあらゆる腐敗と悪意と奸策に挑戦し、たったひとりで部外からかかる連中に立ち向うことは一種の喜びであった。彼は一切の仲裁の企てを蹴ってビュロを告訴した。ビュロのほうも義務不履行のかどで彼を告訴した。そしてこの戦いが法廷から新聞や文学にひろがったのは言うまでもない。ビュロは百方策を講じた。「パリ評論」にはバルザックについての実にひどい中傷記事が掲載された。彼の私生活も容赦なく槍玉にあげられ、法律に違反して貴族を僭称した罪も公然と非難された。若き日の奴隷時代における著作活動や共作関係もあばかれた。負債は白日のもとにさらされ、性格は冷やかしの種にされた。ビュロは同時に文学的募兵権を発動し、次々と文士連中に無理強いして次のような意見を発表させた。すなわち出版社が作者に別に余分の稿料を支払わずに彼らの寄稿を更に外国の新聞に転売することは一般的な慣習だというのである。そして「パリ評論」と「両世界評論」は絶好の収入源であったから、ビュロの律儀な家畜どもは彼のうちふる鞭の音に唯々諾々と賛成してうなずいた。アレクサンドル・デュマ、ウジェーヌ・シュー、ゴズラン、ジュール・ジャナンその他パリの世論を作れると信じ、また実際に自分たちの手で世論をでっちあげるお蔭でやっと多少の名声をかち得た文士連中のうちの若干は、同業者として兄弟のように彼に味方し、芸術家としてその職業の権利を守るかわりに、よってたかってバルザックに不利なことを言った。いつも変らぬ高潔の士ヴィクトル・ユゴーとジョルジュ・サンドだけはこのような恥ずべき衛星の奉仕を拒絶した。

バルザックの主張は法廷では結局本質的には正しいことになる。作品を完成する意向もしくは可能性をもはや持たないゆえにその契約した作品を渡さない場合、著作家は損害賠償の義務はないと、裁判官は全文筆業者にとって重要な判決を下した。バルザックは単にその受けとり済みの前払い金をビュロに返すよう命ぜられた。これは勝利であるが、ピュロスの勝利である。（犠牲が大きすぎて引き合わない勝利）バルザックはこの不和反目で弁護士と交渉したり裁判所に出頭したり論戦に没頭したりして、あたら貴重な幾週間を失った。おまけにパリのジャーナリズムの弥次馬連中をことごとく敵にまわしてしまった。どんな強い人間でも、世間を全部敵にまわして絶えず戦えば、気力を消耗してしまう。

*

この訴訟はとにかく法律的意味で勝ったが、法廷の経験を積んだ点で精神的意味においてもバルザックを力づけた。ヴォートラン、ド・マルセー、ラスティニャック、リュバンプレといった彼の小説の主人公たちが遠慮なく「力を創造せよ、しからば汝は尊敬されん。」という信条を主張するのがどんなに正しいかを、彼自身改めて認識し直した。——力を創造せよ。その源が金銭にあろうと政治権力にあろうと戦勝にあろうとテロにあろうと親戚縁故関係にあろうと女性にあろうと、どんな力でもよい、とにかく力を創造せよ。

武器をもたずには生きるな。さもないと負けてしまう。独立独歩だけでは十分でない。よろしく他人を意のままにするすべを修得しなくてはならない。世人が汝に弱点を握られたなと思って汝を恐れるとき、初めて汝はその生殺与奪の権を握ったことになるのだ。

　バルザックはこれまでその取巻き連や読者たちのお蔭で力を持っていると思っていた。しかし彼らは地上のあらゆる国々に散在していた。彼の力は軍隊化され組織化されていないために他人に恐怖の念を起させるには至らず、ただ羨望感をそそり立てるだけだった。一万、いな一〇万の忠実な読者は何も知らないから、パリで世論を作りそれを支配している四、五〇人のヘボ文士や饒舌の徒に反対してバルザックに救いの手を差しのべることはできなかった。そんなわけで彼は一番よく読まれている作家として、――そしてひそかに自覚しているようにフランス最大の作家として、いまこそ独立をたたかいとる時だと思った。そこでバルザックは新聞を一つ手に入れ、それによって彼に締出しをくらわせ、金力の影に隠れて嘲笑を浴びせたあの世論という暴君の城、つまり評論雑誌の水路を遮断しようと決心した。

　さて一八三四年以来パリに「クロニック・ド・パリ」という、週にわずか二回の発行で、実際は公衆の眼にもふれない小さな新聞があった。過激王党派的傾向だったが、それはバルザックには一向苦にならなかった。財政的に苦しく、喘ぎあえぎ一号また一号と形だけ発刊され、何らの尊敬も関心も払われていなかったが、バルザックにはそんなことは少しも差支えなかった。彼は、いやしくもオノレ・ド・バルザックが規則正しく寄稿するような、バルザックがその作品を委ねるような新聞なら、それだけでもきっと立ち直ると確信した。それにまた政治の馬場に乗り込むためには、新聞はなんと好都合なあぶみだろう。なぜならバルザックは政治の分野であらゆる失敗を重ねたにも拘らず、相変らず代議士やフランス上院議員や大臣になる夢を抱いていた。緊張と激動がつきものの、はっきり眼に見え手で触れることのできる政治権力というものに、依然として魅力を感じていた。「クロニック・ド・パリ」の株はそれ自身殆ど価値がなかったから、バルザックはある種の会社を共同でつくり、彼の手に株の過半数を確保することに成功した。もちろんこの甚だ込み入った仕事においても、いつもの楽天主義から、事業継続に必要な費用は自分が出すという重大な義務を引受けた。契約が結ばれるや否やバルザックは全力をあげて事業に没頭した。若い才能に恵まれた編集スタッフが立ちどころに集まった。しかしそのなかで後々までも彼の友人となり生涯の本当の儲けものとなって残るのはテオフィル・ゴーティエただ一人であろう。バルザックはおのれの批評眼に信頼するというより例によってその俗物根性と妥協して、秘書には若い上流貴族のベロワ侯爵とグラモン伯爵を採用した。しかし巨大な生産力で十二人前の仕事を一人で片づけるバルザックのような人物が主幹の席に収まる場合、寄稿家や編集者や秘書は実際はどうでもよいのだ。バルザックがそのまだ新しい仕事に刺戟を感じていた初めの頃、彼は紙面の本文を殆ど一手に引受け、およそ想像されうるあらゆる題目、つまり政治や文学や論争の記事を手当り次第書いた上、一連の彼の最良の短篇小説で紙面を飾った。一八三六年一月、彼の主宰発行第一号のために、たった一晩で「無神論者のミサ」を書いたが、これは短篇小説の傑作である。引き続き「禁治産」「骨董室」「ファチーノ・カーネ」「この人を見よ」「無名の殉教者」などが掲載された。彼は時間に構わず編集室に駆けつけ、仕事の工合を訊いたり、励ましたり、提案したり、刺戟したり、エレキをかけたりした。それと同時に権力欲にかられ、恐らくまたほかの雑誌を一挙に追い越して復讐をとげたい気持から、鳴物入りの宣伝戦に乗り出した。一月十、十四、十七、二十二、二十四、二十七日とカシニ街の自宅で饗宴を催し、あらゆる贅をつくし、ふんだんに葡萄酒を振舞った。主だった寄稿家を呼んだわけだが、しかもバルザックは最近の二期分の家賃四七三フラン七〇サンティームを払ってなく、家主はやむなく執達吏を差向けて取り立てるという騒ぎだった。

しかし錯覚を起しやすいバルザックにとって、それはいずれ百倍千倍の利子を生む単なる投資にすぎない。パリが彼の新聞に好奇心を寄せたので、彼はすっかり有頂天になった。そして第一号の発刊後四週間たつと、早合点にも勝利のファンファーレをハンスカ夫人に向けて吹奏した。

「クロニック・ド・パリ」に僕の時間を全部とられています。僕はもはや五時間しか眠りません。あなたのお仕事やハンスキ氏の事業がうまく行ってる、といえるものなら、僕のほうは大いに繁昌しはじめた、といえるでしょう。購読申込みは奇蹟的に増え、僕の持ち分は一月で九万フランの値打が出るようになりました。

「クロニック・ド・パリ」の何がしかの持株が九万フランに達するというこの評価は、もちろん彼の「希望」という私設株式取引所、——あらゆる株式取引所のなかでも一番信用のおけない取引所でしか通用しない。バルザックは夢のなかで早くもパリの王様になったような気がした。ビュロは間もなく頭を垂れてこっそりやってくるだろう。そして「クロニック・ド・パリ」を棄てて再び彼のもとに復帰する契約と引替えに一〇万フランを机上におくことだろう。つい今しがたまで彼を愚弄し敵視していた同業の文士たちはいずれもさっそく下手に出て、この最も有力な新聞の恩恵にあずかろうと努めるだろう。大臣や代議士はバルザック氏の政策を自己の政策とすることを余儀なくされるだろう。

しかし不運なことに、予約購読者が殺到したなどというのはバルザックの作家らしい作り話にすぎなかった。会計報告はかなり控え目な数字を出している。ほかの株主はバルザックほど天才的ではなかったが、彼よりずっと目先がきいていたから、こっそり持株を手離してしまった。そこでバルザックも、株の売出し価格の何分の一かで持株を売らなければならなかった。事業が大してうまく行っていないことに気がつくと、例の熱狂も消え去った。編集仕事が退屈になり、寄稿家や編集同人のところにも、めったに顔を出さなくなった。彼自身の寄稿もますます少くなった。そしてこの事業は、現実世界におけるバルザックのあらゆる企業の末路と同じように、完全な破産、莫大な負債という形で同じ年のうちに悲惨な結末をつげた。六ヵ月ないし八ヵ月にわたって狂気の沙汰の労働を続けたあげくが、財産を増やすことも旧債を片づけることも叶わず、新規に四万フランの負債を背負い込んだだけであった。これがその逆説的結果、もっと正確にいえばバルザックにおいては明々白々の結果であった。むしろなんにもしない遊覧一方の世界一周旅行のほうが、この最近の、しかし決して最後ではない投機より割のいい仕事だったろう。バルザックがその本領に忠実でないとき、彼の天才と明敏な悟性はきまって役に立たなくなる。もともとの土地ならアンタエウス（大地に触れるごとに活力を得た巨人）だが、縁のない場所へ行くと、小人たちの物笑いの種になる。彼は「一八三六年には金持になるでしょう。」と予告したものだが、数ヵ月たつと早くも「僕の状態は一八三六年も一八二九年も同じことで、少しもよくなっていません。」と白状しなければならなかった。

＊

ビュロに対する訴訟と「クロニック・ド・パリ」の失敗はしかしこの暦年のコレクショ

ンのなかでは単に大物たるにすぎない。好ましからざることは殆ど毎日おこっている。バルザックはまず第一にあらゆる出版業者と次から次と戦った。「とても素敵なベシェ夫人」は、彼女の店の社員だったヴェルデ氏が独立してバルザックを横取りしてからというもの、突然「憎らしいベシェ夫人」に変り、引渡しが遅れている作品を荒々しく取立てにかかった。一方ヴェルデはバルザックに金の融通をするだけの十分な資本の持合せがなかった。バルザックはウィーンでためらうことなく彼あてに手形を振出していたのである。バルザックは一息つくために「滑稽譚」の新版を自分持ちの勘定で印刷しようとした。やけどした子供が火を恐れ、破産した出版者がそんな商売から足を洗うという定石を踏まなかった。掛けで紙を買い、「滑稽譚」の新版を掛けで印刷させた。刷り上りの全紙《フォリオ》は早くも製本を待つばかりになった。そのとき突如として倉庫が火災にあった。そして今こそこれまでになく必要な三五〇〇フランが文字どおり煙になってしまった。

　バルザックは債権者を避けてどこへ逃げ出したらよいかもはや分らなかった。カシニ街の家にはしっかり錠をおろし、暮夜ひそかにバタイユ街の新居に最も貴重な家具と本を運ばせた。この住いはウィーン旅行の前にデュラン未亡人という名前で借りておいたものである。カシニ街と同じようにここにも秘密の階段があった。執達吏とかその他うるさい訪問客がこの住いの戸口までうまく辿りついた場合には、その階段から逃げ出すことができるのだ。しかし「デュラン未亡人」の住いの戸口に到着するということがまさに一個の放れ業だった。バルザックはその生活をめぐるあらゆるものをロマンティックにかつ伝統的にしようという子供っぽい、芸術家らしい欲望から、彼独特の合言葉の体系を案出したのである。合言葉はしょっちゅう変った。その時々の「胡麻よ、開け。」をとなえることができる人だけに、バルザックの三段構えの要塞突破の見込みがあった。彼の友人ゴーティエがのちに語るところによると、たとえば誰かが謎のデュラン未亡人を訪ねようと思えば、日によって門番に「西洋李《プラム》」の季節になりましたね。」と言わなければならない。そうするとやっと門番は来客をなかに入れてくれる。しかしそれはほんの序の口の試練にすぎない。階段をあがりきったところにバルザックの信頼する下男が待ちかまえているから、それには「ベルギーのレースをもってまいりました。」と合言葉第二号を囁かねばならない。それから部屋の入口で「ベルトラン夫人はいたって健康です。」と、三番目の合言葉をとなえると、初めてデュラン未亡人はオノレ・ド・バルザックとなってニコニコしながら現われるのだった。

　バルザックがその小説で述べたありとあらゆる巧妙なトリック、すなわち第三第四と人手に渡され期限を延ばされる手形、裁判を延期させるための奸策、郵便物がつかないようにして召喚状の受理を避ける抜道、――彼はラ・パルフェリーヌ（「ボエームの王」その他に登場する人物）をその道の巨匠にでっちあげたように、自分でも現実世界で債権者を釣っておく数百の手練を思う存分ためした。そして法律の精密な知識と巧みな手腕と断乎とした大胆不敵ぶりを発揮して毎日新たな成果をあげた。彼の手形は出版業者や高利貸や銀行のあいだを泳いだ。パリの執達吏でオノレ・ド・バルザック氏の差押え方を委任されないようなものは一人もなかった。しかしこれまで彼とじきじき会うことに成功したもの、まして彼に金を払わせるところまで漕ぎつけたものも一人としてなかった。

しかしバルザックは誇りの念から、また恐らく慢心からだろうが公然と法律に反対して、他の役所筋までも彼を追跡する仲間に入れてしまった。新たな法規によると、市民はいずれもしばらくのあいだ国民軍に民兵として服役する義務があった。バルザックはそんな義務を認めなかった。こちこちのブルボン王党派の彼にとって、市民王ルイ・フィリップは王位簒奪者であり、彼に対し命令を下す権利などどこにもなかった。おまけによい収入を生む貴重な時を失うのが惜しかった。全世界の印刷所や新聞や出版社が彼の本を待っているのに、鉄砲をかついでどこか町の片隅を軍服姿でぶらつくのは沽券にかかわることだと考えた。もっともな話である。肉体的にも文学的にもバルザックのような型の市民をこの義務から免除する手段は、穏便に話し合えば十中八、九見つけることができたであろう。しかしバルザックは妥協を望まなかった。軍務につくことを要求する命令には全然回答しなかった。釈明するよう三度も出頭を命じられたが、召喚に応じる労をとらなかったので、国民軍懲戒委員会は彼に一週間の禁錮の判決を下した。バルザックはお腹がゆすぶれるくらいラブレー風の高笑いをした。銃を手にとろうとしないからといって、彼バルザックともあろうものを懲戒し、ヨーロッパ文学の元帥たる彼を投獄しようなどとはなんたる厚かましい振舞いだろう。よろしい、やってみるがよい。片意地な徴集忌避者の捕縛を委任された警察と愉快な隠れんぼ遊びが始まるというので、彼はすっかり喜んでしまった。つかまえられるものならつかまえてみろ。しかしまず第一に、おれを発見しなければならないぞ。金ピカ服の馬鹿者どもは、おれをうまく引っかけるにしては少し脳味噌が足りないことを思い知らされるだろう。

バルザックは幾週間もどこへ行ったか見えなくなった。神聖な「ヘルマンダード」（中世スペイン都市防犯連盟）の使者が時刻にお構いなくカシニ街に押しかけたが、無駄足を踏むだけだった。バルザック氏はいつも旅行中で所在不明である。――ところがこの同じバルザック氏が午前中あちこちの出版者のところで前借金を集め、それからその晩はイタリア座のボックスに現われるのだ。口髭を生やした警官どもがそのあいだどんなにしげしげやってきたか、律儀な下男から聞くのはなんと愉快なことだろう。またその阿呆な連中が雲隠れした男について動物のようにまじめくさって取調べを行っているのを、垂幕で隠した扉のうしろに隠れて聞くのはなおさら面白かった。これで今度の小説に活気がつく。ヴォートランとパッカール対コランタン、ペーラードその他の警察の猟犬との闘争にとって、素晴らしいインスピレイションというものだ。しかしある朝、というと四月二十七日のことだが、ルイ・フィリップ王が勝った。一人の警部が、何時間も張りこんでいた二人の刑事と一緒に彼のあとをつけてカシニ街に入りこんだ。そして三〇分ばかりすると、悪評の高い緑色の馬車が彼を拘置所の「バザンクール館」に連れていった。ここは俗に「隠元豆ホテル」と言われているところである。彼がそこで刑期を完全にすごさなければならなかったという事実は、とにかく彼の世間的な声望がフランスではどんなに軽少だったかを示している。外国では貴族社会が争って招待につとめ、どの外国公館にも迎え入れられ、そしてヨーロッパ外交界の大御所メッテルニヒから会いたいといわれたその同じ人物が、四月二十七日から五月四日まで、なんの恩典にもあずからずに拘置所にとどまらなければならなかったのだ。彼はそこの途方もなく大きな部屋の、わめいたり、勝負事をしたり、笑ったりしている最下層階級の容疑者の群のまっただなかに坐った。彼らは大抵労働者で、その日の儲けをフイにすると妻子が飢えるかもしれないというので、民兵服務に二日という犠牲を払いたくなかったのだ。バルザックがやっと許された唯一の恩典は、机と椅子を都合してもらうことだった。それさえあればほかのことはどうでもよかった。彼は自分の仕事部屋に修道士のようにひとりこもる時と同じ激しさで、この地獄でも校正を片づけた。彼の気分が決して暗いものでなかったことは、ハンスカ夫人あての手紙にあるこの事件のほがらかな描写が示している。彼の名誉感はいささかも傷つけられなかった。この拘留はむしろ道化芝居に対する彼のフランス的感覚をいやが上にも活気づけただけだった。いやそれどころか、国家が一週間ばかりあらゆる債権者や執達吏の手から彼を安全確実に保護してくれるのを、一種の快感とともに楽しんですらいたのだ。労作というガレー船漕役を終身科せられている囚人であり、債権者たちから永久に追いかけまわされている男として、彼は「隠元豆ホテル」よりもっとひどい牢獄にも慣れている。自由の身になるということは、彼にすれば昼夜を分かたぬ戦いをまた始めなければならないということだった。

バルザックは半年このような運命の棍棒の打撃に耐えた。時としてうめき声をあげた。

そんなわけで僕のしていることは文字どおり自殺的行為です。

または、

疲れた馬みたいに、僕の頭はいつの間にか垂れてしまいます。

鉄のような体質にも拘らず、彼はめまいの発作という形で、最初の警告を受けた。彼の忠実な医者は、何はさておき体を大切にするようにと忠告した。二、三ヵ月田舎に出かけて十分休養するようにとすすめた。バルザックはそのすすめに従うが、半分だけしか聞かなかった。古なじみの逃避先、故郷トゥーレーヌの友人マルゴンヌ家に赴いたが、しかしナカール博士に命じられたようにそこで保養する目的ではなく、反対に仕事をするためだった。彼自身その生涯でも稀にみるほど滅茶苦茶に、集中的かつ熱狂的に仕事をするためだった。バルザックは今度もまた気がついた。すなわち絶望的な境遇から彼を救い出すことができるものは投機や商売や金持女との結婚ではなくて、彼の唯一の本来の仕事、つまりそのために生れ一身を捧げることを誓った芸術なのだと。芸術家には医師がほかの患者には処方できない療法がある。すなわちひとり芸術家だけが、苦悩を記述することによってそれを静めることができる。芸術家はその痛烈な経験を感動的な作品に移し入れることができ、また自らにとっては苛酷な人生の拘束にほかならぬものを、創造的に自在に変えることが可能なのだ。バルザックがサッシェへ行ったときは、このような人生の拘束に苦しんでいた。ベシェ未亡人は再婚し、商売には無慈悲なくらい凄腕の夫の言いなり次第になる女になっていたが、次のような判決を獲得していた。それによるとバルザックは、引渡しの遅れている「風俗研究」の八折版二巻の原稿を二四時間以内に引き渡さなくてはならなかった。そして引渡しが一日遅れるごとに五〇フランの罰金を支払わなければならなかった。今やバルザックは、

かねて請求されていた二巻分を二〇日で仕上げて、

この負担を免れようとした。バルザックの意志のはたらくところ、そこにはきっと奇蹟が

起る。彼は二通りのことをしなければならないのに気がついた。

最後の契約を消滅させてベシェ夫人を満足させ、しかも立派な作品をつくること。

双方ともうまくいった。バルザックは窮地に陥らないかぎり素晴らしい作品が書けない男なのだ。一週間で「幻滅」の構想を立て、その第一部をすっかり書いた。

全身の力を緊張させて、日に一五時間書きました。太陽と一緒に起き、昼食の時まで黒いコーヒー以外は何もとらずにやりました。

破約賠償金と競走で書いたこの本が一つの主要作となった。バルザックは彼の内心を恐ろしい鞭で叩き出し、胸深く秘めた希望と身中にひそむ危険をわが手で吟味にかけたかのように思われる。「幻滅」はフランス文学未曽有のリアリズムと生活の幅をもつ現代図絵であるが、それと同時に、しかも究極においてバルザックと彼自身との決定的な対決を扱っている。作家が自己とその作品にあくまで忠実な場合、もしくは迅速で不当な名声の誘惑に負けて引きずられる場合、この二つの場合に作家はどうなるか、どうなりうるかを彼は二人の小説人物の姿を借りて述べている。リュシアン・ド・リュバンプレは彼の内心にひそむ危険を、またダニエル・ダルテスは彼の最高の理想を象徴化したものである。バルザックは彼の性質の二重性を知っている。彼はおのれのなかに一人の作家がひそんでいて、どんな譲歩や妥協も拒否して社会の真只中で完全に孤立しながら一心不乱にひたすら努力していることを知っている。――しかし彼はこれと同じく自分には第二の性質、すなわち享楽的人間で浪費者で金銭の奴隷で、たびたびつまらない虚栄に負け、贅沢の誘いに抗しえない性質のあることも認めている。彼は今や自己を鍛えるために、またはかない成功に眼がくれて自己の芸術を裏切るような作家の身辺に迫る危険を、自分でも目のあたり徹底的に感じとるために、一度誘惑に負けるとずるずる足を滑らせるふらふら腰の一作家を描いて自戒とした。彼の描いたリュシアン・ド・リュバンプレは本名はシャルドンというのだが、バルザックと同じように独断で貴族の称号をその姓名につけ加えた男である。彼は若い理想主義者として一巻の詩集をたずさえ、――バルザックの「クロムウェル」というところだ、――ひたすら自己の才能だけでやりとげようという希望をもってパリにやってくる。幸運に恵まれて、青年たちのグループ「同人結社《セナクル》」に仲間入りする。彼らはラテン区の屋根裏部屋の貧乏書生としてそれぞれ人生行路に踏み出し、そしていつも脳裡を去らない使命への献身のお蔭でフランス未来の精鋭を形づくる面々である。彼らはルイ・ランベールの友人で、ダルテスは作家、ビアンションは医師、ミシェル・クレティアンは哲学者である。いずれも将来成しとげようと誓い合った仕事のために、一時的なその場かぎりの成功には眼もくれない人たちばかりである。ダニエル・ダルテスの紹介で、——彼の性格の強さと自ら頼むところのある辛抱づよさのうちに、バルザックは彼自身のよりよき自我を描いているが、リュシアン・ド・リュバンプレはこの誠実で純粋な青年たちのグループに入る。しかし彼はこの精神貴族の仲間に誠実を守るかわりに、サン・ジェルマン区の世襲貴族たちに彼を畏敬する念をおこさせようという誘惑にかられる。彼は手っとり早く成功し、金を儲け、読者にはあっと言わせ、女にチヤホヤされ、政治上の権力を握ろうとする。そして詩はこの金にはうまく換えられないから、ジャーナリズムに身売りする。彼はかつてのバルザックと同じように、ほんのその時しか通用しない軽い駄作を書くために自分の才能を相手構わず売りつける。文学の製造人や世論の下働きといった低級な人々と交際して品位を落とす。新聞の幇間となり、売春婦の情夫となる。そして外的には、はかない日々の成功のお蔭で、文学的生産の泥沼の無数の泡の一つとして世評にのぼる間に、実際はますます堕落していく。バルザックは長年新聞のために強制労働に服して得た恐ろしい知識と、ジャーナリズムの一味徒党の憎しみを受けて骨身に徹したありとあらゆる痛ましい経験にものを言わせて、世論のつくられるからくりの全貌や、パリの劇壇・文壇の全機構や、骨の髄まで腐っているのでお互い助け合いながら同時に蔭ではお互い反目し合うこれら世界の内幕をことごとく暴露した。彼は当時のパリや狭い文学サークルの一端だけを描こうと考えたのだけれども、「幻滅」は完全な図絵となり、あらゆる時代に通用する作品となった。これは矜持と憤怒の書であり、性急と貪欲から卑俗に陥ることなく終始一貫強くあるようにとの、しかも抵抗が加われば加わるほどますます強くなるようにとの勧告である。バルザックは、困りきった時にかえっていつも本当の勇気を見出し、人生の最大の破局の真只中でかえって彼のもっとも個性的な、最も壮大な作品を生み出した。

第十五章　イタリア旅行

訴訟と差押えと告訴と破産など、あらゆる難局に見舞われたこの災厄の年、そして国家の牢獄に幾日か収容され、仕事の牢獄で数かぎりない時間をすごしたこの災難の年のことを、バルザックはハンスカ夫人にあてた手紙のなかでまさにマゾヒスト的な喜びと往々魅惑的な哀感をこめて述べている。しかし毎週その日記体の手紙を憂慮と敗北の記事で埋めて書きおくったが、それがそんなにも詳細なのはひとえに彼の生活の真実や大事なところを遠国の女友達の眼からヒタ隠しに隠そうとするのが目的ではないか、という疑いを持たないわけにはいかない。ところでバルザックの類を絶した途方もない生命力を何よりもよく示すものは、彼が債鬼の群に追いまわされ、しかもその騒動の真只中で四つか五つの傑作を生み出したまさにこの年に、私生活、いやそれどころか贅沢で艶っぽい生活を送るだけの時間と欲望を見出した点である。バルザックを彼自ら述べる額面どおりに受けとって禁欲者だとか、ひまなときには疲れてヘタばる永遠の苦役労働者だとか考えるのは見当違いも甚だしいと言わなくてはならない。事実、あちこちで大げさなことをいったり浪費したりしながらこの上なく呑気に、この上なく充実した生活を送るのは、まさにいろんな事件や仕事の余暇のほんのわずかなあいだなのである。一般に運命とその試練といわれているものに対してあくまでも自信があるところからくる無関心ぶり、――彼のこの最後の秘密を知らないかぎり、人間バルザックを理解することはできない。彼のうちの何物かが、――そしてそれが恐らく彼の本性の一番奥にある実体であろうが、彼の外的生活の災厄には全然関与せずに、その暴風雨をあたかも陸地から荒れ狂う海を見るのと同じような緊迫した好奇心で高見の見物をする。朝がた執達吏にドアをノックされても、それはその日の午後、宝石商の店でまったくなくもがなのつまらない品物を買う妨げとはならないだろう。品物の値段は執達吏の請求額と同じ数百フランだが、もとよりそんな金は持ち合せていないのだ。負債の水位が一四万フランに達し、ある時は仕立屋ある時は医師と文字どおり昼食代を借り集めなければならなかったその同じ一八三六年に、かえって彼は有名な「バルザック氏のステッキ」、――ジラルダン夫人がそれを種に小説を仕組んだあの棍棒のほかに、いま一つ犀の角でできたステッキを六〇〇フランで、鵞ペンを削る金のペンナイフを一九〇フランで、財布を一一〇フランで、鎖を四二〇フランで注文している。――「あわれな農奴」で「仕事の奴隷」で同時に固い覚悟の禁欲者の買物というよりは、むしろ大金持から大金をまきあげた娼婦の買物である。ある抵抗力が平均をとろうとして彼の心中でいつも人知れず働いている。すなわち借金すればするほど、このような値段のはるつまらないものを買い集めて贅沢の幻想に耽りたいのだ。むずかしい状況になればなるほど、人生を楽しもうとする気持がバロメーターの水銀のように高くなるのだ。仕事の踏車を仮借なく踏まなければならなくなればなるほど、ますます強烈に人生を享楽しようとするのだ。こうしたアンチテーゼがなかったら彼の人生は狂気の沙汰であろう。彼の人生を素晴らしいものとし、火山のように爆発し噴出する自然力の絶えざる流露にするのはひとえにこのアンチテーゼである。

　最も重大な危機の年一八三六年は、したがって同時に日照りつづきで最も暑かった年であり、嵐の最も猛烈だった年であり、バルザックの生涯において贅沢と官能の当り年だった。事実をゴマ化したり、人を煙に巻いたり、まるで手品師のようにあらゆる信頼性を大胆にも手玉にとって楽しもうという彼の気持、——とりわけ彼がハンスカ夫人に手紙で伝えたような自伝的な生活像と彼の実際の伝記とを比較するとき、それにはどうにも舌を巻かざるを得ない。されば彼は、仕合せにもはるか遠方のヴィエジュホヴニャにいる「愛妻」にあてて、孤独の奥深く引きこもるためにカシニ街の家のほかにいま一つ別に「屋根裏部屋」を借りたこと、そこは彼の親友でも近づけないところで、その屋根裏に彼は日夜たった一人で、まるで老いぼれ疲れはてた白髪の修道僧のように暮していること、そこは「何人も近づけない、家族といえども近づけない僧房だ。」と書いた。

バルザックに言わせると友人ジュール・サンドーが同情して貸してくれたこの「屋根裏部屋」、この僧房は実をいえば彼の住いのうちで一番豪華版で、彼はそこの家具調度をととのえるためにはいかなる費用も惜しまなかった。カシニ街には四室分の十分な家具があるのに、カピュシーヌ大通りの高級家具商のモローの店で全部新品を買った。下僕のオーギュストさえ新しいお仕着せをもらった。チョッキだけ赤で、ほかはみんな空色ずくめである。これだけでも三六八フランかかった。といっても金は払わずに借金の手を使ったことだろう。このいわゆる僧房の圧巻は、作家の部屋というより「椿姫」の部屋にふさわしい婦人用の居間だった。しかしバルザックを夢中ならしめたものはその部屋にうんと集めた高価な家具や選択よろしきを得た色彩のなまめかしさであって、彼は「金色の眼の娘」のなかでこの部屋の詳細な叙述を試みているくらいである。

……その場所は、二つの部分に分かたれた閨房の片方の美しいなだらかな曲線で半円形をなしている部分で、その向いに真四角な他の片側がつづき、その真ん中に白と金色の大理石でできた煖炉が輝いていた。彼が入って来た扉は、豪奢な綴錦で隠されていて、正面の窓と向い合っていた。蹄鉄形の片側の部分には本物のトルコの長椅子が置かれてあった。それは床の上に敷かれた褥であったが、寝台のように広く、周囲が五〇フィートもある白いカシミヤ織の長椅子であって、菱形に並べられた黒と紅の総がその白さを一段と引立てていた。数吋の高さの背のついたその尨大な寝台の上には、いくつもの座褥が刺繍の豊かな興趣をもって寝台を飾っていた。壁には一面にコリント式円柱のような襞を作っている赤い布が張りめぐらされていて、その上を更にインドのモスリンが覆っていた。その襞は窪んだところと円く膨らんだところが交互に並ぶ立縞となって、その縞の上と下を、黒い唐草模様のついた紅色の帯が遮っていた。紅色はモスリンの下で薔薇色となっていた。そしてこの愛の色は、またインドのモスリンと薔薇色の琥珀織が二重になっていた紅と黒の混りの縁飾のついた窓掛の色でもあった。壁からはそれぞれ二本の蠟燭を持った六本の真紅の腕が突出ていて、それぞれ等しい距離から長椅子を照していた。中央から燻んだ朱色の燭台の垂れている天井は白光に輝き、軒蛇腹は金色に照り栄えていた。敷物には東洋の肩掛のような模様が画かれ、造った奴隷の故郷のペルシャの詩を想い起させるものであった。家具は、黒と紅の刺繍を施された白いカシミヤ織で覆われていた。柱時計といくつもの枝付燭台はみな金と白の大理石でできていた。一脚の卓子の下にはカシミヤ織が敷かれてあった。優美な鉢棚には、あらゆる種類の薔薇と紅白色とりどりの花々が咲乱れていた。（「金色の眼の娘」）

　これを読むと、室内装飾や家具に対するリヒャルト・ヴァグナーの怪しげな好みが思い出される。ヴァグナーはこのような華やかな絹やカシミヤの山に取りかこまれていないと、ちゃんとした霊感の到来を感じなかったものだ。バルザックのほうは詩的霊感を覚えるのにどの道こんな手数はかからなかった。どんな質素な机にもたれていても盛んに霊感が湧いてきた。したがってそういう品物は、もっと現実的な目的のために必要だったのだ。友人のフォンタネーにあの「有名な白い長椅子」を見せたとき、平素は慎重な男だのに、思わず口を滑らせて笑いながらこんな告白をした。

　僕がこれをこしらえさせたのはちょうどさる上流婦人をものにしかかってるときだったよ。そういう女には立派な家具が必要だものね。そういうものにいつも馴染んでいるんだから。この長椅子に坐ってみて、まんざらでもなさそうだったっけ。

しかしフォンタネーが、わざわざこの言葉を彼の日記に書きつけておかなかったにしても、人はこの新居の様式から推して、早くもその目的が奈辺にあるか察しがつけられるだろう。バルザックが新たに身支度をととのえ、しゃれた恰好になろうとする時はいつも恋をしている。新しい逸楽の部屋に家具調度を据えつけようとする時は、いつも恋人を待ちうけている。彼が何を感じ何を気にかけたかは、かならずその巨額の勘定書にあらわれる。カストリー侯爵夫人に求愛した当時は、馬車を買い馬丁を雇った。最初の長椅子を買ったのは彼女のためである。マレー街の寝室はベルニー夫人のために飾りたてたのだ。ハンスカ夫人のときは一ダースの手袋とポマードをあとからジュネーヴに送らせ、ウィーンに旅行したときは自家用馬車を借りている。ほかにもいろいろ矛盾があるが、また一つここに矛盾が見られるわけだ。つまり「恋妻」に永遠に操をたてると約束したまさにその年、バルザックはかつてないほど女に惚れっぽくなっていた。あらゆる手紙のなかで純潔を守る悩みを訴えたまさにその年、いろんな女と最も情熱的で最も自由な関係を結んでいた。そして「唯一無二の女人」にあてた素晴らしく大げさな恋文の数々を、もう一人の女性との逢瀬のひとときの前後に書いているのだ、――一時代あとの人々がすべて感激して読んだその手紙を、である。

*

彼の手で注意深くヒタ隠しにされていただけに彼の生涯に一層大きな役割を演じたこの新しい恋人は、まことに辻褄の合わない話だが、間接にハンスカ夫人を通じて知合いになった女であった。ハンスカ夫人は、ひそかに婚約を交わした愛人がジュネーヴを出発するとき、パリのオーストリア大使夫人アポニー伯爵夫人への紹介状を彼に与えた。貴族狂のバルザックは相手が公、侯、伯爵夫人とあれば、自分がどんなに多忙でもいつも会いに行くひまを見つけ出す男だから、パリへ帰りつく早々大使館を訪ねた。さて一八三四年のある大きな夜会に、そこで三十がらみの大柄で肉感的な素晴らしい金髪美人が彼の眼にとまった。彼女は肩をあらわに出し、無遠慮に色気たっぷりな恰好で歩きまわり、なみいる連中を少しも不快がらせずに驚嘆の思いを抱かせ、お追従をいわせていた。しかしバルザックを熱狂せしめたのは、この婦人が美しいというただそれだけのことではない。彼は恋愛生活ではある程度永遠の庶民で、いつも女の人柄よりも社会的地位とか貴族の名前のほうに興味をそそられた。そこで彼が早くも情熱に燃え立つためには、この新しい「異国の女」がグィドボーニ・ヴィスコンティ伯爵夫人であることを聞き知るだけで十分だった。ヴィスコンティ家はミラノの公爵で、グィドボーニ家はイタリア最上流の貴族の一つである。したがってジェヴスキ家でさえその家系では、このルネサンスの由緒ある大名華族に適わないのだ。バルザックはどうにも抑えきれない気持に駆り立てられ、例の久遠の貞節の誓いをすっかり忘れてこの美貌の女に近づいた。

さてもっと近くによって見ると、この美しい異国の女は生れながらの伯爵夫人でもなく、イタリア人でもないことが明らかになった。もとの名はセーラ・ローウェルといって、一八〇四年ロンドン郊外のイオウル・パークで生れた。時たま自殺や猛烈な情熱が、疫病のように猛威をふるう甚だ風変りな、憂鬱症の病人が絶えない英国家系の出である。彼女の母親はやはり美人で有名だったが、わが身の老いを感じた途端、われとわが命を絶った。兄弟の一人もまったく同じことをやっている。もう一人の兄弟は大酒のために身をほろぼした。妹は宗教にこって半ば気違いになっている。この狂熱的な家庭でただ一人並の人間である美貌の伯爵夫人は、その情熱をもっぱらエロスの国だけに限った。見たところ英国風に冷静で落ち着いた金髪の女だが、彼女を誘惑する恋の冒険家には、内心の抵抗も、特にこれといった熱情もなく、言いなりに身を任せた。彼女はそんなとき、自分がエミーリオ・グィドボーニ・ヴィスコンティ伯爵の妻であることをすっかり忘れようとした。二人はどこか旅先で結婚したに違いないが、もの静かで控え目な夫は嫉妬から彼女の邪魔をしたことなど一度もなかった。

　エミーリオ・グィドボーニ・ヴィスコンティもまた彼なりに情熱をもっていたが、それは妻の少々人聞きの悪い情熱と決してぶつかることはなかった。彼の人生のほんとうの恋人は音楽で、その点E・T・A・ホフマンのような作家の短篇小説で永久に伝えられるだけの値打がある。大した傭兵隊長《コンドティエーレ》の子孫だけれども、彼はどこかの劇場のオーケストラ席で安月給の貧乏楽師たちに立ちまじって譜面台の前に坐り、ヴァイオリンを弾くことさえ許されれば、それが無上の楽しみだった。パリとウィーンの館のほかに、グィドボーニ・ヴィスコンティ家はヴェルサイユにも邸があり、そこから彼は毎晩脱け出してオーケストラ席の譜面台へこっそり通った。彼はよそのどんな町へ行っても、理想的なディレッタントとして控え目に頼みこんだものだ、――つまり下手なヴァイオリン弾きだが、特別にオーケストラ席の一員に加えてほしいと。ところで昼間は薬剤師遊びをして楽しんだ。中世の錬金術師のようにいろんな原料を混ぜあわせたり、それを壜に詰めたり、大小の壜に綺麗なラベルを貼ったりすることに子供のような喜びを味わうのだった。社交界に顔出しすることは苦手であった。気分がいいのは影に隠れている時だけだった。だから美しい妻の情人たちの邪魔は決してしなかった。誰にも煩されずに好きな音楽に堪能できるというので、妻の情人たちの誰に対しても親切に振舞い、好意を示した。

バルザックはベルニー氏とハンスキ氏のあとでこれが三度目の幸運を摑んだ。半ばは騎士道的精神から、半ばは無関心から、自分の妻が有名な作家にチヤホヤされるあらゆる可能性を見てみぬふりをする良人にめぐり会うという幸運である。例によって例のごとく彼は猛烈に性急に獲物に突進した。夫人に初めて会って以来、彼のひまな時間はあげてグィドボーニ・ヴィスコンティ夫妻のために費された。ヌイイー大通り（現在のシャン・ゼリゼ大通り）の邸宅に彼らを訪ね、遠くヴェルサイユまでも出かけ、イタリア座のボックス席を一つ彼らと一緒に買った。そしてジュネーヴから帰ってまだ三ヵ月にもならない一八三五年四月、彼の総懺悔聴聞尼のハンスカ夫人に向ってではもちろんなく、信頼のおけるズュルマ・カロー夫人に向ってこう懺悔した。（ジュネーヴから戻ったのは実は前年の一八三四年二月十一日）

ここ数日来、ある女にすっかり支配されています。ぐんぐんのしかかってくるような女で、どうやって引きはずしたものか僕には分りません。というのはちょうど貧しい娘みたいなもので、好きなものとなると僕は無力なのですから。

しかし伯爵夫人のほうではまだ二の足を踏んでいて、バルザックにおめおめ侵略されるままにはならなかった。彼女は音楽愛好家の夫に愛人コズロフスキー公爵を通じて一子を贈ったが、その愛人をお払い箱にしたばかりであり、次の後釜はバルザックではなく、むしろパリ社交界の大立者の一人ライオネル・ド・ボンヴァル伯爵にしようかどうか決しかねていた。一方バルザックのほうでもこの新しい熱狂的な恋に勢い込んで専心するわけにいかなかった。というのは長篇小説をいくつか書かなければならないし、債鬼との戦いも決着をつけるべきだし、その上、目下鍛えつつあるいま一つの鉄がすっかり冷えてしまうのをそのままほっておくわけにはいかないからである。ハンスカ夫人は知合いのロシア人やポーランド人、すなわちコズロフスキー家、キッセレフ家、その他彼女に好意的な密告者たちによって、バルザックが突然音楽が好きになった事情にはよく通じていた。バルザックがロッシーニの愛人オランプ・ペリシエのなんの危険もないボックス席からヴィスコンティ家の席に移ったことも知っていた。彼女はバルザックの生涯におけるプリマ・ドンナの役を後世のために演じようと決心しているので、彼の不誠実と不貞を手紙でなじった。彼女は、何一つ疑ったことがない無頓着な夫の存命中に夫を無視して取りかわした例の奇妙な婚約によって、バルザックに絶対の貞節を要求し、ただ息抜きのために「娼婦、どこかのつまらない娼婦たち」だけを、——したがって精神的にはまったく取るに足らず、社会的にも彼女の迷惑にならない遊びだけを許していたらしい。そしてバルザックのことはよく知っているので、グィドボーニ・ヴィスコンティ夫人にも恐らくこの自分に、——身も心も彼に捧げて独専権を守りおおせたと思っているこの自分に書きおくるのとちょうど同じような情熱的で派手で誇張した手紙を書くに相違ないと考えた。誰しもやがて未亡人となるべき百万長者の妻をまったく無関心にあきらめるものはないから、結局バルザックとしては例の金ばかりかかった空想的なウィーン旅行を企てて、彼女こそ心から愛する唯一無二の女性だと改めて保証する以外ハンスカ夫人をなだめる可能性がなかったのだ。その次がサッシェの夏で、彼はその地で仕事をし約束を果した。美しい伯爵夫人を手に入れようとしてライオネル・ド・ボンヴァルと再び競争を始めたのは一八三五年八月のことである。バルザックが勝ちを占め、ヴィスコンティ伯爵夫人の愛人になった。そして「バルザックありのまま」という、よく調べてはあるが匿名の甚だ疑わしい例の本が信用できるものとすれば、一八三六年五月二十九日生れのあのライオネル・リチャード・ヴィスコンティの恐らく父親にもなった。これは父の姓名も天才も受けつがなかった三羽のほととぎすの仔の一つである。

＊

グィドボーニ・ヴィスコンティ伯爵夫人は五年のあいだ彼の愛人であり、献身的な友人であり、切羽詰ったときの彼をいつも倦まずに助けたものだが、不当にもバルザックのあらゆる伝記で背景に立たされている。これには彼女自身の側に罪があるのだ。人生にしばしば見られるとおり、問題は人が活躍して成しとげた業績にあるのではなく、その業績を上手にそして熱心に宣伝する能力があるかどうかにかかっている。ヴィスコンティ伯爵夫人は一度も死後の文学的の名声を求めなかった。だから彼女の姿は、彼女と比較にならないくらい虚栄心が強く、目標を忘れずによく努めたハンスカ夫人の蔭に完全に隠れてしまった。ハンスカ夫人は最初からバルザックの「不滅の愛人」の役割を演じようと努めていたのである。ヴィスコンティ夫人に夢中だった時分彼女に熱狂的な手紙を書かなかったとしたら、それこそバルザックらしからぬ振舞いだったであろう。しかし夫人は、将来の出版にそなえて手紙に番号をつけたり、それを前もって手箱に保管したりはしなかった。これは無頓着のせいか、それともこの上なく自尊心が強くて二人の死後あることないこと言いふらされたり文芸欄の記事の種にされたりしたくなかったからか、いずれにせよ夫人はどんな種類の文学史的名声も最初から放棄して、それだけにいま現に生きているバルザックにいよいよもって心底から、公然と、誰はばかるところなく一身を捧げたのである。近くによって見ると、ハンスカ夫人のバルザックに対する関係には何か苦しそうなものが興ざめなくらいつきまとっているが、伯爵夫人はそんな次第でそういうものからまったく解放されていた。自ら称して激しい情熱の時代といった頃でさえ、この利口で功名心の強い貴族のハンスカ夫人は絶えず自分の「立場」、すなわち社会的・社交的地位や文学史での自分の場所を念頭においていた。どうやらハンスカ夫人は二〇年のあいだバルザックのために、もしくはバルザックによって、体面をけがされはしないかと絶えず心配していたような気がする。彼女は自分からは本当の熱を発しなかったくせに、彼の生涯での名誉の席をいつも暖かにしておきたがった。バルザックを自分の愛人とし吟遊詩人にしようとするが、それをヒタ隠しにして、身分の高い親戚には気どられないようにした。彼の手紙や原稿はほしいが、評判になったりスキャンダルを起したりはまっぴらという主義なのだ。こっそり彼の泊っているホテルに忍んでくるくせに、公けの席では非難がましい冷たい調子で奇妙なバルザック氏について語る。ハンスキ氏の前では貞節な妻の役を演じる一方、バルザックをずっと情人にしておくために寡婦の身分になるのを見越して婚約を結ぶ。夫をも巨万の富をも思いあきらめず、自分の無疵の評判をいささかも危険にさらそうとはしない。そして自由の身になった時でさえ、身分違いの結婚にほんとうに踏み切る決心がつかない。彼女の振舞いにはいつも何か意図があり、打算があり、どこかこせついたところ、用心深く構えたところが感じられる。ジュネーヴで彼に一、二度身を任せた時でさえ、自分というものを自由に意識的にふんだんに捧げたというよりは、むしろ施しもの、好奇心からの、しかもすぐあとで後悔した不本意な行為という印象を受ける。

こうした不誠実と詰らない嫉妬と冷かな芝居だらけの関係に比べれば、見かけは不道徳なヴィスコンティ伯爵夫人のほうが線の太い、一段立ちまさった女のように思われる。一旦バルザックに許そうと決心すると、心底から情熱的に身を捧げるのだ、――「谷間の百合」に描かれた彼女の肖像がその証明である。パリ中に知れわたって噂の種になろうがなるまいが、そんなことはまったく意に介しなかった。彼と連れだって劇場の買切りのボックス席に姿を見せた。彼が債鬼から逃れる道がない時には自宅にかくまってやった。ジャルディーではとなり合って住んだ。良人の前でも、貞節な妻という胸くそが悪くなるような芝居を演じたことはさらさらない。バルザックの側からの嫉妬を全然受けつけないのと同じように、彼女のほうでも遠い異国の恋敵と違って、こせこせした監視や心の狭さをさらけ出す嫉妬などで彼を苦しめることはしなかった。彼に勝手に振舞わせ、彼の恋の冒険をただ笑って見逃してやった。彼女は嘘をいわなかった。一方のハンスカ夫人に対して彼は手紙のなかで絶えず嘘をつかなくてはならなかったが、そんな苦しい羽目に彼を追い込むことはしなかった。ハンスキ家の十分の一も裕福ではなかったが、彼が経済的に困っているときには事件の処理を委任したり、代りに金を払ったりして何度となく彼を助けた。

真の愛人で同時に友達だった。——どんな社会にもどんなに固い道徳にも階級秩序にも従わず、ただ自由に率直に自分の意志にだけ殉じる女の大胆、率直、自由さを彼女はあらゆる場面に示した。

この率直さのために、さすがのバルザックもハンスカ夫人にこうした関係を隠しておくことができなくなった。「谷間の百合」のダドリー夫人の情熱的な恋の場面が、伯爵夫人とすごした最初の頃の有頂天ぶりをあとからそのまま描いたものだということは、彼にしても多分まだ否定できたかもしれない。——「あれはヴィスコンティ夫人の肖像を描いたのだ、——世間ではしまいにはこんなことを言い出すのではないでしょうか。」と、世間の意地の悪さにあどけなく驚いた振りをして、ハンスカ夫人にこう手紙を書いている。しかしパリにいるポーランド人やロシア人がヴィエジュホヴニャへ送る手紙の報告を邪魔立てすることはできなかった。それには世間で評判のいろんな事実がおよそ考えうるかぎり詳しく述べてあるのだ。「疑惑と非難」の手紙が雨のように降ってきたことは言うまでもない。しかしハンスキ氏の死とその巨万の財産を相変らずあてにしているバルザックは、あれは驚くほど信頼に値する理想的な女友達にすぎないと称して、勇敢に嘘をつき続けた。正直な人間に見せかけようとして、「僕の多くの悲しみを慰めてくれるこの友情」の讃歌をこの上なく老獪なやり方でうたった。彼はハンスカ夫人に書いた。

お話のヴィスコンティ夫人は実に人好きのする女性で、どこまでも親切な人です。その洗練された上品な美しさで、僕が生活に堪えていくのを助けてくれます。やさしくてしかもしっかりしています。物の考え方や好悪など、一旦こうときめたらテコでも動きません。安心してつきあえる人ですが、お金持ではありません。というより彼女の財産や伯爵の財産がその素晴らしい家名に釣り合わないのです。

しかしバルザックは、「不幸にして僕はごくたまにしか彼女と会いません。」と哀歌もどきの溜息でこの讃歌を終えたい魂胆があったればこそ、右のように書いたのである。

ハンスカ夫人には彼自身の手紙よりはるかに信用のおける情報が入っているので、彼の申分は大して信用されないだろうことを、多分彼も知っていたろう。しかし考えてみればそんなことは彼にとって恐らくもう大したことではなかった。この二、三年「北極星」の輝きは幾分か薄れはじめていた。それはもはや行くことも叶わぬ一〇〇〇マイルも離れたはるかアジアの国境あたりで照っていたし、その上ハンスキ氏の健康も案に相違の頑健さで、まだまだ長生きしそうだった。歴史においては生者は死者に勝つが、恋愛においてもしかりで、近いものは遠いものに勝つのだ。若くて美貌で情熱的で肉感的で、いつも御意のままになり決して重荷とはならない女、ヴィスコンティ伯爵夫人がすぐそばにいる。そんな次第で彼はそれから数年間彼女と真実の生活を送ったが、しかし同時に例の手箱に保管してもらうため、かつは後世のためにもと、架空の生活を創作し、ハンスカ夫人に報告した。

＊

エヴェリーナ・ハンスカは、バルザックを他の誰よりもよく理解している女性になりたい、彼の指南役、相談役になりたいという功名心を持っていた。そして文学趣味と批判的判断力にかけては、ヴィスコンティ伯爵夫人より百倍もすぐれていたかもしれない。しかしヴィスコンティ伯爵夫人のほうが人間バルザックが何を必要としているか、ずっとよく心得ていた。駆り立てられ追いまくられ、絶え間ない仕事の約束にしばられて呻吟しているこの芸術家の自由への欲求を認め理解していた。一八三六年という凶年がバルザックに何をもたらしたかをバルザックと一緒に見ていたのだ。彼がどんなに疲れ消耗したか、どんなに息抜きと気晴らしを必要としているかを知っていた。いま一人の女のように嫉妬深く自分のそばに引きつけておくかわりに、彼女は天才的な真心のこもった理解によって、バルザックを今や再び元気づけ創作できるようにさせる唯一のことを、芝居もどきにたくらんだ。すなわちカストリー夫人との不幸な恋愛事件以来、バルザックが熱烈にあこがれているイタリア旅行だ。しかも彼としては一文もかからない旅行だ。

グィドボーニ・ヴィスコンティ伯爵が母親から相続した財産のなかに、取立ての困難な債権がいくつかイタリアにあった。この世間嫌いのヘボ音楽家は彼自身ごく些細な商談にも能なしだったので、早くもその遺産争に見切りをつけていた。そこで伯爵夫人は巧妙な計画を発見、というよりむしろ案出した。つまり夫妻の共通の友人バルザックが精力絶倫で事務処理の能力もあることは夫の知るとおりだから、事件解決のために彼をかわりにイタリアへやったらどうだろうと言うのである。人のいい夫は承知した。ちょうどサッシェから帰ったばかりで、押しかけてくる債鬼どもをどこに避けたらよいか分らないバルザックも喜んだことは疑いない。公証人の手を経て全権を委任され、恐らく旅費も支給された。七月、彼はついに駅馬車に乗って、「愛の国」への待望の旅に出ることができた。

こうした雅量にヴィスコンティ伯爵夫人は二番目をつけ加えた。彼女がバルザックとの旅行をともにすることができないのは誰にもわかる。というのはライオネル・リチャード、――彼女としては恐らく彼の愛情のしるしと考えることができるあのライオネル・リチャードの母親となってから、まだ一月にしかならないのだ。しかしまさに驚嘆すべきことは、そして彼女の寛大な心を如実に証明することは、愛人が旅の道づれとして黒い髪の毛を短く刈った愛くるしい青年を選んだことに少しも反対しなかったことである。マルセルという名前の青年だが、そんな青年のことをバルザックの友人たちは一度も聞いたことがなかった。何か報告できる唯一の人といえば、それはバルザックの仕立屋ビュイッソンである。

ほんのしばらく前、バルザックは若い女をつれてこの仕立屋の店先に現われると、彼女のために紳士服と鼠色の長上着を作らせた。新調の服はこの若い婦人に素晴らしく似合ったが、しかし素晴らしいといっても眼の鋭いものには女性と見破られてしまう程度のものだった。「愛の国」で恋の冒険を探し求めるかわりに、バルザックはこの無鉄砲な仮面劇によって旅行そのものを冒険的なものにしたのだ。

この新たな愛人は、多忙なバルザックが大抵の女友達や世間のつきあいに使った手と同じく、文通の手段で釣り上げたものである。例によって彼の大抵の女友達と同じように人妻で、しかも同じように呑気な夫の妻だった。カロリーヌ・マルブーティー夫人は高級司法官の妻としてリモージュで退屈していた。そこでフランスのあらゆる期待はずれの、そして理解されずにいる女性たちの総弁護士ともいうべきバルザックにロマンティックな手紙を書いたのだ。一八三五年のその頃、この総弁護士は全然ひまがなくて返事が書けなかった。彼女はそこで代りの男を探した。アルファベットの順だと Ba の次にくるのは Be である、彼女はカストリー侯爵夫人とまったく同じように Balzac から Sainte-Beuve に辿りついた。サント・ブーヴのほうが親切だった。パリへ出てくるように誘った。そこで彼女は愛くるしい熱情的な若々しい様子でやってきた。ところが残念なことに、潤いがなくて派手好みなサント・ブーヴは彼女の好みに合わないことが分り、情熱的な十四行詩《ソネット》一篇を彼女に寄せたがどうにもならなかった。彼女は今一度別の戸口を叩こうと試みた。バルザックはハンスカ夫人に成功して以来、自分より年下の女のよさを認めかけていた矢先とて、この挑戦的なポテパルの妻に対して毛頭ヨセフの役は演じなかった。（旧約創世記の故事）最初の訪問はそのままずるずると延びて、彼女はバタイユ街の有名な婦人室に三晩泊ってしまった。そしてバルザックはこの若いピチピチした女が彼の趣味と欲求にいたく適ったので、一緒にトゥーレーヌに旅行しないかと提案した。マルブーティー夫人はいろいろな理由から心をきめかねた。しかしバルザックがサッシェから帰ってきて、旅費はいま一人の女友達の負担だが、それで一緒にイタリア旅行に出かけようと申し出ると、彼女はそのしゃれた狂言に小姓の姿に変装していつでも同行すると有頂天になって答えた。というのはロマンティックな国への旅行は初めからロマンティックでなければならないからだ。

パリにいる友達のうちただ一人、ジュール・サンドーがこの変装喜劇の目撃者である。バルザックを見送りにカシニ街まで行くと、断髪の若い婦人が馬車で乗りつけて、明らかに勝手知ったふうでバルザックの寝室さして急いで階段を昇っていくのが見えた。数分たつとその同じ部屋から鼠色の長上着姿の粋な青年が、騎馬用の鞭を手にニコニコしながら同じ階段をおりてきた。そして一週間分の下着とまさかの時の婦人服もいれてある小型トランクを、待たせておいた駅馬車にきちんと載せた。それを見るとジュール・サンドーは、平素バルザックが人なかで、純潔こそ芸術的創作力の前提条件であるなどと甚だ雄弁に吹聴しているだけに、友人のその新しい獲物を見てひそかにニヤリとした。そのあとから、いたずらがうまくいったのを子供のように喜びながらバルザックが階段をどしどし踏みつけておりてきて、若い小姓と並んで腰をおろした。そして一分後、馬車はイタリアさして駆け去った。

魅惑的な出発だった。途中ではバルザックの心からの期待をそのまま、この上もなく愉快な事件がこの変装によるはき違えから持ち上った。グランド・シャルトルーズ僧院の修道士たちは、青年マルセルの随分膨らんでいる長上着や窮屈そうにピンと張ったズボンには決してだまされず、この危険な性の所有者の僧院見物をことわった。そこで若い水の精は近所のアルプスの小川で、ただその長上着を羽織っただけの恰好で即興的な水浴を試みてうさ晴らしをした。「滑稽譚」の作者バルザックはこの水浴事件で十分に元を取ったわけだ。それからモン・スニ越えの命がけの急行旅行をつづけたあと、若い夫妻、というよりバルザック氏と従者マルセルはトリノについた。

分別のある人なら、危険なしとしない変装狂言をこの辺でやめるか、もしくは道ならぬ恋の二人に似つかわしく、人目をそらすためにどこか場末の旅館にでも部屋をとるだろう。ところがバルザックは、万事とことんまでやるのが好きなのだ。この町の一番上品な旅館で王宮の窓と向いあわせのヨーロッパ・ホテルに遠慮なく車を走らせ、彼とその道づれのために隣合せになった最上等の部屋をとった。その翌日ピエモンテ新聞が早くも有名な作家の来着を知らせたのは言うまでもない。即刻、貴族社会はあげてバルザックとその有名なステッキを見たがった。このステッキがもたらした成功は彼の報告によると、作品の成功とまったく同じくらい素晴らしく、「全欧的な評判になりかねない。」というのである。方々の貴族の邸宅の従僕が次から次と招待状をもってきた。みな先を争ってバルザックと知合いになろうとした。交誼を結んだ貴族の斡旋で、王室の厩から小旅行用の馬さえ自由に借り出すことができた。

　公爵夫人や伯爵夫人や侯爵夫人の歎賞にはどうしても抵抗できないバルザックは、ピエモンテの貴族たちの招待に喜んで応じた。幾月も幾年ものあいだ、ただもういやらしい無愛想な借金とりとか執達吏の訪問しか受けたことがなかったその後のことととて、普通ならば市民階級には近づけない御殿に、外国の公爵に対して払うような礼式と尊敬で迎えられるというので、彼の虚栄心はいい気持にくすぐられた。しかし魔がさしたのか、彼はこうした高貴の邸宅に例の小柄な男装田舎女をつれていった。そこで彼自身の小説のなかでもこれほど突飛なことは考えつかなかったろうような新たな混乱がかもし出された。やがて間もなく貴族のサロンでは、マルセル青年がマイエルベールの歌劇「新教徒《ユグノー》」に出てくる同名の人物と同じく、実際は変装した女であることが分ってしまった。そしてバルザックがピエモンテの貴族の館に名も知れない情婦を男装させて連れこむようなことをするとは誰も思わないから、そこで奇妙な噂が拡がった。バルザックの有名な同輩のジョルジュ・サンドが髪を短く刈り、葉巻とパイプをくゆらし、ズボンをはき、ハンケチよりもっと頻繁に愛人を取り換えることはよく知られていた。つい近頃彼女はアルフレッド・ド・ミュッセと連れだってイタリアにきたが、今度はオノレ・ド・バルザックと一緒にこないとはかぎるまい。あわれなマルブーティー夫人がふと気がつくと、紳士淑女がひしひしと彼女を取り巻いていた。そして彼女に文学について話しかけ、彼女の話のいたるところに才気煥発の言葉を聞こうとし、ジョルジュ・サンドの筆跡を争って手に入れようとするのだった。

　今やバルザックのような型の男にとっても、この悪ふざけは次第に不快なものになった。この込み入った謎を解くためには、彼としてもあくまで沈着に上手に立ちまわることが必要だった。彼はひそかにフェリックス・ド・サン・トマ侯爵に変装の事実を告白した。もっともそれを道徳の小さなマントで極めて入念に隠したことは言うまでもない。

　彼女は私をすっかり信頼しておりました。私が別の、実に排他的な情熱に頭のてっぺんから足の先までとらわれていることを知ってるからです。

　とにかくバルザックは、スキャンダルにならないうちにこの悪ふざけを締めくくるには、今がちょうど潮時だと思った。友人のヴィスコンティ家の事件をかなり有利に片づけると、生れて初めて完全に幸福だったこの町を急いで立ち去った。三週間というもの仕事をせず、出版業者と争わず、校正を見ず、債権者に追われず、意地の悪い同業者たちに会わずに済んだのだ。生の喜びに輝く眼で、単に彼がつくりだした世界ばかりでなく、初めて現実の世界を見たのだ。

最後の宿駅の一つは、彼の運命の町ジュネーヴだった。カストリー侯爵夫人に言い寄って拒否された土地、ハンスカ夫人を征服した土地である。今や彼はそこで呑気にほがらかに、小柄のマルブーティー夫人と一緒に眠った。ハンスカ夫人にあてた彼の手紙をほんの少しでも信用するとすれば、ジュネーヴでは彼はひたすら昔の甘美な思い出に耽って、今はここにいない人のことを哀愁の涙とともに思うほかは何もしなかったことになるのだ。ところが現実はかなりロマンティックな味に欠けていて、反対にはるかに愉快なものだった。普通ならバルザックは、再び仕事にとりかかろうとする焦慮のあまり駅馬車の馬を鞭うって半死半生の目にあわせ、ジュネーヴ・パリ間を五昼夜で飛ばすところだのに、若くてほがらかな黒髪の女と同伴というわけで、今度は毎晩違った土地に泊まって帰路にたっぷり一〇日かけた。彼がそれらの夜をひたすらはるかなる「北極星」に対する感傷的な哀切な思いだけですごしたとは受けとれない。

＊

八月二十一日、バルザックはパリに戻ったが、魔法のようなその素晴らしい期間はいっぺんに終ってしまった。扉には執達吏の貼札が貼ってあり、机の上には未払いの勘定書が山をなしていた。帰宅後一時間とたたないうちに、彼の出版書肆のヴェルデが破産に瀕していることを聞かされた。そんなことはバルザックを驚かせたり興奮させたりはしない。自分で自分に与える自由の一呼吸ごとに運命の拳でますます荒々しく首をしめられるのだが、それを知っているくせに、今後もやはり再三同じ経験をすることだろう。しかしそのどうでもいい厄介な手紙の山のなかに、一通の黒枠の手紙があった。アレクサンドル・ド・ベルニーが七月二十七日にその母の死んだことを知らせていた。バルザックのどの手紙を読んでも、この知らせが彼の心をどんなに深くかつ嘘いつわりでなく突き動かしたかが感じられる。数ヵ月このかた彼は彼女の死にあうことを覚悟していた。出発前にディレクタを訪れたが、「谷間の百合」でモルソーフ夫人の姿を借りて広く世間に表明した感謝の念を、彼女が心から喜ぶこともできないほどすでに衰えきっているのに気づいたのであった。しかし彼女が死にかけているとき、とるに足りないカロリーヌ・マルブーティーと恋愛道中というわけでイタリアを呑気にほがらかにうろつきまわり、病床にも駆けつけず、最後の言葉も聞かなかったこと、それから彼を初めて、しかもほかのどの女よりもよく愛した彼女が地下に葬られているとき、恐らくその同じ時刻にそんなこととは夢にも知らずトリノのサロンでふざけたり笑いこけたりしていたであろうことを、どんなにか恥かしくまた悲しく思ったことだろう。帰宅早々彼はパリをたって墓参に出かけた。ある予感が彼に告げた、——彼の生涯の一時期がこれで終り、亡き人とともに葬られたのは彼自身の青春だと。

第十六章　転機の年

ベルニー夫人の死はバルザックの生涯における大きな区切りの一つである。彼を教育し、守護し、愛と自信を教えてくれたひと、「ディレクタ」、真の母親は、彼を守り、かばい、励まそうにももはやいなかった。遠いウクライナと近くのシャン・ゼリゼに愛人がいるけれども、彼はひとりぼっちだった。彼の生涯でもこれまでになくひとりぼっちだった。何か新しいものが夫人の死とともに心中に目覚めはじめた。それは生気潑溂とした楽天的な自信たっぷりのこの男の断じて知らなかった感情であり、不安、――神秘的な、底知れない、いろいろに解される不安であった。企画していた巨大な作品を完成するためには彼の力量では不十分ではあるまいか、あまりにも早くまいってしまいはしないだろうか、仕事のためにほんとうの生活をゆるがせにしてはいないかといった不安である。自分は生活をどうしたか、それはどうなるのだろうと、バルザックは自分にたずねた。彼は鏡を見た。早くもめっきりうすくなった長髪にゴマ塩がまじり、ひとふさ全部白髪になったところもある。これは何かと心配し、毎日戦ったせいだ。次々と作品を書きまくった不幸な結果である。頬は黄ばみ膨らみ、顎は二重になり、体は肥満した。これは果てしない夜々を窓にカーテンをおろして仕事机に向い、われとわが身につくった牢獄で空気も運動も自由もなしに、幾週間もすごしたお蔭である。こんなことがもう一七年続いた。毎日毎月、つもりつもって一万枚、一〇万枚と原稿を書き、五〇万枚の棒組ゲラ刷を校正し、次々と本を出した。その結果がなんであったか。ろくなことはない。少くとも彼の眼には不満足である。『人間喜劇』、――フランスの大寺院のように大きく広大なものになるはずのこの作品は、まだわずかに数本の柱しか立っていない始末だ。屋根、円屋根はまだ出来上っていない。天までそびえるはずの塔もまだ立っていないのだ。いつの日に完成できるだろう。長い年月、力に任せて濫作してきたが、その報いを受けずにすもうか。過熱した機械がかすかに脅かすようなキシミを立てるのを、彼は二度三度聞きつけた。突然めまいがしたり、不意に疲労が出て死んだように眠りこけたり、熱いブラック・コーヒーの度はずれな濫用による胃痙攣をおこすようになったのだ。かように仮借なく繰り返される創作、すなわちおのれそのものから絶えず取り出し汲みだすこの永遠の営みのかわりに、今こそほかの人たちと同じように生活し、休憩し、人生を享楽する時ではあるまいか。ほかの人たち、仕合せな人々、呑気な連中は人生から恵みを受け、贈物をされているのだ。あの亡き人をのぞいてほかに誰がそんな狂気じみた自己犠牲と熱狂的諦めを感謝したろう。この仕事は彼に何を与えたか。いささかの名声、いや多くの名声を得たことは得たが、しかしそれにはどれだけの憎悪や羨望や不愉快が伴ったことだろう。しかも自由と独立という最も重要な、最も本質的な、最もあこがれたものは得られなかった。一〇万フランの借金を背負って七年前に新規に仕事を始めた。そして一〇フラン、二〇フランというはした金のために睡眠をぬすみ力を消耗して働いた。その間に長篇小説を三〇篇書いた。しかるに今、負債は片づいたろうか。いや、借金は殆ど倍になっている。毎日新たに新聞や出版書肆に自分を売り、さもしい根性の高利貸を訪ねて螺旋階段を六階までよじ登り、執達吏の前で泥棒のようにふるわなければならないのだ。こうした仕事によって自由になれないとしたら、なんのために働いたのだろう。なんのためにこんなにまで働いたのだろう。三十七歳、転機のこの年、バルザックは間違った生き方をしたのに気がついた。というのはこれまでろくに生活を楽しんだことがなかったから。そして彼のこの上ない熱望をろくろくみたしてもくれないような仕事に全生涯を売り渡すような、裏切りを働いたからである。

別の生き方をしろ。今や彼の内なる声がこう促し、せき立てた。婦人たちからただ遠巻きにチヤホヤされるままになっていないで、そのしなやかな官能的肉体を享楽せよ。書き物机のそばに永遠に坐っていないで旅に出ろ。新しい風景で眼を、疲れた眼を洗い、精神を、疲れきった精神を享楽で酔わせろ。仕事のガレー船の鎖を寸断して、うしろに投げすてろ。熱に浮かされたような烈しさで絶え間なく前進するかわりに、無為のなごやかな空気を呼吸せよ。あまりにも早く老いこまないようにしろ。いやなことに絶えずわずらわされないようにしろ。逃げ出せ逃げ出せ。そして何はさておき金持になれ。どんな方法だろうと構わないから急いで金持になれ。ただし果てしなく書いて書いて書きまくる方法だけは御免だ。——こうして三十七歳の男はこれまで知らなかったような新型の、はるかに荒々しい、大胆な生活欲のとりことなった。ハンスカ夫人を射おとすことに初めて成功して以来、それまで全情熱を作品に投じていたバルザックの体内に、初めてエロティックな男がはっきり目覚めた。今や恋愛事件が続々おこった。一年間に以前の一〇年間よりもっと多くの女を身辺にかき集めた。グィドボーニ・ヴィスコンティ伯爵夫人と並んで小柄のカロリーヌ・マルブーティー、それと同時にブルターニュの若い貴族エレーヌ・ド・ヴァレットといった次第である。またルイーズという未知の女を例の文通の手段でおびき寄せようとした。彼はさる贅沢な夜食を出す料理店の常連となった。そこは彼の作中人物のトルピーユやアキリナのモデルとなったパリ最高級の娼婦が、惜しげもなくその魅力を発散し手管を弄する場所だった。彼の眼がイタリアの紺碧の空を眺め、彼の手と頭が数週間仕合せにも安逸をむさぼって休息して以来、これまで彼にとってすべてであった仕事が、突然、とるに足りないもののように思われてきた。旅行し生活し享楽することが、三十七歳を機としてバルザックの渇望となり夢となった。心中にはもはや仕事もなければ名声もない。死の影がひんやり彼の心をかすめた今、ようやく快楽と遊びと自由を切に望む気持が盛んに湧いてきた。

＊

バルザックのこの欲求を理解したこと、そして愛人を自分のそばに奴隷のように鎖でしっかりしばりつけておくかわりに、同じ口実のもとに今一度イタリア旅行に出られるようにしてやったこと、これはグィドボーニ・ヴィスコンティ伯爵夫人の名誉である。彼女は、バルザックがパリではもはや債権者の手から逃れられないことを知っていた。執達吏が何ヵ月もカシニ街に無駄足を運んで探したあげく、ついにバタイユ街の秘密の家を突きとめてしまったので、彼はプロヴァンス街の家具つきの旅館に逃避しなければならなかった。しかしそこも裁判所の使丁がさっそくもう探しまわっていた。彼がこの永遠の戦いでどんなに疲労困憊しているか、そして永遠に追いまくられ通しの生活では、しばしのあいだでも呑気に暮すことがどんなに必要か、伯爵夫人にはよく分っていた。そこで教師ぶって教訓をたれたり、嫉妬で苦しめたりするかわりに、この性こりもない男がよき忠告よりも切実に必要としているものを与えた。すなわち数ヵ月のあいだ彼だけになり、自由で屈託のない男として暮せる可能性である。彼女は今一度伯爵にすすめてその遺産相続事件の最終的な整理をバルザックに委任させた。で、一八三七年二月十二日バルザックはアルプスを越えたが、少々押しの強いマルブーティー夫人にはとうに飽きがきていたので今度はひとりだった。一緒に行くはずのテオフィル・ゴーティエは出発まぎわに断念した。

ヨーロッパの最も神々しい景色を左右に見ながら駅馬車でティチノの川沿いを行くことわずかに六日、——早くもあらゆる心配は紺碧の空に消えてしまった。バルザックは受け入れて手離さないことの天才だが、同時に忘却の天才でもある。彼がミラノのホテル「ベルラ・ヴェネツィア」に投宿した途端、負債と困窮、義務と労苦を忘れてしまったことは理解できる。というのもここでは彼は、わが家の彼とは別人だからだ。ここではもはや裁判所の判決によってあちこちの債権者にしかじかの多額の金を支払う義務を負わせられ、不履行の場合は禁錮の刑に処すると脅かされ、執達吏が入口の扉を叩く時はやむなく裏口伝いにこっそり逃げ出すあのオノレ・ド・バルザック氏ではない。ここではその到着が新聞に丁重に伝えられ、二時間後には町中にセンセイションをひき起す有名な作家なのだ。マッフェイ伯爵夫人は彼を散歩に連れ出した。スカラ座の観劇には彼はポルチヤ公爵のボックス席にその妹サン・セヴェリーノ伯爵夫人と一緒に納まった。ベルジョヨーゾ公爵夫人とトリヴルツィオ侯爵夫人から招待を受けた。イタリア史上不滅の、世間に鳴りひびいている巨大な家名が残らず彼の名に敬意を表した。オーストリア軍も同じくらい彼を甘やかした。総督は食事に招いた。部隊司令官は、なんでも自由にお使い下さいといってくれた。この町一流の彫刻家プティナッティは彼の小さな彫像制作の光栄を得ようと努めた。

のちにバルザックはそれをハンスカ夫人にでなく、ヴィスコンティ伯爵夫人に贈った。若いポルチヤ公爵は彼を贈物攻めにし、片端からその希望を叶えさせてやり、眼でちょっと合図してもその意のあるところを察した。パリで借用証書や手形に署名するのと事かわり、正真正銘の公爵や侯爵夫人に乞われるままに記念のアルバムに署名する段になったときの、度しがたい平民バルザックの誇りと幸福は想像できる。

　イタリアの作家たちの態度は少々冷たかった。というのは世間がこの外国人をあまり礼讃するので少し無視されたように思ったからである。バルザックがまわりの貴族たちの肩書にすっかり酔い心地になっていて、作家たちにはろくろく耳を貸さなかったからだ。マンゾーニとのめぐり会いは、甚だまずい結果に終った。「ゴリオ爺さん」の作者は「婚約者」を読んでいなかったので、この傑作の作者に対し自分のことしか話せなかった。

　バルザックはこんなふうに訪問したり招待されたり饗宴に臨んだりするあいだにも、ヴィスコンティ伯爵の遺産問題の整理という本来の任務をむろん忘れたわけではない。しかも実務には通じているので、――自分の用事でないかぎり何事もよくわかるのである、――事件を望ましい向きに整理することに成功した。そして今度は万事うまく運んだから、全体の取極めに結末をつけるためヴェネツィアにいかなければならなかった。最初カストリー侯爵夫人と、次にハンスカ夫人と一緒に訪れようとした町、彼の作品「ファチーノ・カーネ」の町が今こそ彼を呼んでいるのだ。

最初の日は幻滅だった。ヴェネツィアには少しも色がなかった。雨が降り、霧がたれこめ、雪がふっていたのだ。しかし日の光が漏れるのと一緒に、芸術的情熱がバルザックの心にどっとばかりに湧きあがった。新しいものを把握し吸収する彼独特の猛烈さで、いたるところに出かけ、美術館、寺院、宮殿、劇場などあらゆるものを見物した。その数日間でこの町の雰囲気と歴史と風俗習慣と精神を体得したやり方ほど、彼の素晴らしい感情移入力を如実に証明するものはない。彼はまる九日ヴェネツィアに逗留したが、その半ばは実務の用件や訪問に費している。しかもヴェネツィアに関する数千の小説と数万の描写にも拘らず、いかなる作家も、――バイロンもゲーテもスタンダールもダヌンツィオも、バルザックがその短篇小説でもあり同時に音楽の最も完全な解釈の一つでもある「マッシミルラ・ドニ」において描いたと相似た光度でこの町を描いたものはない。一個人の眼が本質的なものをどうしてそんなに迅速に把握できたのか、またイタリア語の片言しか知らない男がイタリア精神とその高尚な感性をどうしてかように具体化し純化する能力があったのか、不可解だ。ものを見ることはバルザックにとって同時にその本質に徹することであり、それは学んで覚える知識ではなく、魔術による知識だということを、いつもながら認めないわけに行かない。

　ヴェネツィアの一週間がイタリア旅行の峠だった。のちにそのヴェネツィアは彼の作中にかくも素晴らしく不滅の姿をとどめることになる。ミラノに帰ったときには、前ほど温い歓迎を受けなかった。例によって無頓着で、おしゃべりな彼は、——というのは上機嫌だったし、聞き手を信用していたからなのだが、ヴェネツィアのある会合の席でいささか軽率にも口から出まかせにしゃべりまくったのだ。これは彼の悪いくせで、ウィーンでも不愉快な感じを与えたものだが、いつもの伝で少し金の話や自分の印税のことや借金の話をしすぎたのである。おまけに一層不快に感じられたのはラマルティーヌやマンゾーニをかなり見下したことだった。その場に居合せたある文士が、マンゾーニに関するバルザックの軽蔑的な言葉を急いでミラノの新聞に知らせた。それを読んだ人々は、歓待されておきながら恩を仇で返すといってひどく腹を立てた。バルザックはぐずぐずせずにすぐ出発するのが得策だと思った。しかしこの最初の不幸のあとに今度は第二の不幸が待っていた。彼はリヴィエラ経由でニースに戻るつもりでジェノヴァへ行ったが、何か疫病の恐れがあるとかで検疫のためにジェノヴァで足どめされた。——見たところほんのちょっとした不快事にすぎないが、のちにこれが一層忌々しい事件のきっかけとなるであろう。ところでそこから彼が計画を変えて、パリに帰るかわりにリヴォルノに行き、フィレンツェに行ったのはどういうわけだかわからない。殆ど三ヵ月を旅に送って、やっと五月三日、バルザックはパリに舞いもどった。三ヵ月、生れて初めての三ヵ月だった。その間バルザックは一行も書かず、一枚も校正刷を読まず、一度もペンに触れなかった。ただもう生き、学び、享楽した。

＊

駅馬車がパリ郊外に近づいたとき、それはバルザックにとって暗いひとときだった。心地よい安逸をむさぼった多幸な幾週間のあとに何が待ちかまえているかを彼は知っていた。未払いの勘定書が仕事机の上にうずたかく積み重ねられているに相違ないこと、軽二輪馬車をはじめ差押えのきくものは何もかも差押えられてしまったこと、「ラ・プレス」紙から前払いを受けて約束した「ニュシンゲン銀行」や「非凡な女性」（のちの「平役人」）の原稿がまだ渡してないこと、彼の新しい出版者ボアンから旅行出発前に融通の同意を得た五万フランがとうの昔に煙と消えてしまったことなどを彼は知っていた。しかし状況は一層また悪化していた。以前の彼の出版者ヴェルデの破産に伴って、手形決済の訴訟が起されていた。それはあとから融通引受けを宣言するつもりで、バルザックがあまりにも気前よく振り出しておいたものだった。債権者は「逮捕」の手配を済ませていた。ここでつかまりでもしたら、きのうまでは公爵や侯爵夫人の賓客だったバルザックが、あわれ債務監獄に入らなくてはならないのだ。

したがって捕縛されないことが当面の第一の問題だった。バルザックは当時住所を三つ持っていた。相変らず彼の名義になっているカシニ街の家、――そこの家財道具はうまく外へ運び出してしまったのだが、これが一つ。次はいわゆる「デュラン未亡人」もしくはメージュ医師の所有であるバタイユ街の家。第三はプロヴァンス街の、ほんの足がかりにしてある家だ。しかし交戦一五年のあとではオーストリア軍もプロシャ軍もナポレオンの戦術を覚えてしまったようなもので、債権者も今や彼のあらゆる計略を見抜いてしまった。あらゆる合言葉もニセの住所の申告も、もはや彼を守ってくれなかった。バルザックは事実三ヵ所に家があるにも拘らず、その屋根の下で寝るわけにいかなかった。フランスで最も有名な作家が、ガレー船から逃げ出した徒刑囚のように、雲隠れしなければならないのだ。おのれの名声をイタリアでは心ゆくばかり享楽したが、できればその名声と絶対無名の境遇を交換したかったことだろう。いつも部屋の用意ができている絶対確実なカロー一家を訪ねてフラペールに逃避することさえ、あまりにも危険である。まだ駅馬車からおりない先に早くも彼の来着は知れわたってしまうだろう。

窮地に陥った彼は「クロニック・ド・パリ」で彼の元編集助手をつとめた若いベロワ伯爵に声をかけ、

部屋、秘密、サラダと羊肉一斤を添えたパンと水、インキ壺、それから寝台

をぜひなんとかしてくれと頼んだ。

もはや絹のカーテン、ダマスコ織のソファ、金のペンナイフ、犀の角のステッキどころの段ではなかった。ただ仕事用の机と眠るための寝台だけだ。一七年前に逆もどりして、レディギエール街の屋根裏部屋のムシ返しである。

　しかしベロワは何かの理由で彼をかくまうことができなかった。この危機に臨んで今一度彼を助けたのが真実の友グィドボーニ・ヴィスコンティ伯爵夫人だった。ハンスカ夫人は五十になってもまだ友人知己の噂を恐れたが、伯爵夫人はそんなハンスカ夫人とくらぶべくもないほど大胆に、シャン・ゼリゼ大通り五四番地の邸に愛人を迎え入れた。そこでは厳格この上ない修道僧の隠遁生活が彼に課された。町なかへ出たり、伯爵邸の来客や友人の前に姿を現わすことは禁じられ、ただカーテンの蔭に隠れてパリの春を一瞥することだけが許された。しかし僧房はバルザックにとって怖るべきものでもなんでもない。とりわけ嗜欲的な愛人の寝室とドア一つへだてて隣合せの場合はなおさらである。彼は驚くべき勢いで仕事に没頭した。わずか二ヵ月で「ニュシンゲン銀行」と「非凡な女性」と「滑稽譚」の最後の幾篇かをそこで書きあげ、短篇「ガンバラ」のこまかい細工をコツコツやった。

　未払いの手形とうるさい債権者が、文学的生産にこれ以上強く霊感的作用を及ぼしたことは稀だ。いよいよ切羽詰らないかぎり心配も借金も一向堪えないバルザックは、何事もなかったら恐らくここで上機嫌のまま創作をつづけたことだろう。ところがある日、執達吏がこの最も神聖な戸口を叩いたのだ。いつもながらサムソンを裏切るのはデリラのような女である。ヴィスコンティ伯爵夫人よりも前に彼が愛していた女の一人、——恐らく二度とイタリア旅行に連れていかなかったあのカロリーヌ・マルブーティーであろうが、自分の恋敵が亭主とお客のバルザックを同じ屋根の下に住まわせておくのに我慢できず、彼の居所を警察に密告したのだ。執達吏がヴィスコンティ伯爵夫人の客間に現われて、即刻借金を返すかそれとも債務監獄に行くかという癪にさわる二者択一を持ち出した。伯爵夫人の太っ腹なところが今一度はっきりする。自身決して裕福ではないのにその金を支払ったので、執達吏どもは引き下がらなければならなかった。

　バルザックがひどく気を悪くしたことに、伯爵夫人が愛人の自由を贖ったということは不幸にしていつまでも秘密のままでいなかった。この取扱いの厄介な出来事は「法廷新聞」から一般の新聞に漏れてしまった。一〇〇〇マイルかなたのハンスカ夫人に自分のことを不幸で孤独な男と形容する馬鹿げた遊戯を相変らず続けているバルザックは、こんなふうに報告しなければならなかった。

　債務者を牢屋に入れるのが役目の連中が、裏切りのお蔭で僕を見つけてしまいました。そこで僕は、気前よく僕をかくまってくれた人たちに巻添えをくわせることになり、心苦しい思いをしています。牢へ行かずにすむためにはヴェルデから借りた金を即座に工面せねばならず、したがって僕にその金を貸してくれた人たちに対し、僕は重い責務を負う羽目になりました。

彼を助けてくれた女の名前はもちろんわざとこの嫉妬深い通信先に白状しなかった。バルザックとヴィスコンティ伯爵夫人との関係で、勇気と雅量をみせたのはいつも夫人のほうだけであった。

＊

バルザックを最悪の危険から救い出したのはいつもきまって女性だった。いろんな借金のなかでもとにかく一番手ごわいもの、彼のいう「大声でどなり立てる借金」が支払われた今、彼はどこにも隠れる必要なく意気揚々と、愛する故郷トゥーレーヌのマルゴンヌ邸のいつもの仕事場に戻ることができた。だれもそこまで押しかけてきて悩ましはしないし、おまけにそこの滞在は一文もかからないのだ。そして今度もまたあらゆる中傷に対する回答は一つの傑作だった。「セザール・ビロトー」である。債務監獄に投げこまれる寸前に辛うじて助かった小説家にとって、借金を背負い込んだ男を主人公とする小説ほど打ってつけの材料がほかにあろうか。セザールは信じやすいたちであったばかりに、実は心ならずも投機仕事にさそい込まれ、それから弁護士や債権者や裁判官のあらゆる術策にかかって追い立てられ、苦しめられ、侮辱され、さげすまれる男だ。この市民的大叙事詩には最近数ヵ月、いやこの数年間作者が身をもって味わったあらゆる事柄、すなわち足を棒にしてクレディットを求めて徒労に終る話や、友人の頼みがたいことや、手形や借用証文の無情なことや、金銭というものはそれに心から仕えようとしないものに対しては物凄い復讐を加えることなどが描かれている。——これはフランス文学でいまだかつて開拓されたことのない世界である。この全くどうでもいいような小市民の破産を扱った物語は、バルザックの『人間喜劇』の他の偉大な、しばしば超次元的な小説に対して気持のいい対幅を形づくり、それによって彼の世界の真実性と完全性を一段と高めている。きのうまで彼を圧迫していたすべてのものを、一段すぐれた形で浄化することにまたもや彼は成功したのだ。秋になってバルザックは、健康を取り戻し、自由な楽しい気分でパリに帰った。

第十七章　サルデーニャの銀山

一八三六年と一八三七年はバルザックの生涯における緊張と災厄の年であった。一八三八年は、バルザックの生活を普通の尺度で計算することが曲りなりにも許されるとしたら、結局転換期に違いなかろう。ヴィスコンティ伯爵夫人は夏に頭痛の種の借金を片づけてくれた。「セザール・ビロトー」はわずか二ヵ月で出来上り、バルザックにこれまでとしては最高の稿料をもたらした。単に新聞に掲載するだけで二万フランの現金が支払われた。これは今日よりはるかに貨幣価値が高く、税金もない時代においてはまさに莫大な金額である。バルザックは非常な売れっ子になったので、その比類ない労働力と未使用の資料のストックを駆使すれば、一年に六万ないし一〇万フランを儲けるのは造作ないことだった。楽しく生活し、仕事のテンポを一切早めずに、二ヵ年で借金を返すこともあながち不可能ではないだろう。小説の収入が年々増え、全集発刊の準備もととのい、文学的地位がヨーロッパ的なものになった今ほど、奔命に疲れた生活を立て直すのにいい機会はこれまでにも殆どなかった。しかし秩序を望まないというのが彼の生活の深い意味なのである。大空が紺碧に晴れかけるちょうどそのとき、彼の人生は気まぐれから、――しかしこれが彼の性質の深い底に秘められた始源の意志だ、――いつも新たな暴風雨を誘い寄せる。すでに船から港が眺められるちょうどその時、彼は舵を転じて荒天の海へ引き返す。生活に秩序が見えかけたまさにその年に、彼は二つの途方もない愚かな行為をしでかして、またもや強引に生活の秩序を乱してしまった。

　バルザックの愚行には彼特有の特徴がある。すなわち初めは全く合理的であることだ。あらゆる彼の投機は健全で明白な観察にもとづき、正しく精密に計算される。印刷所と活字鋳造所は、彼の後継者が証明したように完全に収支つぐなう企業であった。「クロニック・ド・パリ」は編集スタッフがまことに堂々としていたので、運営よろしきを得ればパリの指導的新聞になることもできたろう。バルザックが商売で失敗し、往々小説でも失敗したわけは、情熱にかられてあせったり、あせって情熱的になったり、事業の規模をあまりにも早く雄大にしすぎて、慎重で穏当な釣合いを保つことができなくなったせいである。小説における彼の天才の原動力ともいうべき、事物を壮大なものに高める力は、はっきり、おまけにこまごま計算しなければならない場合、禍となる。

　バルザックのこの新しい計画も初めは全く論理的で、いつかは自己のため仕事のため待望の平和をつくり出そうとする芸術家の、明々白々で同時に誠実な憧れから生れたものである。芸術家なら誰しも抱く永遠の夢が何年か彼の眼前にチラついていた。すなわち誰にも邪魔されずにおのれの使命に没頭して生活できるどこか人里離れた原っぱの小さな家、たとえばヴォルテールのヴィラ・デリース荘、ジャン＝ジャック・ルソーのモンモランシーの土地、ペトラルカのヴォークリューズの泉といったようなものだ。パリは、成長期の芸術家バルザックが誰にも知られず一顧もされずに生活し観察することができたあいだは素晴らしい場所だった。彼自身が観察され、私生活を事細かに新聞に密告されるようになった今、また新聞記者や債権者が競争で彼の住いの入口の呼鈴を鳴らそうとする今、バルザックは個人的自由を妨げられ、芸術的専念を損われる気がした。それなら、なんのためにこれ以上パリにぐずぐずしているのか。編集部や出版者にこちらから会いに行かねばならない時代は過ぎ去ったのだ。フランス王がブロワやヴェルサイユから王国を治めたように、彼も任意の離れた場所から読者と新聞を支配することができる。一方彼は、毎年の夏をある時はマルゴンヌ家に、ある時はカロー家や他の友人たちの家に客となってすごすことにあきあきしている。百姓や年金生活者の誰彼と同じように、バルザックも三十八歳になった今、目立たない小さな自宅がほしいと思った。パリの住いはそのままにしておいて、トゥーレーヌに仕事場としてそういう小さな別荘「ざくろ屋敷」を買いたい考えを、彼はずっと前からもっていた。しかし一度も必要な金を調達できなかった。今やバルザックはつましくなり、——彼の愚の骨頂の冒険は、いつも予算を切りつめることから始まるが、

――以前の決心をひるがえした。なぜ田舎に夏の別荘をもち、パリに住宅を構える必要があろう。大都会の何かとわずらわしい要求も避けられるし、仕事や気晴らしのためならいつでもパリに出かけられるほど近い、どこかパリ郊外の景色のいい場所に、一年中住める小さな家を探したほうがずっとましで、ずっと安くつくのではあるまいか。

バルザックは頃合の場所を発見するのに長くはかからなかった。彼のような魔神的な記憶力に恵まれた男は、ほんの一瞬でも興味をもって見たものなら、どの丘でもどの家でも一生、苦もなく思い出るのだ。彼は最初はダブランテス公爵夫人、次はヴィスコンティ伯爵夫人を訪ねてヴェルサイユへは数かぎりなく行ったことがあるから、そのあいだにセーヴルの谷とヴィル・ダヴレーをはっきり記憶にとどめていた。彼はそこで再び

スイスの奥深い谷間の涼しさと樹蔭と小高い丘と草木の緑にめぐり会えるものと考えた。面倒くさい仕事のあとでこのセーヴルの丘から広々とした風景と蛇のようにうねるセーヌの銀の帯に眼をさまよわせ、隣人とては丘の葡萄園や庭園や畑ばかり、しかも征服しようと誓ったパリのつい鼻先にいられるとはなんという素晴らしさだろう。ここへ手袋のように仕事にぴったり合う小さな家を建て、必要欠くべからざるものだけをそなえつけよう。三ヵ月ごとの家賃の心配を永久にしなくてもすむ安い小さ

な家を建てるのだ。

例によってバルザックは立ちどころに決心し、ハンスカ夫人あての手紙によると、この「名もない寒村」で「まったく質素な小屋」を買い入れる仕事にとりかかった。一八三七年九月に持主のヴァレ夫妻と契約に署名した。それによってバルザックは、小さな家と付属建物つきの八アール二八サンティヤールの土地を四五〇〇フランで買った。これはバルザック式の寸法で測れば甚だ些細な投機であり、純粋に商業的見地から見れば全く用心深い投機である。年収五万ないし八万フランもある男にとって、このように至極地の利を得た一区劃の土地を四五〇〇フランで買うのは何も大したことではない。一、二週間働けば元はとり返せる。しかもそれで多年の夢が正夢になるのだ。

しかしバルザックが金に手をふれると、魔神がお節介に割り込む。それは、博奕打ちを強制して二倍、四倍、一〇倍と賭け金を出させるあの同じ魔神だ。一片の土地を手に入れたか入れないうちに、もうバルザックはそれだけでは満足できなくなった。彼はどんな方法でか、ヴェルサイユに向けて敷設計画中の鉄道が彼の地所のすぐ下手にセーヴル駅を設けるであろうということを知った。すぐさまバルザックはまたもや正確な直観で、駅付近では間もなく地価がはねあがるに相違ないとわが身に言い聞かせた。だから土地を買おう。バルザックはあせって、――いうまでもなく彼らしい桁はずれのあせり方でまわりの土地を小百姓や地主から買った。彼らは間もなくこのこらえ性のない男がせきこんで欲ばって、どんな言い値にも文句をいわないことに気づいた。ささやかな家を構えたい夢をとっくに忘れ、果樹とあらゆる栽培物が早くも彼の堂々たる荘園に出現する光景を心に描いたバルザックは、誰とも相談せず、自分で土地をよく見るとか専門家にもっと調べてもらうとかしないで、数週間後には早くも四〇アールの地面を買い、土地だけに一万八〇〇〇フラン使った。しかもいまだに家の礎石一つ据えられたわけでも、樹木一本植えられたわけでも、塀が作られたわけでもない。

しかしバルザックにとって支出は、それがまだ借金であるかぎり支出ではない。彼は所有の喜びという蜜月をあくまで楽しんだ。どうして金を払ったものだろうなどと、家が建ちもしないうちに頭を悩ますのは愚の骨頂だ。字の書いてある原稿紙を、ほんのしばしの間に印刷した一〇〇〇フランの紙幣に変えてしまう魔術的道具、ともいうべきペンはなんのためにあるのか。まだ荒れたままの土地にこれから果樹を植えるわけだが、それだけでもひと財産だ。たとえばそこにパインアップルの栽培場を設けたらどうだろう。パインアップルを遠い異国から波路はるかに船で取りよせるかわりに、暖い日ざしのもとで温室栽培をやろうと思いついたものはまだフランスには誰もいない。方法が正しきを得さえすれば、これで一〇万フラン儲かる。したがってこの家にかかるであろう費用の三倍になる、――彼はこう友人テオフィル・ゴーティエに計算してみせた。おまけに家の費用は実際のところまったくただになるだろう。というのは親友のヴィスコンティ家の人々にすすめて、この素晴らしい土地の事業に参加させたからである。彼が地所の前のほうに小さな家を新しく建てる一方、伯爵家もそのとなりの古い百姓家を修理させるはずで、それに相当する地代を払うことであろう。したがって心配はないのだ。

事実バルザックは心配しなかった、――もっとも急いで片づけなくてはならないというのが、ただ一つの心配だったが。小説でいろいろな運命を構成するあの同じ性急さで、彼は一刻も早く家が出来上ってくれればよいと思った。左官屋、指物師、大工、植木屋、ペンキ屋、錠前屋といった労働者の一群が現われた。あらゆる工事が同時にはじまった。ここでは大急ぎで土地の土止めの役をすることになる石垣を作ったり、そこではバルザック好みの山荘《シャレ》が建つ敷地の土を掘り出したり、道を作って砂利を敷いたり、新たに四〇本の林檎の木と八〇本の梨の木と樹墻仕立ての果樹を植えたりした。一夜にして「名もない村」の周辺は、バルザックの生活に強壮剤として必要なあのてんやわんやの騒ぎに変った。くる週もくる週も彼はあえぎながら丘にのぼって職人を督励した。旅先で駅馬車の御者をせき立て、どんどん急がせたのと同じ流儀である。どんな犠牲を払っても一八三八年の春までには残らず出来上らなければならない。いっそバルザックは果樹にも秋を待たず強引にこの予定の期限内に実をならせたかった。

工事は幾週間もつづいて真冬になった。石垣は段々高くなり、それと一緒に費用もかさんできた。軽い不安が次第にバルザックに忍びよった。「セザール・ビロトー」の金は土地に吸いこまれた。出版書肆は搾りつくした。新規に前借はできない。新居の落成を今か今かと待つもどかしさで、仕事にはさっぱり気乗りがしない。彼自身宣言した法則どおり、一つの狂熱はいつも他の狂熱に力を吸いとられてしまうものだ。またしてもバルザックは、かつて印刷所を経営したときのように、もともと小さな計画の投機を自分でも手に負えないほどの広さに拡大してしまった。あのころ印刷所のほかに活字鋳造所を手に入れて、一つの愚かな行為の埋合せをもっと愚かな行為でやろうとしたように、彼は今や土地事業から彼を救い出すはずの新しい事業にとりかかった。一〇万フランの新たな負債は節約や文学的仕事で弁済できるものでなく、一〇〇万フランを一挙に儲ける以外に手がない。文学では「急速に財産」を作ることはできないから、何か新しい方法を考えなければならないが、バルザックはその方法を発見したと思った。春になれば家や庭の持主になるはずだったが、その前に不意に彼はパリから姿を消した。何人も行先を知らなかった。彼の洩らしたプランはこれだけである。

　僕は自由の身になるでしょう。物質上の不安もなくなるでしょう。僕はいずれ金持になります。

＊

バルザックがどのようにして一挙に百万長者になろうとしたかというこの物語は、まさにバルザック的な大きさの愚行であって、かりにこれが小説の一節だとしたら非心理的で筋立てがまずいといってそっぽを向かれるほど真実味に乏しい。その詳細がことごとく記録によって裏づけられていなかったとしたら、一天才のこの愚挙をだれしも物語る勇気を持ち合せないだろう。しかしバルザックの生涯においていつも無気味なくらい正確に繰返されるのは、芸術的創造においてはどんな場面をも確かな眼で概観し洞察するその同じ頭脳が、現実に直面すると子供のように信じやすくそして素朴に働くという逆説的現象である。グランデやニュシンゲンのような人物を描かなければならないかぎり、バルザックは並びない計算の達人で心理学者であるが、現実世界では突如として野暮な田舎ペテン師の餌食となり、富籤の好きな老人よりももっと簡単に金をまきあげられた。芸術家としてある場面を自在に支配した彼が、その同じ場面に現実の生活で向い合うと途方にくれたし、はたから手をとって教えてやるわけにもいかなかった。この同じ頭脳の明暗が同時に見られる最も素晴らしい例は、彼の全伝記のうちでも次の財宝発掘のエピソードをおいて他にないだろう。

バルザックは一八三六年の夏にこのテーマで彼の最も天才的な小説の一つを書いた。すなわち短篇小説の不朽の珠玉篇「ファチーノ・カーネ」である。彼は、小市民たちのある婚礼の最中、三人の楽手のなかで特に一人のクラリネット吹きが眼にとまったいきさつを述べている。それはいかめしい頭をした八十歳の盲いの老人で、彼はただちに魔術的な眼力で老人の秘められた運命を見抜く。彼は老人と話をはじめる。老クラリネット吹きは五、六杯の葡萄酒に元気づいて、こんな打明け話をする。自分はカーネ公爵家の末裔で、もとヴェネツィアの元老院議官、長年牢獄生活を送ったものだ。牢獄の塀を乗り越えて脱獄する途中、偶然共和国行政長官の秘密宝庫に入った。そこにはヴェネツィア共和国の金銀が何億とも知れず積み上げてあった。自分だけがその場所を知っている。しかし多年の獄中生活でめくらになったので、財宝を掘りだすことができない。だがそのありかは詳しく知っている。そこで誰かが自分と一緒にヴェネツィアへ行く気にさえなれば、二人はこの世で一番の大金持になれるだろう。そういって彼は、この話の語り手つまりバルザックの腕をつかんで、一緒にイタリアへ行ってくれとせがむ。

　まわりではみんながこの馬鹿者を笑った。ほかの二人の楽手はこの話をすでに聞いていたが、信用しなかった。一八三六年にこの短篇小説を書いた作家バルザックも、ファチーノ・カーネと一緒にヴェネツィアに行ったり、旅費を出してやったりする気はない。そんな夢のような仕事には耳を貸さない。そして相手の遺産を相続しようともせず、憐れな阿呆者を盲人収容所で死なせてしまう。バルザックは自分の小説では、およそ理性的な人間なら当然そうしたようにまったく合理的に行動した。しかし一年たつかたたないうちに、前に夢みたエピソードが現実になったとき、なんと違った行動に出たことであろう。彼が小説のために工夫したのと同じような場面が続々おこった。

バルザックは一八三七年四月、二度目のイタリア旅行から帰る際、ジェノヴァで病院の検疫を受けて抑留される不運にあったことがある。さて検疫は最も退屈なことの一つで、一種の塀なき牢獄である。——自由であって自由でなく、仕事も散歩もできない。唯一の仕事は、偶然のいたずらで運命の道づれとなったものと談笑するしかない。その不運な仲間の一人に、今度は盲目のクラリネット吹きではなく、ジュゼッペ・ペッツィというただの商人がいた。彼はその祖国でまだどんな宝物が利用されずにいるかを語ったが、それは折りにふれての雑談で、何もバルザックをだましたり投機に誘惑したりする気は毛頭なかった。そこでたとえばサルデーニャだが、古い銀山が誰にも顧みられずに放棄されている。昔ローマ人が完全に採掘しつくしたという説があるからだ。実はローマ人の不完全な技術では、鉛からごく少量の銀しか取り出なかったはずだ。価値なしとしてそのまま放置されている鉱滓の山は、本当は、近代技術なら恐らく採取可能な高品位の銀をまだ含んでいる。誰でも採掘の免許さえ取れれば、——これは今日たしかに安値で得られるだろうが、瞬く間に金持になれるだろう。

ペッツィ氏はこんなふうに食事の最中しゃべった。しかも彼の語ったことは正しくさえあった。近代の冶金学は事実、いろいろまじっている鉱石から昔とは比較にならない全く別の割合での貴金属を取り出すことができ、二〇〇〇年前には非生産的なりとして放棄された無数の鉱山が今日では多大の収益をあげている。ただこの善良なジュゼッペ・ペッツィは、どんな火薬の樽に火花を投じたか知らなかった。人から何か話を聞かされると、例の素早い想像力でたちまち自分でも知らないうちにそれを彫刻のようにくっきり眼の前に思い浮べるバルザックは、早くも灰色の鉛の鉱滓から銀が白く光りながら分離するところ、それが薄板となり鋳造されて一〇万、一〇〇万、一〇億とターレル銀貨になるところを見たような気がした。考えただけで酔いしれてしまった。まるで子供に一杯のブランデーを飲ませたようなものだった。彼は悪気のないペッツィにせがんで、残滓を即刻一流の化学者に試験させてほしいと言った。このような確実な事業のために資本を調達するのは彼にとって児戯に類することである。――どんな事業もバルザックのうちなる熱烈な楽天家の眼にふれると安全確実な事業になる。自分たちだけでその大きな分け前を確保しよう。そうすれば金持になるだろう、いや途方もない大金持になるだろう。善良なペッツィ氏はパリの未知の紳士の無我夢中の熱狂ぶりにびっくりして少し控え目になった。しかし彼は、その件を覚えていて所望の金属見本をパリへ送るとバルザックに約束した。

その時を境にバルザックは、サルデーニャの銀山が彼を救済し、新居レ・ジャルディー荘の費用をまかなうばかりでなく負債のほうも片づけて、結局彼を自由な人にするだろうという妄想の中毒にかかった。彼は「ファチーノ・カーネ」の想像の場面では宝掘りの男を阿呆者と思っているのに、今やその一念で正気を失っているのは彼自身だった。「セザール・ビロトー」を急いで書きあげよう。ペッツィ氏がそのあいだに金属見本を送りとどけてくれるだろう。小説が出来上ったら、さっそく資本を懐に専門家をつれてこの大事業に乗り出そう。

　しかし何週間かすぎ、何ヵ月かたった。「セザール・ビロトー」はとっくに完成していた。それだのにジュゼッペ・ペッツィ氏はまだ見本を送ってよこさなかった。バルザックは不安になった。結局彼自身あまり夢中になりすぎたために、あそこに幾百万の事業が手をつけずに放置されていることをあの馬鹿者に教えてやったようなものではあるまいか。あの悪党は今や彼を参加させずに免許を独占しようとしているのではあるまいか。こうなれば手段はただ一つしかない。相手を出しぬいてサルデーニャに出かけることだ。痛ましいのは、このやがて幾百万の収益をあげる事業にとって、数百フランの調査旅行用の金が早くも不足していることである。バルザックにはここ当分、それを調達する方法がなかった。友人のロートシルトやほかの大銀行家のところへ行って、この計画を示してもよかった。しかしバルザックはうぶで、そして問題が自分の事業ということになると例によって愚かだったとさえいわなくてはならないが、――ペッツィ氏が大きな秘密を打ち明けたのはこの自分だけで、もし誰かに少しでも秘密をもらせば、「幻滅」のダヴィッド・セシャールが廉価な紙の製法の秘伝を盗まれたのと同じように、大資本家にこの着想を盗まれてしまうであろうと思い込んだ。そこでカロー少佐にだけ打ち明けた。この実直な退役将校は、暇つぶしに時々ちょっとした実験をしていたが、バルザックの熱烈な想像では、

> 他の金属とどんな工合に、またどんな割合でまじっていようと、大して費用をかけずにそれから金と銀を取り出す秘密を心得ている。

大化学者になっていた。

親切なカローはこの思いつきを大いに検討の価値ありといってくれたが、進んでサルデーニャ行きに参加するとか投資しようとかいう気色は見せなかった。バルザックは辛うじて母親から数百フラン借り出すことができた。彼女は老投機師で、一再ならず靴下からヘソ繰りを出している。残りの分はナカール博士と出入りの仕立屋がこしらえた。そして嘘でなくオノレ・ド・バルザックは一八三八年三月半ば、銀山をわが手に収めるためサルデーニャに出発した。

この旅行が最も馬鹿馬鹿しいドン・キホーテ流の大冒険であり、物笑いの種となって終るに相違ないことは明らかだ。よしんばその計画が有望だったにせよ、――そしてここで

もバルザックの直感は今一度また正確に見抜いたのだが、——生れおちてこのかた一度も鉱山を見たこともない作家がどうしてその生産高をわずか二、三日で評価できるだろう。バルザックは何一つ計器を持参しなかったし、かりに持っていったとしても分量や純分は測定できなかったろう。彼は実際の専門家の誰とも相談しなかった。イタリア語を十分知らないので、ちゃんと意志を疎通させることができなかった。誰にも打ち明けようとしなかったから、紹介状も持っていなかった。情報を入手するためには金がなかった。免許をとろうにも、どの裁判所に出願したらいいのか分らなかった。またかりに知っていたとしても、ビジネス上の足場がなかった。何よりも資本がなかった。なるほど彼は

現物の見本を手に入れるだけで十分だ。

といった。

しかしもともとその「現物」はどこにあって、どんなものなのか。どこかの灌木の茂みにずっと前からおおわれている鉱滓の山なのか、それとも土砂で埋まった鉱山のなかの鉱石であろうか。経験を積んだ鉱山技師でさえ確認するのに数ヵ月を必要とするところを、バルザックはただその魔法の眼力だけを頼みにしていた。

しかしバルザックにはそんな数ヵ月などという余裕はまったくなかった。それもそのは

ず、彼にとって時は金なりであり、しかも金がないから急がなくてはならないのだ。最初から彼は例のバルザック的テンポでとりかかった。パリ＝マルセイユ間を五昼夜まんじりともしないで乗合馬車の御者台ですごした。そして懐がひどく淋しいので、一日一〇スーの割で牛乳だけで露命をつないだ。しかし現実は、バルザックのテンポを受けつける用意ができているようには見えなかった。マルセイユで彼は、近いうちにサルデーニャに向けて出帆する船のないことと、唯一の可能性はコルシカ経由の回り道しかないことを聞き込んだ。恐らくコルシカからならば、小さなボートでサルデーニャに渡れるかもしれない。

　これは彼の「希望」の瀬戸物店に落ちてきた第一撃である。バルザックの期待はひどく薄れたが、更にトゥーロンに旅をつづけた。その出発を前にして女友達のカローに憂鬱な言葉を書いている。

> 　四五日したら幻影がまた一つ消えるでしょう。なぜなら人がもはや信じなくなるのは、いつも大詰めに手が届くときなのですから。

　めったにないほどの時化のなかをひどい船酔いに悩まされてアジャクシオについた。性急な彼にとって新たな試練だったのは、コレラがマルセイユに突発したとかで検疫のために五日間とめおかれたことである。この五日がすぎると、更にまた数日間無意味に時間をつぶされた。それは小舟によるサルデーニャ行きを誰かが承知するまで待たねばならなかったからだ。気が散りすぎ、千々に心が乱れていて、この期間を仕事に使うことも叶わず、バルザックはアジャクシオの町なかを重い足を引きずって歩きまわり、彼の偉大な競争相手のナポレオンの生家を見物し、そして彼をこんな馬鹿げた行いに引きずりこんだジュゼッペ・ペッツィを呪った。四月二日、ついに珊瑚とりの小舟でサルデーニャに渡ることができた。途中で釣る魚のほかはなんの食料もなかった。アルゲロでまたしても逗留を余儀なくされ、性急な彼にとってまたしても拷問の苦しみだった。またしても五日間の検疫にあったのだ。やっと四月十二日、彼の将来の数百万フランを甚だ嫉妬深く隠している土地を踏むことを許された。まる一月がむなしくすぎたのに、彼はまだ一粒の銀も見ていなかった。

いざ鉱山に行こう。鉱山まではわずか三〇キロだが、道という道はローマ時代この方消えうせていた。この国には道もなければ車もなかった。バルザックも書いているように、ここの住民はポリネシア族かフン族ぐらいの文化しかもっていなかった。住民は半裸で、ボロをまとい、家にはストーブもなく、休憩所も宿屋もなかった。幾年この方馬に乗ったことがないバルザックは、一〇〇キロもある体で一四時間か一六時間馬の鞍にまたがり、揺られて行かなければならなかった。そしていよいよヌラに着いて気づいたことは、あらゆる希望が決定的に打ち砕かれてしまったことだった。たとい銀山が収益をあげても、もはや入手は不可能だった。来るのが遅すぎたのだ。以前の食卓仲間のジュゼッペ・ペッツィはバルザックが夢中になったのにあおられて、その間の一年半を目的から逸れずに利用していた。なるほど彼は不朽の小説も書かなかったし、パインアップルの庭づきの家も建てなかったが、方々の役所や財務局や知事にしつこく頼みこんで、放置された鉱滓の堆積の採掘権を勅令の形で獲得してしまった。バルザックの旅行は、だからまったく余計なことだった。ワーテルロー会戦後のナポレオンのように、彼の望みはただもう大急ぎで「愛する地獄」のパリへ帰ることだった。ところが旅費が大分足りないのである。そこでジェノヴァからミラノへ行って、ヴィスコンティ家の名義でパリまでの旅費を借りなければならなかった。そして今度は公爵や伯爵を訪うこともなく、華々しい接待も受けず、わびしい逗留となった。永遠の破産者は疲労し、ムシャクシャしながら、といっても気力のほうは別に損われもせず、六月パリに舞いもどった。

この冒険の総計はというと、バルザックは金を儲けようとして、三ヵ月仕事をフイにし、金を無駄に使った。無意味な冒険のために、いやもっと適確に言えば彼には無意味であった冒険のために、健康と神経をいたずらに危険にさらしたのである。――というのは、なんたる悲劇的な皮肉か、――彼のあらゆる計画の場合と同じように、たとえば印刷所や活字鋳造所やレ・ジャルディー荘による地所の投機の際に見られるように、バルザックは正確に計算したし、また彼の直覚的眼光は間違っていなかったからだ。彼を裕福にするはずの計画で他人が実際産をなした。彼が役に立たない鉱滓の堆積と考えた銀山も、二、三〇年後には盛大に稼行されて日の出の勢いとなる。一八五一年には六一六人、九年後の一八六〇年にはすでに二〇三八人、更に九年後には九一七一人が雇用された。そして銀鉱山《ミナス・ダルジェンチェラ》会社は彼が夢みた幾百万フランという金を現金で懐に入れた。バルザックの第六感はいつも正しいが、その恩恵に浴するのは芸術家バルザックだけで、ひとたび彼が本来の領域を踏み越えようとすると、第六感は途端彼を迷わせてしまう。バルザックが彼の想像力を仕事に使うとき、その想像力は数十万フランとその上に不朽の名作を生み出す。しかし彼がその幻想を金に替えようとすると、増えるのは借金ばかりで、とどのつまり十倍、百倍の仕事をしなければならなかった。

　バルザックは今度の旅に出る前、女友達のズュルマに予言的な言葉を書いた。

　　行きは心配しませんが、しかし万一失敗したら、帰りはどんなことになるか。

　いつも帰ってくる時にお目にかかるようなものがやはり今度も待ちかまえていることを彼は知っていた。すなわち催告、勘定書、訴訟、非難、支払い請求、それと際限ない仕事だ。しかも今度はそれがみんな二倍、十倍になっているだろう。この不吉な虫の知らせの真只中でただ一つ彼の勇気をふるい立たせたものがある。それはさっそく落成した家に逃げこんで、「無駄にした時間を取り戻す」ことができるということだった。しかし新たな幻滅。何一つ出来上っていない。地所は「手のようにムキ出し」だし、家にはまだ屋根がふいてなかった。建築技師や左官屋や土工たちの仕事ぶりがだらけすぎていたので、彼は仕事をはじめることができなかった。またしてもバルザックは、ほかの人たちがバルザック的テンポで馬力をかけるものでないことを忘れていたのだ。しかし今や焦躁のあまり彼らの頭上にかんしゃく玉を破裂させ、例の熱狂ぶりでせき立てた。そして医師から新居に住むのは健康によくないと制止されたにもかかわらず、最後の屋根の厚板がまだ取りつけられないうちに引越した。家具類はまだバタイユ街から救い出されてきていなかった。まだ一日中ハンマーや鋸の騒音が聞えていた。というのはヴィスコンティ伯爵夫人のために、園亭もまったく新規に整備中だったからだ。道には砂利をしき、アスファルトを流した。敷地の周囲の石垣は騒々しい音を立てて、——しかも不吉なあわただしさで出来上った。しかし性こりもない幻想家バルザックはそのごたごたのなかで、早くも完成したものとしてその家に納まった。そして最初の感激に打たれて、こう新居について述べている。

　僕の家はサン・クルーの山だか丘だかの裏手に、つまり御苑を背にして丘の南側の中腹にあります。西を向くとヴィル・ダヴレーが一目で見てとれます。南へ向くとヴィル・ダヴレー街道が丘陵のすそを走っていて、その丘陵のところからヴェルサイユの森がはじまっています。そして東へ向くと僕の眼はセーヴルを超えて、パリが横たわる果てしない地平線の上にひろがります。煙っているパリの大気がムードンやベルヴィルの名高い丘の縁をぼかしていますが、その上のほうにモンルージュの平野とトゥールに通じるオルレアン街道が見えています。妙に壮大で、うっとりするほど対照的な眺めです。僕の地所のはじっこにはパリ・ヴェルサイユ鉄道の発着ホームがあり、ヴィル・ダヴレーの谷間は軌道の盛土で埋まっていますが、僕の眺望図はそのために何一つ奪われてはいません。そんな次第で、わずか一〇スーと一〇分間でレ・ジャルディーからパリの真ん中のマドレーヌへ出ることができます。ところがシャイヨのバタイユ街、それからカシニ街では一時間と、少くとも四〇スーはかかりました。ですからこういう事情のお蔭でレ・ジャルディーは決して狂気の沙汰とはならないでしょうし、やがてその値段も大変なものになるでしょう。地所の広さはおよそ一アルパン（約一エーカー）ぐらい、南の端は長さ四五メートルの台地になっていて、四方を塀で取り巻いてあります。何もまだ植わっていませんが、この秋にはこのちっぽけな地面を立木や芳香や灌木のエデンにするつもりです。パリやパリの近郊では、金さえ出せばなんでも手に入ります。そんなわけで樹齢二〇年の木蓮、一六年の菩提樹、一二年のポプラ、それと樺の木など、株に土をつけたままで運び込まれるでしょうし、白葡萄《シャスラ》も年内に収穫できるように籠入りで持ち込まれるでしょう。いや、文明は大したものです。／いまのところ僕の地所はまるで手のようにムキ出しです。五月ともなれば驚くべきものになりましょう。野菜や果実をとり入れるためには、二アルパンばかりまわりの土地を買わなくてはなりません。それにはおよそ三万フランぐらい必要でしょうが、この冬のあいだにそれだけ稼ごうと思っています。家はおうむのとまり木（狭くて高い家）です。各階に部屋らしいのが一つずつの三階建です。一階は食堂と客間、二階は化粧室と寝室、三階は真夜中のいま、こうして手紙を書いている書斎です。梯子によく似た階段が一方の隅にあって各階に通じています。雨天でも歩きまわれるように回廊が家をぐるりと取り巻いていますが、したがってそれはまた二階にも延びています。回廊は煉瓦の柱で支えてあります。このイタリア風の小さな家は四隅を石柱で固め、煉瓦色に塗ってあります。そして階段の囲いがそこに納まっている付属建物は赤ズック色に塗ってあります。この家には僕のいる場所しかありません。／サン・クルーの御苑のほうに一八メートルほどさがって別の付属建物があり、その一階は料理場、配膳室、食料貯蔵室など、厩、車庫、鞍置き場、浴室、薪小屋などになっています。二階は僕にその気があれば人に貸すこともできる大きな組部屋、三階は召使たちの部屋がいくつかと、友達のための寝室が一つです。僕のところには有名なヴィル・ダヴレーの泉水に匹敵する泉水があります。というのは同じ水脈なのです。そして僕の散歩道は地所全体を四角にぐるりと取り巻いています。家具類はまだ一つも据えつけてありませんが、しかしパリにある僕の持ち物はやがて少しずつここにくることになっています。……／ひと財産でき上るまでここにずっといることになりましょう。大分もうここが気に入っているので、静穏という資本さえ獲得したら、これまでのいろんな念願や野心や一切のものにこっそり暇を出して、ここで平和に余生を送ることになろうと思います。

こんなふうにバルザックは書いた。友達や訪問客の報告にはそれと違うひびきがあり、すべて例外なしに、笑いたいところを無理やりこらえているといった調子がどこかにチラついている。バルザックに一番好意をもっている親友でさえ、彼が例の相手をうっとりさせる雄弁でその所有地の素晴らしさを述べ立てると、まじめな顔をしまいまで続けるのに大骨を折った。不思議なことにル・コルビュジエとその一派の建築術の理念の先駆となったこの小さな家は、そういえばどことなくからの鳥籠に似ていた。バルザックがその夢のなかでは楽園に変えている庭園には、そここに数本の貧弱な果樹が小枝を大空にのばしていた。混砂粘土の大地には、まだ一本の草も芽ばえてこなかった。十月となり十一月となったが、バルザックが毎日のように理想案を思いつくので、相変らず一群の騒々しい労働者が地所を右往左往していた。彼はあるときはパインアップルを栽培するため温室を計画し、そこでできるパインアップルをパリで売って大儲けしようとした。それからまたトカイ（ハンガリーの葡萄酒の産地）の葡萄の木を植えて、前代未聞の強烈な酒をつくろうとした。それからまた大きな字で「レ・ジャルディー」と彫った石の門を注文し、その門から玄関までつづく緑の蔓棚を作ろうとした。バルザックは同時にヴィスコンティ伯爵夫人のために隣家の修復の監督もした。夫人は実際間もなく愛人のあとから「淋しい」、そして本当は騒々しい丘にやってきた。勘定の支払いはまだだった。建築費四万三〇〇〇フラン、室内装飾業者四〇〇〇フラン、錠前金具工一〇〇〇フラン、そのほか土地の買い足しが一万フラン等である。このエデンの園には抵当の重い利子のほかはまだ何も生えていない。すでにもう破局が始まっているのだ。

　バルザックは買い入れるときにバルザック的な魔法のような眼識をあまり信用しすぎ、バルザック的テンポをあまり出しすぎたのである。彼は美しい眺めに魅せられ、花ざかりの果樹園や強烈な酒のできる葡萄の房を早まって夢み、やわらかい滑りやすい混砂粘土でできているこの土地を専門家に調査してもらうことをなおざりにしていた。ある朝のこと、彼は雷のとどろきに目覚め、窓辺にとんでいった。空はよく晴れていて、見渡すかぎり雷雨らしいものはどこにも見えなかった。ゴロゴロ鳴ったのは雷ではなく、高い金をかけた土止めの石垣が崩れたのである。バルザックはがっかりした。

　僕の魂の妹であるあなたになら僕の最後の秘密を打ち明けることができます。——と彼はズュルマ・カローにあてて書いた。——ところで僕は恐るべき苦境の底に落ち込んでいます。レ・ジャルディーの石垣という石垣が建築家の手ぬかりから崩れてしまったのです。前もって土台を固めておかなかったのです。いくらこの男のせいとはいえ、なにしろ一文なしときているので、これはみんな僕の肩にかかってきます。しかも僕はまだこの男に内金として八〇〇〇フランしか渡してないのです。

しかし石垣なしにすますわけにはいかなかった。それは人間世界に対する彼の隔離の象徴であり、それによって所有の意識も確認されるのだ。そこでまた人夫を呼んで、新たに立て直さなくてはならなかった。それから数日、雨の数夜がすぎる。するとまたしても不吉な雷鳴である。またもや地滑りで、またもや石垣が崩れた。その上また一つ厄介なことが持ち上った。隣の人が自分の地所に石がゴロゴロなだれ落ちてきたので苦情を持ち込み、訴訟するといって脅かしたのだ。「土地は禍の種」というのは彼の長篇「農民」のテーマであるが、バルザックはかつての「幻滅」の場合と同じように、徹底的にこの「地主の心配」を経験し、おまけにいい気味だとばかりパリ中の笑いものにならなければならなかった。新聞という新聞がこの家についての逸話で持ちきりだったが、そのなかにはバルザックが天才的な建築家として階段をつけ忘れたという話もあった。新居を訪れた連中は笑いながら帰ってきて、崩れた石垣を命がけでよじ登らなければならなかった次第を物語った。逸話は虚実とりまぜて、バルザックの樹や花よりも盛んに茂り、尾ひれがついて拡がった。

彼はいよいよきびしく閉じこもってもはや客を招かなくなったが、なんの甲斐もなかった。カシニ街やバタイユ街時代からの古なじみである執達吏やその手先が、彼の部屋から最も高価な家具を運び出して、狭い家に少しゆとりをつけてやろうという誠実な意図のもとに、石ころの小山を物ともせずよじ登ってきた。バルザックがひたすら美しい眺めと仕事のために生きようとしたこの隠れ家でも、昔ながらの遊戯がはじまった。怪しげな見なれぬ男が近づきつつありという報告を望楼から受けるたびにバルザックは、この忠実な友がもう二度と訪ねる気がしなくなるようにと、金目のものを愛人のところに運んだ。再び空気が清浄になり、執達吏が彼の「おうむの籠」のなかに書き物机と鉄のベッドといくらかの二束三文の家具しか見出さず、当てがはずれて立ち去ると、バルザックは大笑いしながら上等の家具や調度をまた自宅に運び込むのだった。

バルザックを子供のように面白がらせ、そして一生つづいたこの戦いでの唯一の喜びだった債権者とのこの遊戯は、数ヵ月のあいだはうまくいった。しかしとうとう彼も、まさにゴプセックのような男にぶつかってしまった。その男は、信用のおけない債務者をつかまえる術を恐らくバルザック自身の小説から学んだのであろう。その高利貸は訴訟に及んだ。相手方はバルザックにあらず、その愛人にあらず、まったくどうにも助からない寝取られ男グィドボーニ・ヴィスコンティ伯爵である。これはスキャンダル好きのパリ人をやんやと喜ばせた。訴状によると伯爵はバルザック氏の動産の一部を隠匿することにより、もしくはレ・ジャルディーの地所よりの前記動産搬出に協力することにより、バルザック氏の債務抵当物の莫大な価値を故意に減少せしめ、かくして債権者に損害を蒙らせたが、これに対し当然賠償の責めを負うべきである。

これでレ・ジャルディーの夢は終りだった。バルザックはもうこれ以上持ちこたえられなくなった。この「ヒュッテ」には一〇万フランかかった。したがって別の人がシャンゼリゼに家を構えるよりももっと高くついた。ヴィスコンティ伯爵夫人にしてもこれでもう沢山だった。金銭のいざこざの絶えないことが、彼女とバルザックとの関係を決定的にかき乱し、夫人はレ・ジャルディーを去った。バルザック自身は「土地家屋所有者」になるという妄想に別れをつげる決心がつかなかった。数年後には勝ち誇って帰れるかもしれない希望を抱いて、もう一度一万五〇〇〇フランで偽装売却のトリックを試みた。しかしこの幻想も彼のあらゆる他の幻想とまったく同じように実現しないであろう。もう一度新しい隠れ家を探しに行かなければならなかった。彼はパッシー街のとある家に住居を見つけた。これは彼のあらゆる住居のうち現存している唯一のもので、今日もなお「バルザックの家」として知られ尊ばれている。

第十八章　芝居の投機

「万事いよいよいけなくなった、仕事も借金も。」——四十歳のバルザックは彼の境遇をこの簡潔な文句にまとめてみせたが、レ・ジャルディー荘ですごした三年は結局、レ・ジャルディーの支払いをするための必死の、しかも失敗続きのただ一つの努力に外ならなかった。バルザックが今度ほど熱狂的に働いたことはない。しかし一年に長篇小説を五篇書いても、六桁の借金をみな返済することは不可能だということを認めなければならなかった。彼はあらゆる抽斗から書きかけの作品を引き出したが無駄だった。レジオン・ドヌール勲章をほしがっている愚直な職人の親方のために匿名でナポレオン箴言集を一冊でっちあげ、名声の高みにいながらも自分の才能を他人の虚栄心や無能力のために用立ててやったが、それも無駄だった。彼の必要とするような金額はもはや仕事で稼ぎ出るものではなく、魔法によらねばならないのだ。そしてヌラの鉱山は彼に銀を拒否したから、今度は新規の鉱山から金を採掘しようと企てた。

バルザックが無理やり劇作を試みたのは、どうにも嫌々ながらであり、まったく心ならずもであった。彼は自分の仕事が喜劇を書くことではなく、『人間喜劇』をつくり出すために自分は選ばれたのだということをよく知っていた。もともと彼の天与の才は、演劇の形では存分に伸ばすことができないということは、内心の本能が彼に告げていた。バルザックの長篇小説をすぐれたものにしているのは大きな場面ではなく、小説人物の性格のゆっくり時間をかけた化学的変化と、環境や風土へのその結びつきである。彼はただ流れるように書く。拡がりと充実が必要だ。バルザックの小説の戯曲化がことごとく失敗したのは偶然ではない。彼の人物はいずれも書割の狭い断面では不自然に見える。ニュアンスの微妙な戯れ、推移の論理がそこには欠けているからだ。

しかし意志を集中し力を駆りあつめたら、小説においてと同じように劇作においてもバルザックの天才は巨匠の域に達したことであろう。しかしバルザックは演劇に意志を集中し全力を賭する考えは毛頭なかった。新しいラシーヌまたはコルネイユになろうとしたレディギエール街の昔の夢はずっと前から消えうせていた。彼はさしあたり劇を、文学の圏外においての金儲けの手段としか考えなかった。――内心ではどうでもよい、気の乗らない投機としか考えず、芸術的にはパインアップルの栽培とか北部鉄道株の取引の商談以上の価値を認めなかった。彼はサルデーニャへ行く前に皮肉な冷淡な調子で、カロー夫人に書いた。

僕は今度やろうと思っていることに失敗したら、必死になって劇作にはまり込むつもりです。

「僕の小説よりもずっと多い収益を約束する最後の手段」以外もはやほかに方法はない。彼は鉛筆片手に、脚本が一つ成功した暁には一〇万、二〇万フランの儲けになると計算した。一挙にこのような成功を博する確信が持てないことはもちろんである。しかし一年に脚本を一〇篇二〇篇と書けば、いつかは大当りの籤を引きあてるだろうことは数学的な確かさで計算できる。

一年に二、三〇篇の脚本を書こうとしたこの種の計算は、バルザックが初めからその脚本にろくろく精を出す気のなかったことを示している。一ルイ金貨をルーレットの台の上に投げるのと同じ無造作な仕草で、脚本をほうりだそうと考えたのだ。どうせ成否を決定するのはその価値ではなくて偶然である。これからの劇作についてのバルザックの計画はまったく明白だった。一番重要で一番骨の折れる大事な仕事は、最も有利な契約が結べて、しかもできるだけ多額の前払いをしてくれる劇場の支配人を見つけることである。この最も困難な仕事のためには、彼の名前のあらゆる威力と懸河の弁とあらん限りの発明工夫の力をふるわなければなるまい。これが片づくと、戯曲を契約期間内に手渡すという片手間の仕事だけが残る。——こんなことは支配人から一、二万フランの前払いをせしめるヘラクレス的仕事に比べれば真に児戯に等しい。バルザックともなれば、腹案は幾百となく持ち合せているし、おまけに若き日の習作が、書き物机の抽斗のなかにまだ一ダースもはいっている。したがって安給料で若い「くろんぼ」の書生を雇えばいいことになる。その書生に戯曲の構想を物語り、原稿を書かせ、それにさっとペンを走らせて、一晩か二晩でつやと活気を添えるのだ。こうすれば一作に三、四日以上はかけないで、一年に一〇か二〇の戯曲を左手で気楽に書きあげ、一方右手で昔ながらの慎重さと情熱を傾けて真実の作品の長篇小説を書くことができる。

＊

一〇万フランの金が入る脚本をこしらえる仕事がバルザックには取るに足りない些細なことに思われたので、実際にその道の習練をつんだ協力者を探し出す労さえとらなかった。彼は行きあたりばったりに、シャルル・ラッサィイーというまったくだらしのないボヘミヤンをつかまえた。これまで一度も芝居に関係したことがなく、どんなに好意的な批評家でさえ、これっぽかりの才能も見出せないような男だった。このあわれな、ちっぽけな、神経質の男、——もの悲しげな顔と架空的なくらい大きな鼻と世界苦を思わせるたれ下った髪の毛をもつさまよえる戯画、——をどこで探し出したか誰にも分らない。恐らく通りかカフェーでめぐり会ったのであろう。しかし彼はそれ以上相手の性質を調べもせず、その日のうちに一緒に悲劇を書きはじめるつもりで、ただもう肝をつぶしている犠牲者をお客様兼協力者としてレ・ジャルディーへ引っぱって行った。しかし現実に喜劇がはじまる。バルザックの一生でも一番滑稽な喜劇の一つだ。

というのもあわれなシャルル・ラッサィイーは、すさまじい雄弁にまくしたてられてヴィル・ダヴレーへ引っぱって行かれたが、バルザックが自分に何を期待しているのか、さっぱり分らなかった。戯曲とはどういうものか、脚本はどんなふうに書くものか少しも知らなかった。さしあたりそんなことは問題にならなかった。バルザックは途中で無数の思いつきや計画を矢つぎ早に聞かせてから、まず第一にこのあわれな飢えた男に滋養にとんだ食物をどっさり食べさせた。バルザック家の食事時間は五時である。御馳走がふんだんに食卓をにぎわし、みじめなボヘミヤンはこれまで飲んだこともないような葡萄酒を振舞われた。見る見るうちに気分がゆるみ、恐らく今なら実際に霊感によってバルザックに助言できたであろう。しかしバルザックは六時に晩餐がすむと、ラッサィイーに就寝するよう命令した。これには彼も驚いた。

ラッサィイーはあらゆるボヘミヤンと同様、正式の一日は夕方に始まるのだし、幼い時から午後六時に就寝したことは恐らく一度もなかったが、あえて反対しなかった。あてがわれた部屋につれて行かれ、素直に服を脱いで寝床に入り、たらふく飲んだ葡萄酒のお蔭でぐっすり眠りに落ちた。

彼は一途に眠った。しかし熟睡の最中、真夜中ごろ何者かに揺り起された。バルザックが寝床の前に幽霊然と白い僧服姿で立っていて、起きるように命令した。仕事をはじめる時間である。

あわれなラッサィイーはバルザック流の昼夜の置換えに慣れていないので、溜息をつきながら跳ねおきた。新しい先生でもあり食わせてもらってもいるので、あえて抵抗はしない。寝とぼけて頭が混乱していたが、朝六時までバルザックの腹案の説明を聞いていなければならなかった。六時になると再び寝床に戻ることを許された。昼間バルザックが小説の仕事に取り組んでいるあいだに最初の何場面かの下書きをし、夜になってその最初のテキストを共同編集のために提出するようにと言われた。

真夜中。あわれなラッサィイーは心配になった。この馬鹿げた期限が気になってよく眠れなかったし、もちろん仕事はなおのことうまくいかなかった。彼が持っていった情ないテキストは夜半の会議で却下され、新たな仕事を命じられた。ラッサィイーはこうして数日間、疲れきった頭をしぼって苦心惨憺したが駄目だった。上等の食事もあわれな奴隷にはもはや砂をかむ思いである。夜中から朝方まで討議しなければならないかと思うと、さっぱり眠れなかった。ある晩バルザックが寝床に近づくと、共同制作者は逃亡していた。

めざす相手の代りにバルザックは机の上に一通の手紙を見つけた。

実に御親切にお任せ下さいました仕事を私は思い切らなくてはなりません。御腹案の劇的条件をみたすために書く値打のあるようなものを、私は何一つ見つけずに夜をすごしました。それは自分の口からはとてもいえないことでした。これ以上あなたのパンを食べることは無駄です。それにまた今度も私の知性の乏しさが、思いがけないめぐり合せで窮地を切り抜けようという私の熱意にろくろく役立たなかったことをひどく残念に思っています。

この逃亡はあまり突然だったので、バルザックは改めて共作者を探すひまがなかった。そこで約束の六〇〇〇フランの前払いをルネサンス座から引き出すためには、「女店員頭」——彼の後年の呼び名に従えば「夫婦学校」を、自分で完成しなければならなかった。最後の幕にとりかかる一方、彼は急いで契約を果すことができるというただそれだけの目的から、二〇人を下らない植字工を使って第一幕を活字に組ませ、わずか数日後にはこの早産児を手渡すことができた。しかしここでバルザックは、劇場の支配人というものが小説家の名声などにはてんで無関心で、バルザックが上演料の前払いをあてにするのとまったく同じように将来の切符売場の報告だけしか考慮に入れていないということを、身をもって知らなければならなかった。支配人は脚本を受けとることを冷かに拒んだ。夢想の一〇万フランはまたしても現実の風に吹きとばされてしまった。バルザックは結局「幻滅」の新しいエピソードをまた一つ書いただけのことになった。

ほかの人なら屈辱を感じるか、熱狂もさめるところだろう。しかし失敗はバルザックの場合、いつもエネルギーを二倍にし十倍にするようそそのかす効果を生むだけだ。小説の場合はこれと違っていたろうか。小説においても最初は突っぱねられ、多年のあいだ意気沮喪させるような仕打ちを受けたではないか。彼の迷信深い性質は、この最初の失敗に将来の成功の確かな保証さえ見てとった。

> 僕の劇作活動は文学活動と同じ事件に出会うでしょう。第一作はことわられるでしょう。

だから新たな脚本を書こう。新たな契約を結ぼう。

ほんとうの戯曲を書かないで、小説や対話を戯曲化するバルザックの度しがたい流儀では、今度の戯曲のほうがましということはないだろう。しかし契約は今度のほうがましだった。バルザックは最初の経験にこりて、もはや原稿を突き返される屈辱にはわが身をさらさなかった。ポルト・サン・マルタン座の支配人アレルは、全然まだ書かれていない作品を受理した上ただちにそれを上演するということを、前もって約束しなければならなかった。バルザックは幸運な偶然から、アレルが人気を博する脚本を至急しかも是が非でも必要としていることを聞き込んでいたのだ。そこで彼は彼の小説人物ヴォートランの戯曲化を提案した。アレルはその場で火のように燃え上った。ヴォートランは「ゴリオ爺さん」と「幻滅」のお蔭で甚だ人気のある作中人物だから、とりわけフレデリック・ルメートルがそれに扮すれば、舞台でもほんとにセンセイションを起すに違いない。二つの幻想、脚本作者と劇場支配人の幻想はついに兄弟のように一致してしまった。契約は署名され、二人の山師は早くも何千何万と数えられないほど儲かるものと考えた。

　バルザックは今度はもっと精力的に仕事にとりかかった。劇場支配人を掌中のものにしておくために、数週間レ・ジャルディーを留守にして、リシュリュー街の出入りの仕立屋ビュイッソンの家に泊りこんだ。そこは劇場から五分のところなので、彼の戯曲のあらゆる下稽古に立会い、来るべき大勝利の準備に一役買うことができるのだ。彼は前もって新聞を動かして大々的に提灯をもたせ、俳優たちともよく相談し合った。「超人間的な勇気」で、あらゆるものと取り組んだ。帽子もかぶらず、粗末なダブダブのズボンに例の仕事服、靴から革の舌を垂らしたまま息せききって劇場に駆けつけ、俳優と特に効果十分の場面を協議したり、切符売場の係に命じてあらゆる知人のために座席を予約したりするバルザックの姿が毎日のように見られた。というのも彼は、この初興行がパリの貴族社会と知識人をすべて一堂に集めることになると、最初から主張しているからだ。この騒ぎにとりまぎれて、些細なことを一つだけ忘れていた。すなわち脚本そのものを書くことだ。およその構想はすでに支配人に話してあり、個々の俳優にもそれぞれ教え込んであった。しかし今や本気で下稽古をはじめなくてはならない。アレルは相変らず原稿を手に入れていなかったし、俳優もひとりとして台本を見ていなかった。バルザックはこう約束した、――二四時間以内に原稿も台本も手に入るだろう。全部とっくの昔にできている（バルザックの眼にはあらゆる計画がいつもただちに現実として映るのだ）。あすは下稽古をはじめることができるだろうと。

　さて彼の忠実な友人テオフィル・ゴーティエは、バルザックがどのようにして二四時間以内に五幕の脚本を書きあげようとしたかを述べている。彼は、叙述に誇張がありすぎるとは考えられない数まれな人たちの一人である。バルザックは四、五人の腹心の友からなる彼の特別参謀部を、仕立屋ビュイッソンの宿舎に緊急協議とあって召集した。テオフィル・ゴーティエは一番しまいに到着した。僧服姿のバルザックは早くもイライラして、檻のなかのライオンのようにあちこち歩きまわっていたが、高笑いしながら挨拶した。

　やっとテオが来たぞ。無精者め、緩歩類め、怠け者め。おい、急げったら。君は一時間前には来ていなければならなかったんだぞ。――僕はあすアレルに、五幕の大ドラマを読んで聞かせるんだ。

それからゴーティエが「現代の肖像」のなかで物語る愉快な場面が続く。

「で、僕の意見を聞きたいというんだね。」と答えて、私は長たらしい本読みを聞かされることを覚悟した人間のように、ドッカと肘掛椅子に納まった。バルザックは私の態度からなにを考えているか推察すると、ごく当り前な顔つきで「そのドラマはできていないんだ。」といった。

「なんだ、それなら本読みは六週間先へ延ばすんだね。」「いや、われわれみんなしてこれからそのドラモラマ（パノラマに引っかけた地口、ドラマのこと。「ゴリオ爺さん」に頻出する）をいい加減にでっちあげて金に替えようというんだ。当節、支払い期日のきた手形が随分たまってるんでね。」「きょうこれからあすまでというのはとてもできない相談だよ。清書する時間もあるまい。」「僕が考えた手筈っていうのはこうだ。君に一幕書いてもらう。ウールリャックが次の幕、ローラン・ジャンが第三幕、ド・ベロワが第四幕、僕が第五幕、そして約束どおり、あすの昼僕がそれを読むと。――ドラマの一幕は四、五〇〇行以上はない。昼いっぱいと一晩で対話の五〇〇行ぐらいやってのけられるさ。」

「主題を一つ語ってくれたまえ。粗筋を教えてくれたまえ。人物の輪郭を簡単に描いてみてくれたまえ。そうしたら仕事にかかるから。」と、私はいい加減ギョッとして答えた。

「いやはや」と、彼はとてもがっかりしたように、そしてひどく軽蔑したように叫んだ。

「主題を物語る段になったら、いつまで経ったってケリはつかんよ。」

別にぶしつけな質問だとも考えなかったが、バルザックには余計なものに見えたのだ。えらい苦労をしてやっとたぐり出したぶっきらぼうな指示を頼りに、私は一場だけ、やっつけ仕事にかかったが、わずか数行だけがこんにち決定作に残っている。だれにも考えられるように、次の日の本読みはなかった。ほかの共作者たちがしたことは知らない。しかしただ一人まじめに手伝ったのはローラン・ジャンで、この戯曲は彼に捧げられている。

脚本がどんな結果に終ったか、誰しもこの序曲によって想像できよう。ここ一〇〇年にわたってフランス戯曲を見渡しても、「ヴォートラン」のようなみじめな寄木細工の脚本が書かれたことはまれだった。そこでアレルは破産しないようにと、これを前もって大傑作というふうに広告しておいた。バルザックも座席の半分を買い占めたが無駄だった。最初の三幕まで観客の気分はずっと氷のように冷かで、おまけに気づまりの体だった。彼の親友たちはバルザックの名前がかくも凡庸な、寄木細工めいた、センセイションめあての喜劇と結びついているのを見て不快を覚えた。それはちょうどヴォートランという雄大な小説人物のこのような莫迦らしい漫画がバルザックの全集中に印刷されているのを見出して、われわれが今日もなおせつない思いをするのと同じである。第四幕で不満の嵐が公然と爆発した。メキシコの将軍に化けたヴォートランの登場用に、フレデリック・ルメートルはルイ・フィリップの髪かたちとまぎらわしいかつらを選んでおいた。数人の王党派が口笛を吹きはじめた。オルレアン公が示威するかのようにボックス席を立ち去った。上演は手に負えぬ混乱のうちに終った。

　王は翌日この劇を禁止したが、そんな処置がなくてもバルザックがそのまま上演を許すはずがなかった。文部美術省の美術局長はバルザックの抗弁を沈黙させるために、上演禁止の補償金としてこっそり五〇〇〇フランを提供した。ところがバルザックは借金で首が回らない体たらくにも拘らず矜持をもってこれをはねつけ、この悲惨な失敗から少くとも個人的道徳的勝利を救い出した。しかしこうした破局もこの度しがたい男の眼を開かせることはできないだろう。彼はなお三度運だめしをする。「キノラの手だて」と「パメラ・ジロー」はいずれも「ヴォートラン」より一段上出来の作品だが、同じように失敗するだろう。彼の天才にややふさわしい唯一の劇作「ぺてん師（メルカデ）」に至っては、彼はもはや生きてその上演に立会うことはないだろう。本来の仕事以外の領域で何か仕事をしようとすると、そのたびに彼は罰を受ける。いつか「ヴォートラン」の上演の前に大通りでハイネに出会ったとき、小説だけで辛抱するようにと親切に忠告されたが、その機知に富んだ言葉がどんなに賢明だったかを、彼は悲しい気持で思い返した。

気をつけたまえよ。ブレストに慣れてる奴はトゥーロンには馴染ないものだ。いまいる徒刑場にじっとしていたまえ。（いずれも十九世紀著名な徒刑場所在地）

レ・ジャルディーの建築、ヌラの銀山、脚本制作、――この三大愚行は、この四十男が世間的な事柄では二十歳、三十歳の時とまったく同じように、素朴で盲信家で済度しがたい男であったことを示している。彼の愚行はその作品と同じで、寸法の上ではむしろ一段と幅を加え、一層空想的、衝動的、道化的、魔神的になった。しかし彼に敬意を表さなかった同時代人と同じように彼の盲目的な行為に眼がくれて彼の頭の明快さを忘れ、彼の破滅的な愚行のために彼の独創的な作品を忘れるのは、われわれ現代人にふさわしいことではない。歳月のへだたりがわれわれを助けて、ものをはっきり見させるからだ。新聞にレ・ジャルディーのパインアップル栽培の辛辣な逸話が満載され、批評家やジャーナリストや公衆が彼の芝居の流産をさも心地よげに見守ったその数年間に、その同じバルザックが孜々として主著『人間喜劇』の創作に従事していたのだ。土地の投機を試み新しい新聞をこしらえている最中、そしていろんな訴訟や事件にかかり合っている一方に、同じビクともしないねばり強い態度で自己の世界の建設をつづけたのだ。職人がハンマーを振りまわし、レ・ジャルディーの石垣が崩れているあいだに「幻滅」の雄大な第二部を完成し、同時に「浮かれ女盛衰記」の続きと「骨董室」と、構想は大きいが必ずしもいい出来ではない「ベアトリックス」を書いた。政治小説「暗黒事件」、写実小説「ラブイユーズ」「二人の若妻の手記」のような完全な作品を書き、そのほか「マッシミルラ・ドニ」と題する音楽小説の名短篇、「架空の愛人」「ユルシュール・ミルーエ」「Z・マルカス」「ピエレット」「エヴァの娘」「カディニャン公妃の秘密」「田舎才媛」「カルヴァン派の殉教者」（「カトリーヌ・ド・メヂチ」第一部）「ピエール・グラスー」を書き、その上論文一二篇ばかり、「村の司祭」としていずれまとめられることになる短篇若干、それと「夫婦生活の悲惨」の断片を書いた。嵐の四年間はまたもや、これがほかの人なら分量と文学的な重さからいって一生かかっての光栄ある業績を意味するかもしれないような仕事を包含したのである。これらの作品の創造的な白日夢のなかには、外部のいざこざはひとかけらも割り込んでいない。世間から大いに笑われた彼の性質の突飛なところも、完全に集中的な彼の創作のなかには少しも感じられない。これらの創作のうち、「マッシミルラ・ドニ」「ピエール・グラスー」「暗黒事件」「架空の愛人」のような作品は、構想の緻密さと他の場合には往々だらしない冗漫な文体を抑制した点で、あらゆる従前の作品にまさっている。幻滅と失敗で味わったひそかな苦味が今やよく効く酸のように、甘ったるいものと感傷的なものをいたるところで徐々に吸収し中和するかのように思われる。それらは彼の初めのころの作品に見られたが、真実ならざる浪漫的なものに対する時代の趣味を感じさせるものだ。人生の行路を前進すればするほど、そして生活が彼をひどい目にあわせればあわせるほど、バルザックはいよいよもって写実家となった。彼はますます鋭い不信の眼でさまざまな境遇や関係を看破し、いよいよもって予言者的な知識で社会のもろもろの関係を見渡した。四十歳のバルザックは三十歳のバルザックより一層われわれに近い。その間の一〇年が、バルザックを一世紀だけわれわれに近づけたのだ。

しかしこれらの作品、ティタンのようなこれらの仕事をもってしても、この時代のバルザックの活力と実行力は依然として汲みつくされなかった。彼は仕事のために家に籠っていたが、おろしたカーテンのうしろからあらゆる他の人たちよりも油断なく世界を見ていた。そして二、三度、この生ける現実の材料で自分の活動性をためしてみたい誘惑にかかった。これより先やっとパリの若干の文筆業者が自分たちの権利を擁護するために団結しようと企て、文芸家協会を設立していた。それは小さい無力な結社で、会員が時々テーブルのまわりに集まって決議を起草するが、だらしのない連中のこととてそれは全くただの書類にすぎず、役所の書類棚に入れられ塵にまみれていた。バルザックは、文士がその使命を意識してほんとに団結するならば一威力を示すことができるだろうことを認めた最初の人である。そして例の猛烈な精神力を傾けて、この微弱な組織を著作権擁護のためのまじめな武器につくり変えようと企てた。あらゆる彼の着想と同様、この場合も慧眼よく時代に数十年先駆している。

バルザックは苛立っている時が一番精力的で、一番その目的を適確に捉えている。彼には個人的に腹を立てる理由があった。彼の著書は印刷インクがまだ乾かないうちにことごとくベルギーで海賊連に略奪され翻刻されていた。彼らは一スーも彼に印税を支払わなかった。この版は印税なしでしかもいい加減に組んだものだから安く売りさばかれ、諸外国いたるところに氾濫していた。しかしバルザックはこの事件を個人的には取りあげなかった。彼にすれば文士という職業の名誉と世界における彼の立場が問題なのだ。彼は「文芸家協会著作権法規」の草案をつくったが、これは文壇にとってフランス共和国にとっての人権宣言、アメリカ共和国にとっての独立宣言と似たような、歴史的に重要な記録として残されている。彼はルーアンで講演を行い、統一行動に出るために著作家を団結させようと何度も何度も試みた。しかし抵抗が現われ、ケチ臭い論争が起った。バルザックは、彼の理念を受け入れるほど包容力がなく、また彼の激しい気性に対して十分積極的でない協会から手を引いてしまった。どうにもならない繰り返しだ。すなわち彼の世紀で最も力強いこの男も、現実世界では依然として影響力がなかった。

バルザックはその時分いま一度こうした経験を重ねる羽目になる。ろくに世間に知られていない人物でペーテル某という公証人が、妻と下男を殺害したかどで陪審裁判によって断頭台に送られる判決を下されていたが、八、九分どおりそれは正しい判決だったろう。元ジャーナリストだったペーテルはいつも金に困っていたが、とどのつまり、ヤブ睨みだが裕福な植民地生れの女と結婚した。彼女の前半生には面白くない噂が流れていた。彼女は両親が使っていた下男をつれて嫁いできたが、この男もまた彼女の情夫だったらしい。ある晩、彼女は近くの村から帰宅の途中、下男もろとも殺された。ペーテルは鋭い訊問を受けて、とうとう下男を殺害したことを白状した。間男殺しのほうはまだ申開きの余地があったかもしれない。しかしペーテルは遺産入手の目的から、妻をも亡きものにする絶好の機会を利用したのだというのが、陪審員たち全員こぞっての意見だった。

バルザックは文壇初登場時代にこのペーテルを雑誌「ヴォルール」の同じ寄稿家仲間としてよく知っていたし、この事件は心理的に彼の興味をそそった。彼もまた恐らくこの事件に刺戟されて、ヴォルテールがカラス事件で先鞭をつけ、ゾラが後年ドレフュス事件でかくも大規模に幕を閉じた伝統を守り続けたい気になったのだろう。すなわち人権の闘士としての、無実なものや不運なものの弁護人としてのフランス作家の伝統だ。彼は仕事を放棄して、――これは極度の犠牲を意味するが、死刑囚と面談をとげるため、ガヴァルニと一緒にベレーまで出かけた。彼はいとも簡単に燃え上る空想をたくましうして、ペーテルは自己防衛のためにピストルを発射し、それが闇のなかを逃げる妻にほんの偶然で命中したのだと確信した。ただちに建白書を起草して破毀院に提出した。法律的慧眼と法廷的論理の傑作だ。しかし破毀院は公的な筋から提出されたものでない陳情書はなきも同然と考えて眼もくれず、認可した弁護士の無効の訴願しか取りあげない。この訴願もやはり却下され、王に提出した大赦の請願も利き目がなかった。バルザックは時と金とあらん限りの情熱をこの事件に投じたけれども、完全な敗北を喫した。ペーテルは処刑された。

　情熱のとりことなっていつも悟りが遅い教訓を、彼はまた三度目の繰り返しで受けることになる。非現実界においてのみ効果のある力を現実界でためすべからずという教訓だ。「クロニック・ド・パリ」の破局を忘れ、この不幸な新聞に要した一万五〇〇〇ないし二万フランの費用を忘れるには四年の歳月で十分だった。直接に時代に話しかけ、彼の政治的、文学的、社会的理念を表明しようという意志を、バルザックはそういつまでも抑えていることはできなかった。一方また新聞に依存することにも飽きた。新聞界では自主的な言葉はことごとく骨抜きにされるか、変えられるか、沈黙させられることを知ったし、おまけに王者らしい態度に出てジャーナリストや発行者や編集者を敵に回してしまったから、自分のあふれるような夥しい理念に窒息しないためには、時々自分用のメガフォンをつくらなければならなかった。

　今度はそれを「ルヴュ・パリジェンヌ」と名づけ、成功疑いなしと思った。というのは紙面を殆ど彼ひとりで埋めようと決心したからである。フランスでただ一人の自由かつ自主的な政治家・思想家のオノレ・ド・バルザックが毎週その政見を発表するなら、また文学の元帥オノレ・ド・バルザックが自分で親しくあらゆる重要な新刊書や上演戯曲の批評紹介をするなら、またヨーロッパ随一の小説家オノレ・ド・バルザックがそこに彼の短篇や長篇小説を発表するなら、パリ、いや全世界が傾聴しないことがあろうか。そのようにして初めてうまく行くのだ。何事も他人任せにしない場合にかぎるのだ。バルザックは普通なら五人分の労力を要する仕事を、一方で舞台稽古に立ち会ったり小説を書いたりしながら、ひとりで引受けた。財政の管理をし、ひとりで紙面を編集し、全紙面をひとりで書いた。校正刷を読み、印刷屋と交渉し、植字工をせき立て、販売を監視した。朝から晩まで上衣を脱いで汗だくになり、湯気をたてながら編集室から植字室、植字室から編集室へとバタバタ足音を立てて上下した。ごったがえしのなかで汚い机にもたれ、シャツの袖をまくりあげて大急ぎで記事を書き、同時に一方ではいろいろ下知した。たまたま訪れた客は、机に向って校正刷を読んでいる汚いよれよれの服をきた太っちょの男がつまらない植字工かと思ったら、有名な作家でヴィル・ダヴレーのお伽の城の殿様バルザックであることを知ってびっくり仰天した。

　バルザックは三ヵ月こんなふうに仕事をした。この雑誌のためにその三月のあいだに書いたものだけでも、たっぷり普通の本の三、四巻分の分量になるであろう。しかし間もなく彼は、またしても一つ幻を失うことになる。オノレ・ド・バルザックが政治についてどう考えているか、そんなことをパリも世界も知ろうとしなかった。また彼の文学観や哲学観や社会観にも格別関心を抱かなかった。三ヵ月後にバルザックは雑誌を、雑誌はバルザックを見殺しにした。ほかに例がないほど精魂を傾けたが、それはまたしてもなんの甲斐もなく徒労に終った。

*

しかしあながちまったく無意味で、まったくなんの甲斐もなかったわけではない。「ルヴュ・パリジェンヌ」はその三月のあいだにスタンダールの「パルムの僧院」に関するバルザックの論文以外何も掲載しなかったとしても、それだけでもすでにフランス文学に特筆大書すべき功績を残したと言えるだろう。バルザックの心の寛大さと芸術理解の驚くべき慧眼が、完全に無名作家の完全に無名の作品に対するこの讃歌的紹介批評におけるほど素晴らしく示されたことは断じてなく、世界文学においてもかように直観的な同業者精神の実例はまず見たことがない。フランス最大の小説家がそこで小説における彼の最大の戦友に喜んでしかも自発的に棕櫚の枝を差し出し、当然占めるべきひときわすぐれた地位に引き上げようと、――ここでも彼は一世紀だけ時代に先駆している、――試みたその崇高な自発性を正しく評価するためには、その時代における二人の純粋に外的な地位をまずはっきり知らなくてはならない。一八四〇年、バルザックはヨーロッパのすみずみにまで有名だった。スタンダールはこれに反しまったく世間に知られず、彼の死を報じた新聞は、とにかくそういう記事をのせたかぎりではスタンダールをスタナール Stenhal と呼び、本名を Beyle としないで Bayle と書いているほどだ。フランスの作家が列挙される場合、彼の名前は一度も出なかった。アルフォンス・カール、ジュール・ジャナン、サンドー、ポール・ド・コックといったような人たち、――今日もはや彼らのつまらない作品を知っているものは一人もないが、これら多忙な文士たちはほめられたり非難されたり漫画になったりした。そして彼らの駄作が一万部ずつも流布したのに反し、スタンダールの「恋愛論」は二二部しか売れないので、彼自ら冗談半分それを「聖なる書」と呼んだくらいだ。何人もあえてこの本にふれようとしないからだ。「赤と黒」はスタンダールの生前には再版されなかった。

あらゆる職業的批評家はスタンダールを無視し、その作品を読まなかった。サント・ブーヴは「赤と黒」が出たとき、わざわざ意見を述べるほどのこともないと思い、のちになってそれをしたときでもかなり軽蔑した調子で、「彼の小説人物には少しも生命が通っていない。垢抜けのしたやり方で巧みにつくられたロボットにすぎない。」と言った。「ガゼット・ド・フランス」誌は、「突飛な本ばかり書くが、スタンダール氏は気違いではない。」と書いた。ゲーテはエッケルマンとの対話で讃辞を述べたが、これはスタンダールの死後大分たってからようやく知られたことだ。しかしバルザックはその素早い慧眼で早くもスタンダールの初期の作品のうちに、本物のディレッタントらしく時たま慰み半分本を書き、野心らしい野心もなくそれを印刷させているこの男の、独特の知性と心理解剖の巨匠ぶりを認めていたのである。バルザックは折りあるごとにこの世に知られない男に敬意を表した。『人間喜劇』のなかで、スタンダールが初めて描いた恋愛の結晶過程に言及し、彼のイタリア紀行を引合いに出した。しかしスタンダールはあまりにも控え目な男なので、こうした好意の表明を頼りに偉大な、有名な作家バルザックに近づこうとはしなかった。自分の著書を送ることとすらしなかった。仕合せなことに彼の親友のロマン・コロンがバルザックに注意を促す役を引受け、誰にも認められていないこの作家の面倒を見てもらいたいと頼みこんだ。バルザックはさっそく返事を書いた（一八三九年三月二十日）。

すでに私は「コンスティテュショネル」紙で「パルムの僧院」の抜粋を読んでいますが、これは私に羨望の罪を犯させました。そうです、私はこの素晴らしいほんとうの戦闘描写を読んで、激しい嫉妬におそわれました。かかる描写をこそ、私は自分の作品の最もむずかしい部分である『軍隊生活場景』のために夢想していたのでした。そうしてこの作品は私をうっとりさせ、憂鬱にさせ、酔わせ、絶望させました。私は率直にこのことを申し上げます。ですから私が一も二もなくあなたの御申し出に飛びついたとしても、それから「パルムの僧院」の完本をさっそく探にやらせたとしても、びっくりなさることはありません。こうして心のうちを申し上げる私の誠実さを信じて下さいますよう。断片を読んだだけで、ぜひとも全部読みたくなったのです。

狭量な人なら、自分がやがて書こうと思う小説の主要な場面のナポレオンの戦闘描写を、このように絶対的な名人芸で他人に機先を制されたのを見たら機嫌をそこねてしまうだろう。バルザックは一〇年以来この小説「戦闘」を夢みていた。彼も英雄的感傷的な叙述のかわりに、やはり写実的な、正直な、歴史的な、妥当性があってしかも同時に眼に見えるようにあざやかな描写を試みるつもりだったのだ。今やスタンダールがこれを成しとげてしまい、彼は遅すぎた。しかし内面的に充実している芸術家はいつも寛容で太っ腹なものだ。無数の計画と仕事が行く手にあることを感じているものは、ほかの同時代人が同様に傑作を書いたからといって感情を害したり、自尊心を傷つけられたりはしない。バルザックは「パルムの僧院」を傑作、いや彼の時代の最大傑作としてほめたたえた。彼はこの作を「観念文学の傑作」と呼び、

この大作は全才能の成熟しきった働き盛りの五十男によってしか着想され得ず、制作され得ないものだった。

ことを認めているが、至極正論である。

彼はこの小説の筋の内的な進行を巨匠の腕で分析し、とりわけスタンダールがイタリア精神をそのあらゆる形態、あらゆる変化においてどんなに素晴らしく描写したかを力説した。彼の言葉は一つ一つ今日でも通用する。

領事として住んでいたチヴィタヴェッキアのさびれた土地で、不意打ちといいたいくらいまったく思いがけずこの論文に接したときの、スタンダールの驚きと恐れには胸を打つものがあった。最初彼は自分の眼を信じなかった。これまで自分の仕事については、つまらない卑俗なおしゃべりしか聞いたことがなかった。今度は尊敬している男の声だ。そしてその男が兄弟として挨拶しているのだ。彼が面くらってどれほどしどろもどろになったか、バルザックあての、努めて感動を抑えようとするがどうにも抑えきれない手紙に感じとられる。彼はその手紙をこんなふうに書きはじめた。

僕は昨晩ずいぶん驚きました。雑誌の上で、おまけにその方面の最上の目利きからあんなふうに扱われたものはこれまで一人もなかったと思います。あなたは往来に棄てられた孤児をあわれんで下さいました。

そして、

およそ作家たるものが他の作家から受けとったためしがないような魅力的な論文に対して感謝した。

しかし彼は芸術的な点ではバルザックと匹敵する慧眼で、彼自身と同じようにアカデミー・フランセーズから軽蔑され拒否されていたこの男の差しのべる友情を受け入れた。彼は、二人がいずれも彼らの時代とは違う時代のために仕事をしているのだという気がした。

死がわれわれにあの連中と役割の取り換えっこをさせる。あの連中は生きているあいだはわれわれの体の上でどんなことでもしたい放題できるが、さて死んだとなるとその途端に忘却が彼らを永遠に包んでしまう。

めいめいの本質が神秘的に似ているお蔭で精神と精神がどんなふうに認め合い、互いに耳を傾け合うかということの、これは驚異的な証左である。二人は、束の間に消え去る現代文学の喧騒と混乱をよそに静かにに安らかに悠然と構え、自分たちの優越を確信しながら互いに相手を注視していたのだ。バルザックの魔術的眼識が、その時代の夥しい本のなかからほかならぬこの一書、最も世に知られない本を認めて褒めたこの場合ほど、見事に表明されたことはめったにない。しかしスタンダールの弁護は、その当時の俗世間ではペーテルの弁護と同じく少しも成功しなかった。ペーテルが法廷で死刑の判決を受けたのと同じように、スタンダールもあらゆる文学の法廷で有罪の判決を受け、無名のままほうむり去られた。彼の熱烈な弁護演説は、ここでもやはり誰の注意も引かず無駄に終った。偉大な精神的行為について、それが効果を生む生まないに拘らず無駄だったといわれるかぎりにおいて無駄だった。

＊

無駄だ、無駄だ、無駄だ。バルザックはあまりにもたびたびこの言葉を口にし、あまりにもしばしばそれを体験した。今や四十二歳である。一〇〇巻の書を書き、休むことを知らない彼独特の頭脳から二〇〇〇人の人物を創造したが、そのなかには忘れられない人物が五〇人か一〇〇人いる。彼は一つの世界を打ち建てたが、彼の住む世界はその労にたいして何も与えなかった。四十二歳の今のほうが二〇年前にレディギエール街で貧乏生活をした時よりもっと貧しかった。その時分は楽しい幻想が次から次と湧いたものだのに、それが今ではみんなどこかへ消えてなくなってしまった。二〇万フランの負債、これが彼の仕事の収穫だ。何度か愛を求めたが拒絶された。家を建てたが、差押えられ取られてしまった。新聞をこしらえたが、つぶれてしまった。事業を企てたが失敗した。議会に一つ席を得ようと努力したが落選した。アカデミー・フランセーズの会員に立候補したが押しのけられた。彼の企てたことはすべて無駄に終るか、それとも無駄らしく思われた。彼の体、熱であつくなりすぎた頭脳、刺戟された心臓は、こんなふうに永久に無理やり努力し、過度に緊張することにこの上なお持ちこたえられるだろうか。彼はまだその作品『人間喜劇』をほんとに完成する力を持っているであろうか。もう一度ほかの人のように休息し、旅行し、屈託なく過せるだろうか。バルザックはこれが初めて意気沮喪の瞬間というものを知った。パリやフランスやヨーロッパを去って、ブラジルに渡ろうかと真剣に考えた。ブラジルにはドン・ペドロ皇帝というのが君臨していて、彼を救い出し安住の地を提供するとかいう話だ。バルザックはブラジルに関する本を買いもとめ、いろいろ夢み、とくと考えた。というのはもはやこのままではどうにもならないと思い知ったからだ。むなしい奴隷の苦役から彼を救い出す奇蹟が起らなくてはならない。ガレー船から彼を解放し、もうこれ以上辛抱できない過度の緊張のあとでのびのびした休息をもたらす何かが、不意に一夜のうちに現われなくてはならない。

その奇蹟は訪れるであろうか、最後のギリギリの瞬間に起るだろうか。永遠の幻想家バルザックでさえ、もはやあえて期待はしなかった。しかしある朝のこと、——一八四二年一月五日、徹夜の仕事を終えて書き物机から立ちあがると、下僕がいくつかの手紙をもってきた。そのなかに、たしかに見なれた筆跡だが、いつもとは封筒が違って黒枠に黒い封印の手紙があった。彼は封を切った。ハンスカ夫人がハンスキ氏の死を知らせたのだ。彼と婚約した女、彼が婚約した女が寡婦となり、数百万の富を相続したのである。夢、すでに半ば忘れていた夢が突然正夢になったのだ。Incipit vita nuova. 今や新たな生活、仕合せな、平和な、心配のない生活がはじまる。バルザックの最後の幻想がはじまった。そのために生き、そのなかで死ぬであろう最後の幻想だ。

第五篇　『人間喜劇』の作者

第十九章　ハンスカ夫人征服の戦い

一八四二年一月五日の手紙は、バルザックの生涯における最後の大きな曲り角だった。過去が不意に現在となり、未来となったのだ。その時を境に、彼の巨大な意志はただ一つの目的めがけて突進した。すなわちハンスカ夫人との古い結びつきを新たにすること、婚約を結婚に、約束をその実行に変えることだ。

この願望の実現には、いずれにせよ一方ならぬ努力が必要だった。というのはハンスカ夫人との関係が、ここ数年のあいだにますます形式的となり、いよいよ冷かな不誠実なものになってしまったからだ。自然はつまるところ犯されないものである。バルザックとハンスカ夫人は七年間お互いに顔を合わさなかった。バルザックは財政困難のお蔭で、また恐らくヴィスコンティ伯爵夫人との関係のせいでヴィエジュホヴニャへは行けなかった。一方ハンスカ夫人は新たな旅行に出かけるよう良人を動かすことができなかったか、動かそうとしなかったか、いずれかだった。もし旅行していたら、愛人とめぐり会う機会もあったろう。火焔がそれを活気づける酸素を必要とするのと同じで、恋愛も長いあいだには恋人がそば近く眼の前にいるのが肝心かなめのことだから、二人の関係はいつしかその情熱的な色合いを失ってしまった。バルザックは手紙で、昔の有頂天の調子を取り戻そうと努めたが駄目だった。どうも本物らしく響かないのだ。ハンスカ夫人は誰よりもはっきり、このとってつけたような興奮を嗅ぎつけた。夫人はパリにいる親戚や知人を通じて、彼がヴィスコンティ伯爵夫人とレ・ジャルディーで隣りあって住まっていることを知っていた。マルブーティー夫人と同伴の逃避行は大変なセンセイションを起したものだった。ハンスカ夫人がバルザックの不誠実を怒るのも無理はない。というのはバルザックが、孤独の寂しさや借金や心労を種にヤケ半分嘆いてみせたり、それから永遠の貞節を誓ってみせたりして、右の事実を手品師のようにちょろまかそうと努めたからだ。二人の文通には段々と尖った調子がまじってきた。バルザックは修道僧のような、世捨て人のような、つつましい生活を描いてみせたが、それをそのまま信じてくれと要求されたために、ハンスカ夫人は不機嫌を包み隠すことができなかったように見受けられる。夫人は彼の誠実に対する疑惑をかなり露骨に述べたに相違ない。なぜならバルザックは、債権者に追い立てられ仕事で疲れきっていたものの、手きびしくやりかえしたからだ。何も遊び半分やっているのではないという意識もあったのだろう。夫と一緒に恐らく退屈かもしれないがしかし静かな屈託のない生活を気楽にのんびり送っている女から、高飛車に「無茶な振舞い」をとがめたてられるのが我慢できなかったのだ。彼は腹立ちまぎれに荒々しくいった。

お願いです、水底に沈んだなと思って今一度水面に戻ろうとするものに、そばから余計な忠告だの非難だの決してしないで下さい。金のある人たちには不幸なものの気持など断じて分らないでしょう。

彼女がいつか彼の性格の「もって生れた軽薄さ」について述べ立てたときには、一層激しい口調で書いた。

どの点軽薄なのでしょう。一二年このかた一つの浩瀚な文学作品を休みなしに追い続けているからでしょうか。六年このかた一つの愛情しか心に抱いていないからでしょうか。母が世にも無分別な計算から僕に背負い込ませた莫大な借金を返そうとして、一二年このかた夜昼なしに働いているからでしょうか。さんざみじめな目にあいながらガスやピストルで死なず、水へも飛びこまないからでしょうか。……性格の軽薄さとおっしゃる。戦場を検分するためにナポレオンが右に向き左に向き、あらゆる方角へ向くのを見て、さる人のいいブルジョワが、「あの人は一ヵ所にじっとしていられない。きまった考えのない人だ。」といったそうですが、まさにあなたはその男が言いそうなことを言っているのです。

二人の愛人たちのあいだの文通は、結局無意味になってしまった。二人はお互い七年間会わなかった。そしてとうの昔にそれぞれ別に自分だけの生活に馴染んでしまった。ハンスカ夫人には、段々成長する娘があった。同時にそれは、かの熱狂的な誇張家より百倍も信用のおける友達でもあったわけだ。夫人はもはや打明け話をする必要は少しもなかった。そして彼女の安定した几帳面な生活には、報告すべき秘密は一つもなかった。バルザックはバルザックで、ひどくせっかちな彼は、長い待ちぼうけをくって疲れはて、どうにも実現しそうもない婚約をともすれば忘れかけた。一八三九年、彼はズュルマ・カローに、持参金二〇万フラン、いや一〇万フランでもいいが、「その持参金が僕の事業のために現金に替えうる条件の」女にどこかで出会ったら、ひとつ僕のことを考えて下さいと書いている。ハンスキ氏の巨万の富は相変らずハンスキ氏の手もとにあってテコでも動かないから、王女をめとる夢は終りをつげた。彼は北極星のかわりに誰でもいいから、――彼のために借金を払い、ちゃんと彼の代理をつとめ、「レ・ジャルディー荘の奥さま」としてふさわしい女なら誰でもいいから探そうとした。このリアリストは四十になってやっと空想的なわき道から、青春時代に繰り返した例の「妻と財産」という要求に戻った。

二人の文通は本来ならば今や終っているところであろう。あの忠実なズュルマ・カローとの文通のように、途絶えがちになっていてもよかった。ズュルマはあまりにも誠実を要求しすぎたので、バルザックはこれも同じように快く思わなくなったのだ。しかしハンスカ夫人とバルザックはどちらも文通をやめようとはしなかった。恐らくハンスカ夫人はバルザックとの文通のほうが、バルザック自身を愛することよりもっと好きだったろうし、それに現に生きている最大の作家のかような恭々しい日傭とりの奉仕は、気位の高い彼女にとってその生活でのまず一番重要な事件になっていたので、この関係を断絶する理由はどこにもなかった。一方バルザックにしても、このようにのべつ自分の心境をぶちまけることはすでに習慣になってしまった。自分の心配事を語ったり、仕事の話をしたり、借金を計算してみせたりできる誰かが必要だったのだ。彼女が彼の手紙を大切にしまっておこうと心ひそかに考えているのとまったく同じに、彼のほうでも自分の手紙がどこか秘密の場所に保存されているということを考え、そう思って楽しんでいた。だから二人はお互いに手紙を書きつづけたが、それが次第に簡単な文面になり、間遠になったことは言うまでもない。ある時はバルザックが「まれにしか手紙がこないこと」や「手紙の間遠なこと」をこぼし、ある時は彼女のほうで、相手がろくろく手紙を書かないといって不平を述べる。そこで改めて彼は、彼女が二人の手紙をよくも同じものと考えることができるといって、いきり立つ。彼女が「まったく孤独のなかで、そして大してすることもなく」暮しているのに引きかえ、彼のほうはいつもギリギリの時間しかなく、一五時間書いたり校正したりで疲れきっている。彼の手紙はどのページも、作品やすでに前借りした仕事や眠る時間を犠牲にして書かなくてはならないのだ。度しがたい実業家の彼はためらわずにこんなことを書きおくる、——あなたは百万長者だが、そのあなたにあてて借金で首の回らない私が書く長い手紙は、もしもそれと同じ分量を新聞原稿なり本の形なりで書けば二〇〇フラン、三〇〇フラン、五〇〇フランにはなるのだから、それだけの値打があるわけだ。だからあなたが半月に一度手紙を書いても多すぎるということはないだろうと。彼女はそれに対して一通対一通の割で彼が書かないなら、自分はもう手紙を書かないと返事をしたらしい。彼は雷のようにどなりつけた。

ああ、あなたがひどくこせこせした人だということが僕にもとうとう分りました。そしてそのことが、あなたもやはりこの世の人だということを僕に悟らせます。ああ、僕の手紙が間遠になったからもはや手紙を書かないとおっしゃる。それは間違にもなったでしょう、郵税を前払いにするための金がいつもあるというわけではなかったし、そんなことを申し上げたくもなかったから。そうなんです、僕の懐の苦しさはそこまで、いやそれ以上だったのです。ずい分恐ろしく、ずい分悲しいことですが、それはあなたがいまいらっしゃるウクライナがこの世に事実あるようにほんとうのことなのです。そうです、大通りで小さなパンを勇敢に立ち食いしたような日々もありました。

小競合いはますますひどくなり、手紙はますます間遠になった。バルザックは初めて、——ちょうどあの決定的な手紙の前だが、まる三ヵ月筆をとらずに時を過した。二人はお互いにイライラして、お互いに相手のことを、愛情がなくなったか、無精になったか、誠実味がなくなったのだと思いはじめた。フォルティシモとプレスティシモではじまった文通は、そのアパショナートを失って、ゆっくり消えてなくなりそうになったが、お互いその責任を相手になすりつけた。

*

実のところ罪は二人のいずれの側にもなく、しばらくすれば間もなく決定的に結ばれるものと初め打算された彼らの関係そのものに、不自然なところ不誠実なところがあったのだ。ハンスカ夫人は、あれからまだ八年も生きながらえる夫のことを勘定に入れなかったあの奇妙な婚約で、バルザックに貞節という条件を課した。少くとも肉体的欲求のほうは商売女で片づけて、決してほかの女性と恋愛関係に陥ってはならないと要求したものだ。このような要求は三月か半年の期間だったら叶えられたろう。しかし婚約が果てしなくつづく場合にはまったく馬鹿げたものとなる。ハンスカ夫人の嫉妬はつまるところ、高い気位を傷つけられたその抵抗にすぎないのだが、その嫉妬がバルザックを苛立たせはじめた。「まあ考えても御覧なさい。」と、長いあいだあれこれと嘘をついたり黙して語らなかったりしたあとで、とうとう率直に書いてしまった。

男は女でしょうか。一八三四年から一八四三年まで女なしでいられるでしょうか。あなたは医学的にいっても十分教養のある人ですから、そんなことをしたら無能者になるか馬鹿になってしまうということぐらいご存じです。あなたは「街の女」とおっしゃる。それだったら僕は今頃、ローマのジョルジュの友人と似たような状態になっていたかも知れません。のべつ幕なしに働いている芸術家が持つのっぴきならない気晴らしの欲求や、その気苦労や倦怠などと、あなたがお叱りになった僕のほんのわずかな過ちやその残酷な罰し方とを、秤にかけてみて下さい。そうすれば過去を取りあげるにしても、それはわれわれ二人が遠く離れていたことをお嘆きになるだけということになりましょう。

しかしこれも無駄だ。ハンスカ夫人は機会に恵まれて、自分がそんなふうに放っておいた情人の多血質なところを親しく確かめたものだから、この点についてはいつもべらぼうに敏感だった。結局やはり職業的な女たらしでもなんでもなく、巨大な仕事によってそのまじめさと精神的専心ぶりを全世界に証明した三十五にもなり四十にもなるこの男に対し、彼女はヴィスコンティ伯爵夫人との関係をあっさり赦さず、ましてマルブーティー夫人やエレーヌ・ド・ヴァレット夫人や数人の無名の女とのちょっとした逃避行なぞもってのほかとばかり、彼の気の変りやすく軽率なことを絶えず責め立てた。自分のほうは夫と裕福で安楽な生活をしながら数年この方少しも犠牲を払ったことがないその同じ女が、追いまくられ、かりたてられ、永遠に酔っているように作品から作品へよろめいていく芸術家に、性的な点では修道士のように、物質的な点ではしがない郵便局員のように暮し、いかなる息抜きも贅沢も色恋の沙汰も絶ってひたすら書いて書いて書きまくり、そしてハンスキ騎士の死後、彼女が恐らく、——まったく単に恐らくこの諦めきった吟遊詩人の辛抱に報いようと決心するまで、待って待って待ち抜かなくてはならないと要求したのだ。ハンスカ夫人の言い分は疑いなく多くの点で正しかった。バルザックは彼女あての手紙では桁はずれに誠実味がなかった。男性としての、人間としての自由を腹蔵なくはっきり主張するかわりに、また彼の本性の法則にのっとって彼流の生活を送る権利を認めるかわりに、本当のことや重要なことは全部手紙のなかでは伏せて語らず、およそこの自分ほどの世捨て人がほかにあろうかといった振りをしたのだ。先生の鞭を恐れる学童のように、ヴィスコンティ伯爵夫人との関係をめぐって出まかせに嘘をついたのだ。彼は謎のような奴隷関係から、彼女の横柄な要求に対して正しい男性的な勇気で反抗することも、彼女の田舎貴族臭い神々しさに、芸術家の威厳で対抗することもできなかった。しかしバルザックはあらゆる小細工を弄し嘘もついたが、そのなかでやはり本当のことも言っている。色恋の冒険など少しも求めてはいない、反対に女出入りの多い生活から逃れて平和と安定を憧れているのだ、――こうハンスカ夫人に幾度も請けあった時がそうだ。四十の声をきいた男は、軽い疲労に蝕まれかけた。出版屋や編集者やジャーナリストたちとの永遠の戦いに嫌気がさした。毎月毎週改めて勘定し、値段の交渉をし、期限を延ばし、頑強に主張しなければならない羽目になることはもうまっぴらだった。二〇年この方絶えず嵐や危険でもみくちゃにされどおしだったので、今は港で休みたいのだ。仕事から盗みとったほんの束の間の時間しか相手にしていられない女はもう沢山だ。人目に立たないように秘密に事を運ぶ恋の冒険、――おまけにいろいろな取引で毒され、好意的な、というか何一つ知らない亭主の存在が暗い影を落としている情事はもう沢山だ。一八三八年九月四日、彼は女友達のズュルマ・カローに「僕は誓います」と書いた。

　僕のあらゆる希望、あらゆる贅沢な品物、あらゆる野心に暇をくれてやったことを誓います。司祭が送るような生活、簡素で穏かな生活が送りたいのです。三十女で、三〇万か四〇万フランの金をもっていて、僕でもいいという女なら、それが気のやさしい、体つきに非のない女でありさえすれば、僕はいつでも結婚すると思って結構です。彼女が僕の借金を片づけてくれたら、僕の仕事は五年でその立替え分を返すでしょう。

彼はエヴェリーナ・ハンスカを実はこんな女として夢みていたのである。

しかし一〇〇〇マイルも離れたところに住んでいる愛人を、これ以上生活の中心に据えておくことは次第に不可能になった。彼女は多分とうの昔に、六、七年前会って夢中にさせられた女と同じ女ではなくなっているだろう。「北極星」はあまりにも遠すぎて、彼の生涯をてらし満足させるわけには行かなかった。一八三三年に結んだ婚約は、四十三歳になった一八四二年には、もはやすでに真実味がなかった。「心の恋妻」はいつしか「未知の女」、——夢想の生活を打ち明ける夢の女性になりかけていた。その打明け話さえもはや昔日の魅力がなかった。というのもそれは習慣になってしまって、ただもうほんの時々、しかも殆どなんの関心もなく書きつづけるだけだったから。世にも情熱的な幻想家の彼でさえ、もはやハンスカ夫人と結ばれる幻想を信じなかった。愛と巨万の夢は過ぎ去り消えうせた。そんなものは他の「失われた幻」もろとも消えてしまうがいい。

*

そこへ、一月五日の朝、ひょっこりあの黒枠の手紙が舞いこんだのだ。一八四一年十一月十日にハンスキ氏が他界したことを知らせる手紙だ。彼の心臓に一気に血をみなぎらせ、手がふるえるほど衝撃を与えた手紙だ。想像もできないこと、というよりむしろ数年来もはや考えてみようともしなかったことが起ったのだ。婚約をかわした女が突然自由の身となったのだ。彼女は未亡人であり、夢みた巨万の富の持主なのだ。貴族で若くて聡明で気品があって、彼には理想の妻である。彼を負債から解放し、再び著作に専念させ、より高い業績をあげさせるようにはぐくみ、彼の声望を高め、官能を満足させることであろう。彼女とは相思相愛の仲だった。長い忘却のあと、感電でもしたようなこの瞬間、彼は以前のあの情熱で再び彼女を愛した。この一片の紙が彼の生涯を変えてしまったことにすぐさま気がついた。彼が熱望し夢想し期待した一切のものがにわかに固まって、彼女の顔かたちになった。そして彼は、これからの仕事といえばただ一つしかないことを知った。この女を戦いとることだ。かつて征服したことのあるこの女をもう一度、今度は永遠に征服することだ。

　その気もそぞろな内心の激動ぶりが彼女にあてた返信のなかに感じられる。バルザックは誠実に賢明に男らしく振舞ったばかりでなく、それ以上にやった。つまり死者に対する大げさな愛情を、遅ればせに突調子もなく表明しなかったのは率直な行為だった。彼は夫人が夫をろくろく、あるいはまったく愛していなかったのを知っているので、偽善者ぶってその逝去を慰めようとはしなかった。わざとらしい言葉を使って何か故人の功績をたたえたりはしなかった。ハンスキ氏の妻をいくら烈しく渇望していたにせよ、ハンスキ氏の死をこいねがったことはない。彼が自己弁護を試みたのはただこの一事だけだった。

僕はといえば、わが愛する人よ、この出来事はやがて間もなく一〇年にもなる僕の烈しい望みを成就せしめるものとはいえ、僕はあなたと神の前で立派にこういい切ることができます。すなわち僕は運命に完全に従うこと以外何も考えませんでしたし、どんなに辛い時でもよこしまな願望で自分の魂をけがしはしませんでした。思いがけない空想の飛躍は人間免れません。「あの人と一緒だったら、どんなにか僕の生活も気軽だろう。」などと、僕もしばしば考えたものです。人は希望なしではその信仰も心情も生命そのものも持ちつづけられません。

彼はこの一生の曲り角で、ただ今後は「心おきなく」手紙が書けるということを仕合せと思うだけだった。彼のほうでは何一つ変っていないこと、ヌーシャテル以来彼女は彼の生命であることを請けあった。そしてひたすらこう願った。

あなたの生活はあげて僕のものだということ、今やわれわれは、行く手に雲一つなく仕合せになれるだろうということ、こうお手紙に書いて下さい。

そして今や手紙が手紙を追いかけるように続いた。バルザックにとってあの婚約は一夜のうちに再び現実となり、すでに冷めきっていた愛情はにわかにまた燃え上って情熱に変った。二人の最後の結合の前に何が立ちはだかるだろう。彼は突然あらゆるものを、彼自身をさえ違った眼でみた。一年前、自分でも知らないうちに憂愁と孤独の調子が出た手紙のなかで、自分のことを疲れ、肥満し、何か考えをまとめることもできず、脳卒中と鬱血にかかった半白の老人というふうに描写したものだが、今や夢のなかの花嫁におのれの人物を世にも魅惑的な色彩で描いた。突如、白髪も疲労も消えうせてしまった。

　白髪はまばらにしかありません。いつも坐っている人間に免れない肥満は別として、書斎生活が僕を昔のままに保ってくれたのです。ウィーン以来変っていないような気がします。気持が実に若々しいので、体のほうも僧院風のきびしい生活に耐えて長持ちしているのです。要するに僕はあなたとまったく同じように、これからまだ一五年は半ば青年でいられますが、われわれの再会の時刻を早めるためとあれば、老後の一〇年を犠牲にしても惜しいとは思いません。

彼の空想は早くも例の素早さで将来の全生活にわたって働きかけた。ハンスカ夫人は急いで彼女の娘のために、「聡明で有能で何はともあれ金のある」夫を探さなくてはならない。「あなたの権利譲渡が、その男の資産の相当額で行われ得るよう」にである。そうすれば彼女は彼のため、また彼が夢みた通りの、いや彼があえて夢みた以上に美しい二人の共通の生活のため、現に道徳的ならびに法律的にいって自由であるように、物質的にも自由になるだろう。しかし今や一月、一週、一日もなおざりにすべきではない。かぎりなく愛する彼女に一層近づくため、彼は即刻いろんな用事を片づけてドレスデンに行きたいと思った。彼のほうはすっかり用意ができている。いまだかつてなかったほど用意ができている。かつてこれほど深く彼女を愛したことがないほど愛している。そしてこの焦躁の魔がその一生で、彼女の唇からの「いらっしゃい。」というただの一言ほど熱烈に待ちこがれたものはほかになかったように思われる。

　六週間たって二月二十一日、ついに返事がきた。われわれはそれを本文そのままでは知らない。その手紙は「未知の女」のほかの一切の手紙と一緒に破棄されてしまったからだ。しかし内容は分っている。バルザックのあらゆる申入れに対する手きびしい拒絶であり、すぐ彼女のところへ行きたいという彼の希望にはっきり「否」と答えたものである。与えられた約束をバルザックが自明の理として頼みにするまさにその瞬間、ハンスカ夫人は「氷のような冷静さ」で婚約を解消した。「何をなさろうと御自由です。」ときっぱり明白に書き、恐らくその理由を事細かにあげたらしい。彼女はもはやいささかも彼を信用しない。彼女に会いたい願望には七年のあいだ一歩もゆずらなかったくせに、何度もイタリアへ行くためには、――おまけに誰かと同道で行くためには時間と金を工面しているではないか。その点、そしてまだほかにもあるに違いないが、彼は約束の条件にそむいているのだ。これでおしまいだ。決定的におしまいだ。彼女はもう娘のためにしか生きようとはしないし、娘のそばを決して離れようとはしない。「かわいそうなあの子がわたくしの手から奪い去られでもしたら、わたくしは死んでしまいます。」彼女は娘と別れたくないのだ。これは彼のあらゆる期待を根こそぎ粉砕する斧の一撃のように無情な手紙だったに違いないことが、バルザックの絶望的な返信から感じとられる。

ハンスカ夫人の「否」は心からの最後的なものなのか、それとも彼をためす単なる手段、――なお一層しつこく求婚させるための、気位が高くて虚栄心の強い夫人の「見せかけだけの退場」にすぎないのか。これは二人の複雑な関係の核心にぴったりふれた、どちらともきめかねるあぶない問題で、われわれとしても、バルザックに対するハンスカ夫人の態度を徹底的に究明しないわけに行かなくなる。

これはどこまでも心理的に用心深く究明すべきもので、複雑な事態を、ハンスカ夫人はバルザックを愛していたか愛していなかったか、といったありふれた二者択一の問題に還元しようとする荒っぽい方法によるべきではない。かような単純化は便利は便利だが、内外とも妨害と反対だらけだった関係においては一面的になり、したがって真実でも公平でもなくなる。およそ女性の情熱的な大恋愛には、何よりもまずかぎりない献身の能力がなければならない。ハンスカ夫人はこの意味でまったく愛する能力がなかった、——少くともバルザックに対してはなかった。貴族らしい自負心が強く、横柄で、自惚れやで、気まぐれで、狭量だった彼女は、社会的優越感から愛情を当然の貢ぎ物として要求し、その貢ぎ物を寛大に受けとったり、斥けたりした。肌身をゆるす機会をいつもできるだけ切りつめたが、そのことは手紙のなかに辿ることができる。初めから上下の関係である。彼女が肌身をゆるすということは、一段と身を落とすことなのだ。バルザックは初めから、あてがわれた従属的地位を受け入れた。彼は彼女の農夫《ムジーク》、農奴、奴隷だと自ら称したが、彼の立場の一種マゾヒスト的特徴が知らず知らずそこに現われている。バルザックは女性関係においてはいつも卑屈で男性的自覚を欠いていたが、エヴェリーナ・ハンスカ夫人に対しても最初からまったく屈服の態度に出た。バルザックがのべつひざまずき、恍惚として愛慕の情を捧げ、自分で自分の価値と人格を放棄するのをハンスカ夫人あての手紙でみると、公平な観察者は痛ましい気持になる。あらゆる時代を通じて最も力強く最も天才的な人間の一人が、詰るところひどく月並な田舎貴族の妻の上靴に接吻するために七年間いつも頭をうなだれ、消え入るばかりに卑下し、三文の値打もないほど身を落としていたのを見ると、ムシャクシャし、不快になる。ハンスカ夫人の性格と、夫人の弁護をする人たちがひどくほめる彼女の如才なさに、何か疑惑の念を抱かせるものがあるとするなら、それは彼女がこの奴隷的で卑屈な態度を大目に見ていたばかりでなく、相手のかような我を忘れた礼讃ぶりを奨励し、しかも恐らく要求さえしたらしいことである。いつも感じることだが、バルザックの偉大さを本当に認めた女性ならば、こんな従属関係を苦痛とし不当として拒否し、ひざまずいた姿勢から扶け起して向い合ったに相違ない。いや彼の希望と意志に従ったに違いない。しかしハンスカ夫人はこの種の愛情を抱くことができなかった。これには疑問の余地がない。天才だと思っている男から神のように崇められることは喜びであり、彼女の自負心を満足させた。そして彼女もある程度この愛情に報いたことは報いた。しかしいつも横柄に、――これこそ決定的なことだが、彼の願いを叶えてやる女性、寛大に彼の意に従ってやる女人としてである。「善良なバルザック」とか「かわいそうなバルザック」とか、――彼女が誠実に振舞った唯一の相手である彼女の娘あての手紙のこうした調子が実はすべてを語っている。彼女はこの男の価値を認めることができるほどに十分聡明だった。その性欲の嵐のようなすさまじさを楽しむことができるほど十分に官能的で女盛りだった。彼女は彼の弱点や信頼できない点を知りながらも、彼に対し無条件に共感を抱いていた。しかし二人のこの関係でハンスカ夫人はつまるところ自分だけしか愛さなかった。バルザックを愛したのは、彼がこの利己主義におもねった時だけだった。すなわち彼の手で恋の冒険の女主人公にされた時とか、およそ考えうるかぎりの最も熱烈な最も詩的な形で神の如く崇められた時とか、これまでの平凡な生活に清新の気を吹き込まれた時とか、もともと実利的に賢い彼女の性質ではとてもできないような陶酔とあふれるばかりの情感にふれた時とかがそうである。ハンスカ夫人のように貴族の誇りや階級的偏見で固まっている性格は、柔和に、献身的に、素直になることはできない。彼女が無条件で愛する場合でも、やはりそれは自己愛にすぎなかった。つまり娘に対する気持でさえそうだった。何年かバルザックと一緒に暮したときでさえ、彼は彼女の最も親しい腹心ではなかった。彼女がいつも何もかも打ち明けて話す相手は彼女の小さな、愚かな、考えなしの娘であって、庶民で、無理やり割り込んできた男で、外国人であるバルザックには、彼女の心の最後の城砦はいつも閉ざされたままだった。

　いずれにせよ、彼は彼女の愛人だった。彼女は身を任せた。いささか議論の余地はあるが利口で用心深い性質がともかく許す献身の、まさにギリギリの限度まで行ったのだろう。人妻として夫と仲たがいにならず、また貴婦人として同じ階級の人々の前でわが身を危うくせずにすむ範囲で肌を許したのだ。彼女にしてみれば、ハンスキ氏が死んで自由の身となった瞬間に、感情の試練という本当の問題がはじまった。ジェヴスキ伯爵家の出で、ヴィエジュホヴニャの相続人たる彼女はその農夫《ムジーク》、天才は天才だが、借金を背負い込んだ、信頼のおけない、金づかいの荒い、その振舞いから見てどうにも庶民臭い吟遊詩人と結婚するかどうかを決定しなければならなかった。二通りの貴族、一方は血統と金銭の貴族、片方は天才の名声の貴族、そのどちらかを選ばなければならなかった。ハンスカ夫人はいつも心ひそかにその決定を恐れていた。弟にあてた手紙の一通はその心境を申分なく表わしている。――ちなみにそれらの手紙の原物には、まだ学者の検証の手が届いていない。

義兄にもつことをあなたが恐れていらっしゃるらしい人と私が結婚するかどうかについて、なんとかきめるところまで行っていないことを時たま嬉しいと思います。そうはいっても私が彼を愛している、恐らくあなたの推測以上に愛していることが自分でも分ります。彼の手紙は私の実もって孤独な生活では大事件なのです。私は手紙を待ちこがれ、どのページにも満ちあふれている感嘆の思いを読みとろうとします。私は（……）彼にとってほかのどの女もそうでなかった何物かであることを誇りとします。なぜなら彼は天才ですから。フランスが生み出した最大の天才の一人ですから。そしてそれを思い出すとき、私にはとてもそんな資格はないとはいえ、彼の愛をかち得たと考えるだけで私の魂いっぱいにひろがる誇りかな気持のなかに、ほかの考えはみんな消えてなくなってしまいます。しかしそうはいっても、われわれ二人だけになると、（……）彼のどこか無作法なところがどうしても眼につかずにはいないのです。そして私以外の人もやっぱりそれに気づき、めいめい勝手な結論を引き出すかもしれないと考えて悩まずにはいられません。そんなとき、できたら私は私の愛と誇りを声高く叫びたくなります。私にとってこんなにもはっきりしていることが見えないのかといって、それらすべての人たちを非難したくなります。ハンスキ氏がなくなりでもしたら私の地位がどうなるかということは考えたくありません。これまでいつもやってきた通り、そしてお父様がそうしなくてはいけないと私たちに教えて下すった通り、自分の義務を果すぐらいはやってのけられるだろうと思っています。しかしあの偉大な人は、ろくろくかわりに差し上げるものとてないこの私のために、進んですべてを犠牲にする気でいますが、時によると私はその一事をのぞいてこの世の一切を忘れるくせに、ひょっとしたら心の底では、いまさしあたり決心を迫られているわけではないのが嬉しいのかも知れません。

バルザックがあらゆる希望をかけたその同じ婚約は、彼女にとって絶え間ない不安と気落ちの種だった。

だからさしあたり彼女は一切の決定を先へ延ばし、その魅惑的な気質には恐れをなしている熱血漢を近づけなかったが、これ以上自然なことはない。ハンスカ夫人の立場はバルザックがパリで想像したほどはっきりした気楽なものでは決してなかった。ハンスキ氏が死んで彼女が自由になったのは単に外見だけだった。実はそのためになおさら一門の勢力圏内に落ち込んでしまったのだ。近辺の領地に住んでいる伯父、伯母、同居の姪たち、サンクト・ペテルブルクやパリの親戚など、そういった人々はみなバルザック氏とのロマンティックな友人関係を知っていた。そして今や彼らはいずれも、ヴィエジュホヴニャの美しい寡婦とハンスキ氏の巨万の富が、お世辞とロマンティックな手紙で金持の後家の頭を狂わせた一フランス人、どこからか舞いこんできた一文士の手に帰するかもしれない不安におそわれた。一人の親戚がすぐさま訴訟を起し、妻とのあいだに財産土地の共有を認めたハンスキ氏の遺言に異議を申したてた。訴訟はキエフの法廷に持ち出されて長引かされ、ハンスカ夫人は敗訴した。そこで彼女は自分の権利を占有するためにサンクト・ペテルブルクへ行って、最高裁判所に控訴し、皇帝にも訴えなければならなかった。親戚たちはその間、八方からバルザックに対する悪口やほのめかしで彼女を悩ました。とりわけ評判の悪いロザリー「伯母さん」（実は従兄おば）は、バルザックを他のすべてのフランス人と十把ひとからげにして死ぬほど憎んだが、それには相当な理由があった。彼女の母親はフランス革命の最中スパイとして断頭台で斬首の刑に処せられた。彼女自身も子供の頃ラ・コンシエルジュリ監獄の味を知っていた。ジェヴスキ家の女ともあろうものが、パリの赤い革命政府の役人の息子と結婚するかもしれないと考えると、彼女の相も変らぬ警告や圧迫には意地の悪い激しさが加わった。これではハンスカ夫人が実際に希望しても、バルザックをいまロシアに来させることはできないだろう。そんなことをすれば訴訟は台なしになり、彼女の地位は傷つけられるだろう。そして恐らくなお一層悪いことには、お行儀が悪くて子供じみた突飛なことをやらかすでっぷり太った紳士が、サンクト・ペテルブルクの貴族社会や勿体ぶった親戚のところにひょっこり姿を現わそうものなら、彼女はそれこそ物笑いの種にされるだろう。そこでバルザックの来訪をきっぱりことわるよりほかに打つ手がなかったのだ。感情を害するような手きびしい形式でそうしたのは、恐らく彼の恋慕の情が誠実で不変のものであるかどうかをためす手段にすぎなかったろう。

*

この拒絶はバルザックにとってまったくの不意打ちだった。希望や夢をとことんまで事実らしく思い描くのがくせの幻想家らしく、彼は早くもドレスデンへの旅行の準備をしていた。いや、恐らく旅費の工面にもかかっていた。彼女の娘のために財産を安全に守り、同時にその利子が確実に彼女の手に入る方法をハンスカ夫人に提案していた。早くも結婚式や旅行や邸宅や城館《シャトー》の空想に耽り、恐らくそこに絵や家具の末の末にいたるまで飾りつけていた。ところがそこへ冷かに、簡潔に、はっきり「何をなさろうと御自由です。」といい、むきだしに最後的に「否」という手紙がきたのだ。

しかしバルザックがひとたびその意志を傾ける場合、どんな拒否も受けつけない。抵抗には慣れている。それは彼の力を刺戟し、高めるだけだ。彼は毎週、いな殆ど毎日、嘆願の、哀願の、督促の手紙を書いた。ハンスカ夫人に貞節と愛情の誓いを雨と降らせた。情熱の爆発はここ数年目立って低調だったが、突如、ヌーシャテルやジュネーヴあての手紙に見られたあのあふれるような情感や忘我の境地がまたひびきわたるようになった。

僕があなたにどれほど強い愛着を抱いたか、あなたはご存じない。愛、友情、野心、財産、誇り、虚栄、思い出、楽しみ、確信など、人間として望ましいあらゆるものに換えて、それから僕が一切の善を超えてあなたに託した信頼によって、あなたに愛着したのです。

あれ以来彼の書いたものはひとえにすべて彼女のために、そして彼女のことを考えながら書かれたと彼は誓った。彼女は「その名において一切が実現されたその人」だった。彼は進んでどんな譲歩でもするつもりだと宣言した。何もあす、あさってのうちに約束を果してくれといっているのではない。ただ期限をきってくれさえすればいいのだ。自分が希望をかけてすがりつくことができるような日なり年なりの日付だけでいいのだ。

ああ、わが愛する天使よ、僕は僕のエヴァに大したことをお願いしたわけではありませんでした。「われわれも一年半後には、二年後には幸福になりますように。」僕はこれしか望まなかったのです。この「われわれ」と期限しか望まなかったのです。

もしかして、ついに希望が与えられないならば、もしかしてついに「あなたと静穏」がこないならば、自分はもう精も根もつきてしまうに違いないといった。

一五年のあいだ絶えず仕事をしてきたいま、ひとりぼっちではもうとてもこの戦いを持ちこたえていくことはできません。創り出すこと、明けても暮れても創り出すこと。――神様だって六日間しか創造しなかったではありませんか。二人が一緒になる、――そう考えただけでも酔ったようになり、阿呆のようになった。

おお、愛する人よ、ついに心と心を寄せあって、お互い相手のために、そしてなんの拘束もなく生きるようになるのか。こう考えると阿呆みたいになってしまう時があります。そして僕はここで、あなたはそちらで、この一七ヵ月をいったいどうしてすごしてきたろうと不思議になります。金の力というものはなんと大きな力でしょう。世にも美しい感情がこれに左右されるのはなんと悲しい眺めでしょう。心は二〇〇〇キロ向うに飛んでいるのに、わが身を顧みればパッシーに釘づけで何一つ思うに任せぬということ。――ぼんやり夢想にふけるだけの日が幾日かあります。どこを見ても道は平らにならされ、「女王さま」の知恵と慎重と知識が勝ちを占め、「いらっしゃい。」という声が僕にかかったことを想像してみます。そして旅路についた僕をあれこれと思い描きます。そんな日僕はまったく見違えるように変ってしまいます。どうしたのかと人に訊かれます。「心配の種がいよいよなくなるんだ。僕には希望があるんだ。」と僕はいいます。「あれは頭が少しおかしいよ。」と、人は蔭でこんなことをいいます。

彼女が訴訟を解決するためにサンクト・ペテルブルクに移ったと聞くと、さっそく彼は旅行に何日かかるか、旅費はどれほどか計算しはじめた。ル・アーヴルからサンクト・ペテルブルクまで四〇〇フラン、帰りに四〇〇フラン、ル・アーヴルからパリまで二〇〇フラン。彼はその旅行をさも必要らしく見せかけるために、あわててすこぶる馬鹿げた口実を案出した。彼の説明によると、彼はとうの昔にサンクト・ペテルブルクへ出かけていって、フランス劇場を設立する準備をしなければならなかったのだという。それから次は彼の義弟が設立しようとしている船会社の話だった。この会社は格安な値段で船を建造することができ、彼はその計画をロシアで提案するよう委任されたというのである。不意に彼は、――恐らく彼の手紙が検閲で読まれるものと思ったのだろうが、――ロシア皇帝に対して自分が「好感」をもっていることに気がついた。ロシア皇帝こそ諸国の君主のなかで唯一の真の専制君主だからである。そして「自分はロシア臣民となっても少しも差支えないでしょう。」と言明した。

追いかけ追いかけ出す手紙がすべてそんな調子だった。焦慮と激越のつるべ打ちだった。二月、三月、四月、五月、夏、冬がすぎ、再び春になり夏になった。あの言葉、――ハンスキ氏が死んで一年半になるのだが相変らず「いらっしゃい。」という待ちに待つ言葉はこなかった。七月にやっと許可の知らせが届き、そして旅費もまとまった。初めて会ってからちょうど一〇年目の一八四三年七月、彼はダンケルクからサンクト・ペテルブルクにつき、その足でハンスカ夫人の住んでいるクタイゾフ家へ行った。それは、――なかなか象徴的だが、――グランド・ミリオンヌ街にあった。(女百万長者の意か)

第二十章『人間喜劇』

四十三になったバルザックは、いささか戦い疲れ頑張りすぎて、もはやただ一つの的しか狙わなかった。すなわち生活を整理し、借金の重荷を投げすて、追いまわされずに落ち着いて巨大な作品を完成しようというのだ。それを可能ならしめるものはただ一つしかないことを知っていた、――ハンスカ夫人とそれからハンスキ氏の巨万の富の少くとも一部分を戦いとる場合だ。これまで百遍も賭博台のそばで運だめしをしたこの男はいつも損ばかりし、再三新たに賭けをしなおしたが、今や一切を一枚のカルタ、つまりこの女に賭けた。彼女やその家族に求婚者として申分なく見えるようにと、彼はサンクト・ペテルブルク行きが許される前の一年半を死にもの狂いで利用しようとした。ジェヴスキ家の人々や思い上った貴族の一味徒党は、――そのように閥をつくることに彼らの誇りが反映しているのだが、――苗字の前にニセの「ド」をつけた百姓の孫たるオノレ・バルザックを、たとい世紀最大の作家であろうと、一段下の階級の男としか見なさないであろうことを彼は知っていた。しかし上院議員に選ばれたド・バルザック氏、政治的影響をもち、王様から「ド」を保証され、あるいは磨きをかけられて伯爵を名乗る男になったら、彼らはどうするだろう。もしくはアカデミー・フランセーズ会員ド・バルザック氏ということになったらどうするだろう。アカデミーの会員ともなれば、公けに貫禄がつくので、もはや個人的に物笑いの種にされることはあり得ない。その上、——もはや一文なしの男ではなくなる。年に二〇〇〇フラン受けとり、そしてもし「終身職」の辞書委員に選ばれるなら、それからも年に六〇〇〇フラン入る。おまけにジェヴスキ家の女が、身分違いの結婚をしたなどと恥かしく思うに及ばないくらい、例の棕櫚の飾りのついた礼服を着こむことになるのだ。それとも一年に戯曲を六つ書き、パリの最大の舞台六つを一年ぶっ通しで占領して、それで五〇万フラン、いや恐らくたっぷり一〇〇万フランを一年で取りこむ大富豪バルザックだったらどうであろう。

バルザックはハンスカ夫人と社会的に対等の地位を戦いとろうとして、これらの可能性をすべてためしてみた。この三つの階段をそれぞれ通って、ジェヴスキ家という近づきがたい世界に這いのぼろうと努めた。しかし太っちょのせっかち男はこの三つの階段のどれからも滑りおちた。上院の選挙には遅すぎた。というのは選挙人名簿に登録される前提となる基本財産を、ちょうど間に合うように工面することができなかったからだ。アカデミー・フランセーズでも同様幸運に恵まれなかった（そして将来もやはり同じことだろう）。

会員たちは正面から彼の立候補に異議をとなえるだけの勇気はなかったが、彼を締め出すためにはいくらでも口実を見つけ出した。あるときは「彼の財政状況はあまりにも乱れている。戸口に執達吏や高利貸が待っているかもしれないような男を、アカデミーの神聖な円屋根の下に坐らせるわけにはいかない。」と言った。またあるときは彼がしょっちゅうパリを留守にすることに文句をつけた。そして彼の激しい敵でしかも彼を心ひそかに妬んでいるさる男の言葉が、もっとも率直にその間の事情をいい現わしている。「バルザック氏はわれわれの椅子（アカデミーの）に坐るにしてはあまりに恰幅がよすぎる。」彼が会員になったとしたら、ヴィクトル・ユゴーとラマルティーヌは別として、ほかの会員はすべて窮地に陥ったことであろう。

　だから一番人聞きの悪い借金、つまりサンクト・ペテルブルクやヴィエジュホヴニャにまで聞えている「大声でどなり立てる借金」だけでも片づけるために、急いで二篇ドラモラマ（既出一六〇ページの註参照）を書こう。その一つは市民劇の「パメラ・ジロー」で、その五分の四はろくに才能もない「くろんぼ」に書かせたものだが、ヴォードヴィル座に採用された。いま一つの「キノラの手だて」のほうは、それ以前早くもオデオン座で上演の準備にかかっていた。そしてバルザックはこれで「ヴォートラン」の失敗を公式に帳消しにし、大成功を博そうと決心していた。

　彼は例によって肝心なところ、すなわち制作に努力を払わなかった。五幕目が出来上らないうちに下稽古がはじまった。それが主役の有名なドルヴァル夫人を憤慨させ、彼女は自分の役を辞退してしまった。彼が何よりも関心を抱いたことは、初日の晩をパリがまだかつて見たこともない素晴らしいものにして未曽有の勝利を収めることだった。パリで名の知れた声望ある人々はことごとく、一番人目につきやすい席で衆目を集めなければならなかった。「ヴォートラン」のときのように、叫び声をあげたり口笛を吹いたりして、観客の気分を変えてしまうような反対者や弥次馬は一人もまぎれこんではならなかった。バルザックはそこをうまくやるために、劇場の支配人と合意の上で初日には彼の手を通った切符しか発行を許さないことにした。そして書き物机に坐って半分しか出来上っていない脚本に手を入れたほうがずっとましだったかもしれない時間を、切符売場や劇場の事務室ですごしてしまった。

　作戦計画はいかにもバルザックらしい大きな規模で仕上げられた。前桟敷は大公使の席とし、平土間は聖ルイ勲章佩用者と上院議員の席とする。代議士と上級官吏は第二桟敷に、財界人は第三桟敷に、裕福なブルジョワ階級は第四桟敷に座席を指定される。――その上、劇場の一番人目を惹く場所は美しい女たちで飾られることになる。線描画家や彩色画家は初日の華やかな絵を永遠に伝えるよう依頼された。

　バルザックの投機は、――さしあたりいつものように、――正しかった。目前に迫ったきらびやかな初日の噂はパリでセンセイションをまき起した。人々は切符売場に殺到して、二倍三倍の観劇料を払っても切符を手に入れようとした。しかしバルザックが投機をするときにきまって起ることが、今度もまた残酷な論理で起った。すなわち弓を強く張りすぎて弓を折ってしまったのだ。彼は二倍三倍の料金を取りこむかわりに、一層関心を高めようとして満員売切れという噂を八方に流布させた。そこで人々は我慢して、この大評判の芝居の見物を三回目か四回目の上演まで待とうと決心した。さていよいよ一八四二年三月十九日の宵がきて華やかな観客が押し寄せる定刻になると、バルザックの間違った戦術のお蔭で座席の四分の三がガラあきのままだということが判明した。お互いに顔かたちや衣裳を溜息まじりで眺め合おうと思ってきた観客は、初めから不機嫌になった。劇場支配人のリルーはギリギリの瞬間に一群のお雇い喝采屋を送りこみ、入場したい人には片っぱしから切符をただでくばったが、なんの甲斐もなかった。失敗はもはやおおうべくもなかった。芝居が悲劇的な場面になればなるほど、観衆の態度はますます上機嫌になった。人々はその後の上演には、大騒ぎの場面に自分も一役演じたいばかりにやってくるだけだった。

ラッパを吹き、口笛をふいて、

　　上を下への大騒動、張本人はバルザック

と一斉に歌った。

バルザック自身はただの一度も緞帳の前に呼び出されなかった。たとい呼ばれたとしても出て行けなかったろう。というのは自分の思いどおりのお客で劇場をいっぱいにしようという努力でヘトヘトになって自分のボックス席でぐっすり眠っているところを、芝居がはねたあとで見つけられたくらいだから。今度もまた、――実に何度目だろう、――夢に見た一〇万フランが舞台の奈落へ消えうせてしまったことを知ったが、あとの祭だった。運命は幾度かこのような手痛い打撃を加えて、彼をその天職にたちかえらせた。彼は「キノラの手だて」が失敗するなら、四巻の長篇小説を書かなければならないとヤケ半分ハンスカ夫人に訴えたが、われわれは彼と一緒に嘆くわけにいかない。なぜならバルザックが一八四一年から一八四三年にかけて境遇に圧迫されながら書いた長篇や短篇は、彼の最も力強い作品のうちに数えられるからである。もし彼のまずいメロドラマが成功していたら、それらの小説は多分書かれなかったであろう。

*

最も円熟した時期のこれらの小説からは、バルザックのそれ以前の作品を往々読みづらいものにしていた世俗的なものや貴族マニア的なものが次第に影を消して行った。彼は、生れながらの庶民がしぶしぶ払う畏敬の念で崇め奉っていたいわゆる上流社会を、次第に見破ることを覚えてしまった。サン・ジェルマン貴族街のサロンは彼の眼にいよいよもってその魅力を失ってしまった。彼の創造力を刺戟するのは、もはや上流社会のちっぽけな野心とか、ちっぽけな侯爵夫人や伯爵夫人の大きな野望とかいう虚栄心ではなく、偉大な情熱であった。経験と幻滅のお蔭でつらい思いをすればするほど、ますますバルザックは真実を語るようになった。油のしみが高価な衣裳についたように、彼の初期の最良の作品をそこねていた甘ったるい感傷性は消えはじめた。展望はますますひろまり、同時にますますはっきりしてきた。「暗黒事件」では強烈な光がナポレオン時代の政界の裏面に当てられた。彼は「ラブイユーズ」で、同時代の何人もあえてなし得なかった大胆な性的認識ぶりを示した。倒錯と性的隷属の問題を、バルザックがルージェ老医師の姿を借りて描いたほど大胆不敵に取りあげたものはこれまで一人もなかった。これは七十歳にもなる老医師が十三歳の「ラブイユーズ」を自分の情婦に仕上げる物語である。そしてそのなかのフィリップ・ブリドーはなんというすさまじい人物だろう。ヴォートランにも劣らぬ不道徳漢だが、しかしもはやメロドラマ風でも、おしゃべりでも、激越でもなく、忘れられないほど恐ろしい迫真性がある。彼はこのほかに、その時代の大きな壁画ともいうべき「幻滅」を完成し、その合間に楽々と「ユルシュール・ミルーエ」を書いてのけた。この作品は降神術という作為のお蔭で少々真実味に乏しいが、どの人物も素晴らしく真に迫っている。それから「架空の愛人」「二人の若妻の手記」「アルベール・サヴァリュス」「人生の門出」「オノリーヌ」「田舎才媛」、それと一二、三篇の断片。――疲れを知らない、たぐい稀なこの男は三年間にまたしてもほかの人なら一生の仕事を意味するかもしれない仕事を成しとげた。

　作品のかさが段々大きくなって、一目で見渡すことができないくらいになった。生活を思い切って整理しようとするバルザックは、今や彼の諸作品を概観できるように整理することを考えた。どれほど債鬼に追い詰められようと、彼はいつも用心深く最後の貯えを残しておいた。つまり全集の発行だ。この上なしの窮境にあっても、それぞれの作品に対する権利の終身売り渡しをしないように用心して、初版か数版以上の商談を決してしなかった。彼はいつまでも著作権の所有者であった。どこから見ても金づかいは荒かったが、彼のこの最良の財産をそっくり無疵に保存して、全作品を友人や敵手に誇らしげに一望のもとに見せてやることのできる好機会を待っていたのである。

　いまそのときがきた。百万長者のヴェンツェスラフ・ハンスキの未亡人に求婚するについては、彼も彼自身の財産を提示するだろう。というのは彼もまた大金持だから。行にすれば一〇〇万行、一六ページ印刷全紙にすれば五〇〇台分、本にすれば二〇巻分のものをもっている。そして彼が全集発行の意向をもらすかもらさないうちに、デュボシェ、フュルヌ、エッツェルの三人の出版者が提携して、くる年ごとになお増加するであろう巨大な著作物を共同で入手し、刊行資金を調達した。全集の契約は一八四二年四月十四日に結ば

れ、三人の出版者には、

今日までにバルザックによって発表された作品ならびに本全集刊行期間中に発表されるであろう作品につき、適当と考えられる期間に任意再版もしくは三版まで行う権利（が与えられた）。初版発行部数は三〇〇〇部。型版は八つ折版、本全集の必要に応じ多少の増減はあるものとして巻数約二〇巻。

彼は内金として一万五〇〇〇フラン受けとった。合計四万冊売れたあとで、一冊につき五〇サンティームあての印税で改めて清算することになった。

これによってバルザックには従来の作品からも引き続き印税が入るようになり、その収入は必然的に年を追って増加するはずだった。お蔭でこれからの作品についても、前より自由に振舞うことができるようになった。この契約のなかで彼の負担となった唯一の義務は、自分から進んで引受けたものだった。すなわち校正費が全紙一枚について五フランを超えるときは、その超過分を特別校正料として自費で支払わなければならないのだ。そしてバルザックはまたしても一六回、一七回と作品の文体を訂正したい誘惑に抵抗できず、やがてこの情熱のために五二二四フラン二五サンティームを支払わなければならなくなった。出版者は一つだけ異議をとなえた。「全集」という題名が気に入らない。あまりにも普通すぎ、魅力がなさすぎる。そこに同一人物が繰り返し現われ、上層下層の社会を包含する一つの世界が描かれたこの全作品は、つまるところ一つの統一体だということを表現する何かうまい題名が見つからないものだろうか。

バルザックは同意した。すでに一〇年前、彼の指示にもとづいてフェリックス・ダヴァンが彼の作品集の最初の序文を書いたとき、彼は自分の一つ一つの小説が、彼の念頭に浮んだ統一ある完全な世界幻像のなかで全体の一部分を意味し、それと不可分だということを感じたのであった。しかしこの世界幻像の全内容を表現する題名をどうやって発見するのか。バルザックは動揺し、ためらった。そこへ折よく偶然が助けにきた。友人で、もと彼の編集秘書であったド・ベロワがイタリア旅行からちょうど帰ってきたのだ。ド・ベロワはイタリアで大いにその国の文学に親しみ、Divina Commediaも原典で読んでいた。そこで突然ある考えがひらめいた。神々しい喜劇に対して俗世の喜劇を、神学的構成に対して社会学的構成を対立させてなぜいけないだろうか。Heureka!（アルキメデスの故事「見つけたぞ」）題名は見つかった。——La Comédie humaine.

バルザックは夢中になり、出版者も同じくらい喜んだ。そして何はともあれ、この新しいがいささか勿体ぶった題名を読者に説明するために、全集に一つ序文を書いてもらいたいといった。バルザックは進んで引受ける気配を見せなかった。明らかに彼は、ろくろく儲けにもならないそんな骨折り仕事に彼の貴重な時間を振りむけたくなかったのだ。彼の目標と意図を読者に説明するためには、「十九世紀風俗研究」の序から、もともと九分どおり彼自身の筆になるフェリックス・ダヴァンのあの文章をとればいいのだと彼はいった。それとも彼のよき友のジョルジュ・サンドは才気があり好意をもっているから、彼女に序文を書いてもらったらどうかと提案した。バルザックは結局出版者のエッツェルの巧妙な手紙にほだされ、心ならずも気が変った。エッツェルは、誠実な父親としてわが子を否認しないようにと勧告し、それと同時に実に貴重な暗示を与えた。

> かいつまんで書いて下さい。できるだけ控え目な態度で要領だけ書いて下さい。あなたがおやりになったような仕事が成しとげられた場合、そういう態度こそほんとうの自慢というものです。いいたいことをごく静かにに話して下さい。老人になったような気で、――あらゆることから、あなた自身からさえ解放されたような気でやって下さい。あなたの小説のなかに出てくる人物のような気で話して下さい。そうすればあなたのなさることは、ためになる、なくてならないことになるでしょう。／さあ、仕事にかかって下さい、デブのおじさん。やせっぽちの本屋がデブ閣下に向ってこんなふうに話しかけることをお許し下さい。ご存じのとおり悪い気は一つもないのです。

『人間喜劇』の有名な序文はこんなふうにして出来上った。事実この序文は、世人がバルザックから期待して差支えないものよりずっと落ち着いた、客観的な、より情熱的でない書きぶりである。彼は賢明な実際家でもあったので、エッツェルの勧告の尤も千万なことを認め、主題の壮大さと彼個人の謙虚さとのあいだに正しい中道を見つけたのだった。そしてこのわずか一六ページの序文には、お手のものの長篇小説よりも骨を折らされたとハンスカ夫人に告白しているが、それは決していつもの大げさな言葉ではあるまい。バルザックはここでジョフロワ・サン・ティレールやビュッフォンの体系と比較しながら彼の世界の体系を説明している。自然界においてさまざまな種類の動物が環境に応じてそれぞれ違う動物に進化するように、人間も社会の内部でそうするものである。三、四〇〇〇人の人物を使って「人間心情の歴史」を書こうと思うなら、社会のあらゆる階層、あらゆる形式、あらゆる情熱を、少くともそれぞれの代表の形で現わさなくてはならない。そして個々のエピソードや個々の人物を組み合せ、「自分の諸作品を結びあわせて、各々の小説を一章とし、各々の小説を一時代とし、そのようにして完全な歴史の形にととのえる」ように描くためには、芸術家の工夫に富む力を必要とするであろう。

人間の性質はかぎりなく多種多様だから、芸術家はただもう観察さえすればよい、――これこそ本来の綱領だ。なぜなら「偶然は最大の小説家である。豊かであろうとするならば、それを探究するほかに道はない。そうときまれば、フランスの社会が歴史家なのであって、わたくしはただその秘書になればいいわけである。悪徳と美徳の目録を作り、情熱の主要な事件を選び、同じ性質の性格から特徴を集めて典型を構成して行ったならば、恐らくわたくしは、多くの歴史家によって書き忘れられた歴史、すなわち風俗の歴史を書くことができるであろう。」ローマ、アテネ、メムフィス、ペルシャ、インドが不幸なことに後世に残さなかったそのような作品を、十九世紀フランスのために仕上げること、それが彼の仕事だった。彼は彼の世紀の社会を描き、同時にそれを動かす力を明らかにしようとした。これによってバルザックは、小説の使命が写実主義にあることを明らかに認めた。しかしなるほど小説はこまかい点まで真実でなければ意味がないにせよ、同時にそれはよりよき世界への要求を表現するべきだとはっきりつけ加えた。彼は大まかな筆で自分の計画を述べた。

「私生活場景」は、幼時と青春と、その過失とを描き出し、「地方生活場景」は、情熱と打算と利害と野心の年齢を描き出す。次に「パリ生活場景」は、趣味と悪徳と、つまり至高の善と極悪とが同時にひしめく主都の独特な風習によって刺戟されて生じた奇抜な事物をことごとく取りあげている。……

　この三篇によって社会生活を描いたのちは、何人かの人間あるいは全体の利害を一身に帯び、いわば通常の法則の外にあるような特別な存在を示す仕事が残っていた。そこで「政治生活場景」が生れた。この社会の大絵巻を完了した上は、防禦あるいは征服のために国外に出征し、もっとも激烈な状態となった社会を描くのが当然であろう。そこで「軍隊生活場景」が生れたが、これは、わたくしの著作の中で一番未完成な部分である。しかしそれを書きあげた上でこの版の中にも編入する予定である。最後に「田園生活場景」は、いわば社会の劇と名づけたいようなこの長い一日の夕暮れのようなものである。この篇では、もっとも純粋な性格や、秩序・政治・道徳の大原理の適用が含まれる。

そして彼は力強い和音と一緒にこう結んだ。「社会の歴史と批判とを同時に含み、その悪の分析とその原理の検討をも同時に含むような、厖大なプランであるから、自分の著作に今日見られる通り、『人間喜劇』の総題を与えても差支えないと思う。これは身のほどを知らない沙汰であろうか。不当な行いであろうか。それは著作が完成した後に、公衆によって決定される事柄であろう。」

*

後世は決定を下した、――現在あるがままのこの作品は、より高い全体の断片にすぎないにせよ、この題名は勿体ぶりすぎてはいないと。しかしその完成を前にして、死が彼の手からノミをたたき落したのだ。三、四〇〇〇人の人物について語ったのは、手形をずっと先の期限で振り出すいつもの習慣に従って、つい事実よりも先走ってしまったのだ。『人間喜劇』には今日あるとおりの未完成の状態では、人物はほんの、――ほんのなどと恥かしくていえたものではないが、――ほんの二〇〇〇人しか登場しない。しかしこれら三、四〇〇〇人の小説人物が各自そのあらゆる生活形式をもってバルザックの無尽蔵の脳室にすでに存在していたことは、一八四五年に用意された作品目録を見れば明らかである。その目録には既刊の作品のほかに、まだ書かれていない長篇小説の題名が次々とあがっている。そして人は、すでに失われてしまったソフォクレスの劇や、現今伝えられていないレオナルド・ダ・ヴィンチの絵の目録を読むときと劣らない悲しい気持でそれを読む。バルザックは、そこにあげてある全部で一四四篇の作品のうち五〇篇を下らない作品をもはや完成できなかった。しかしこの計画は、さまざまな人生の姿について、彼の心中すでにどれほど素晴らしい建築様式で詳しい見取図ができていたかを示している。

　最初の小説は「少年たち」、第二は「女子寄宿学校」、第三は「中学の内部」と名づけられるはずだった。劇壇と外交畑と官庁筋と学界には、それぞれ特別に一巻ずつをあてることになっていた。都市ならびに地方の選挙と政党の動きは、彼らのあらゆる術策もろとも摘発される予定だった。彼は一二以上の長篇小説で、――そのなかで書かれたのは「ふくろう党」だけだが、ナポレオン時代におけるフランス陸軍の「イーリアス」を描くはずだった。すなわちエジプトのフランス軍、アスペルンやヴァグラムの戦い、エジプトのイギリス軍、モスクワ、ライプツィヒ、フランスの野戦、さてはフランスの俘虜を収容した老朽船《ポントン》さえ書くつもりだった。農民、司法官、発明家にもそれぞれ一巻をあてるつもりでいた。そしてこれらの叙述的研究の上に、それを解明するものとして分析的研究を書くはずだった。すなわち「社会生活の病理」「教授団の解剖」および「十九世紀の完成に関する哲学的政治的対話」がそれである。

もしもバルザックが長生きしたら、これらの作品を完成したであろうことに疑問の余地はない。彼の想像のうちにすでにあったものは、持ち前の幻想力にかかると否応なしにいつも現実となり、具体的な形をとった。ところでただ一つ欠けているものがあった。それは押しつけられ詰め込まれすぎた彼の短い人生にいつも欠けていたもの、すなわち時間だった。

*

全集をこうして世間に提供したことは、誇らしい安心感をバルザックに与えたに相違ない。初めて彼はその欲するところのものを世に示し、彼のまわりの人々とははっきり袂をわかった。彼らのうち一人としてこのような広大無辺の仕事を企てるだけの勇気も権利も持ち合せていなかったのだ。ところが彼のほうはすでにその全プログラムの五分の四を具体化していた。もう数年、——五年か六年の時日があれば一切は完了だ。そうなると、うちの作品においても、そと生活においても整理がつく。そこで今度は、まだ真剣にやったことのない、というよりむしろあわただしく手をつけたことはあるけれども、これまでうまくやりこなしたことのない課題に全精力を傾けて取り組むのだ、——休息し、生活し、享楽し、仕合せになること。

第二十一章　最初の挫折

ハンスキ氏は一八四一年十一月に死んだ。バルザックはその底なしの楽天主義から、未亡人が婚約を果すためにひたすら喪の年のあけるのを待っているものと期待していた。しかし月日はぐんぐんすぎていった。彼女をサンクト・ペテルブルクに訪ねようとすると、そのたびにことわられた。彼女はそこで財産相続の訴訟をしていたのだ。彼女がついに折れてバルザックのたっての願いに従う前に、彼は一八四三年の夏まで一年半を待たなければならなかった。たしかに彼女の立場は容易ならぬものだった。バルザックのような男はあまりにも有名人なので、目立たないようにロシアにくることはできなかった。エカチェリーナ女帝の御代以来、ほんとうに世界的に名声のあるフランスの作家がネヴァ河畔の都に滞留したことはなかった。だからバルザックがやってくれば、少なからずセンセイションをまき起すことであろう。みんなからつくづく見られることだろう。すると定めし同じことが彼女自身にもあてはまるだろう。排他的な貴族社会にだけ出入りし、皇帝にさえ引見を賜わる身分だからだ。人々の口のはにのぼるのは避けられないだろう。ハンスキ氏が生きているかぎり、バルザックの来訪は世間の手前、ハンスキ一家すべてに対する友誼的な訪問というふうに解釈することができた。彼は一家の主人の客であったであろう。訪ねていっても剣呑な解釈を何一つされずにすんだことであろう。ところが未亡人を訪問するとなると、それは半ば公式の婚約を意味するだろう。ハンスカ夫人がバルザックとまったく同じようにしきりに結婚を望んだとしても、——どの道そんなことはありえないが、その可能性の実現は彼女の一存ではどうにもならないことだった。ロシアの現行法によると、外国人との婚姻には皇帝の認可が必要である。財産は、特別の許可がないかぎり外国へ持ち出すことは許されなかった。だからハンスカ夫人はバルザックが夢みていたほど、またほかのどこの国でも夫の死後ならば可能だったかもしれないほど、独立自由でも、金持でもなかった。彼女がもっているのは、現代的表現を使うなら「封鎖ルーヴル」で、非合法的な方法による以外は封鎖を解いてフランスに持ち出すことはできないであろう。おまけにまた身内のものに抵抗がおこった。一家の人々、特にロザリー「伯母さん」はバルザックを天才偉人とは考えず、山のような借金を背負い込んだ不徳漢、パリでどんな女とでも浮気をし、そして自分の滅茶苦茶な財政状態を立て直すために金持の未亡人の頭を狂わせようとしている男としか見なかった。恐らくハンスカ夫人は、——だれも知らないけれども、身内の貴族たちのあらゆる抵抗をしりぞけるだけの決心を固めることだろう。しかしそのほかに未婚の娘のことも考えなければならない。彼女はこの娘を溺愛し、生れおちてから一日たりとも手離したことがなかった。もし身分違いの結婚をすれば、彼女ばかりか伯爵令嬢アンナまでもロシアの上流社会に立ちまじることができなくなり、アンナのあらゆる縁談は駄目になってしまうだろう。

したがってハンスカ夫人がバルザックをこんなに長いあいだ待たせたのは、幾度か誤って解釈されたように悪意や無関心や嫌悪の情からではない。それどころか彼女がとにかくサンクト・ペテルブルク旅行を許したことは、少くともことによったら結婚するつもりかもしれないということを世間一般に宣言した勇気ある行いだった。しかしバルザックにとってもこの旅行は犠牲を意味した。ロシアは駅伝馬車の時代、パリからはるかかなたの国だった。余人はいざ知らずバルザックにとって時は金以上のものである。彼はまた例によって旅費の工面さえつかなかった。支払いをとどこおらせ、手形の支払い期日を延ばすことを余儀なくされた。彼は、ハンスカ夫人とぜひとも膝を突き合せて話し合う必要があることを知っていた。また手紙だけでは彼女の気持を変えられないことも知っていた。かつてジュネーヴのときと同じように、自ら出向き、説きふせ、制圧しなければならないのだ。バルザックは手持ちの原稿と、ほかに未完成の作品さえ若干売り払った。ロシアから帰ったら上演料にありつく気で、脚本「パメラ・ジロー」を大急ぎで書きあげた。一八四三年の夏、彼はダンケルクから船に乗り込むことができた。散々な航海をつづけて、七月二十九日サンクト・ペテルブルクについた。

＊

ハンスカ夫人が住んでいるグランド・ミリオンヌ街のクタイゾフの館《やかた》の上品な客間で行われた再会は異様なものだったに違いない。二人が初めてめぐり会って以来、かれこれ一〇年の月日が流れていた。八年間二人は会わなかった。そのあいだバルザックは変らなかった。少し太り、少し白髪まじりになったが、以前と同じようにたくましく強かった。想像的な性質のものには永遠の青春がある。しかし女の生涯において八年という月日は多くの意味をもっている。微細画家ダッフィンガーがウィーンで描いた、――しかも気に入るようにと如才なく考えて描いたに違いない肖像画でさえ、七人の子を生んだ彼女はいかにも分別をそなえた貴婦人らしく、もう若くは見えなかったものだ。しかしバルザックの手紙を信用して差支えなければ、彼にとってもちろん夫人は変っていない。いやそれどころか、あの頃よりもっと若くて、もっと美しい。長いあいだ別れていたこととて、彼の恋心はもっぱら官能的に性急な、激しい振舞いとなって現われた。恐らくハンスカ夫人は、バルザックが自分を夢のなかの幻の女としてでなく中年の現実の面で見るならば、かねての企てを思い止まるだろうと、そんなことを望んでいたのだろう。ところが決してそうではなかった。彼は遮二無二結婚を迫った。早くも一切の計画を立てていた。領事の前で結婚の手続きをしてもらうために、必要な身分証明書さえ持参していた。

しかしハンスカ夫人はうまく言い逃れた。きっぱりことわはしなかったらしい。娘が結婚しないうちは結婚の承諾はできないと、ただそれだけをはっきり伝えたに違いない。これでとにかく期限が示されたわけだ。もう一、二年だ、――それ以上長いことはあり得ない。ヤコブがラケルのために仕えたように（旧約創世記の故事）、バルザックはハンスカ夫人のために仕えた。最初の七年は彼女の夫の死を待った。今や第二の待ちあわせ時間がはじまった。娘に夫が見つかるまでだ。

われわれはこのサンクト・ペテルブルク滞在については大して知るところがない。ロシアの貴族は夏は田舎の別荘にいるので、都はガランとする。バルザックは殆ど何も見なかったらしい。エルミタージュ美術館とその絵画に一言もふれていない。悪魔に憑かれたように、愛人を決定的に征服するというただ一つの目標を追いかけて暮していたのだ。彼は約束を胸にたたんで、今度はベルリン経由の陸路をとって帰った。

*

バルザックは十一月パリに戻った。いつものようにこの帰国は、渦巻く流れのなかにころげ落ちることを意味していた。四ヵ月あたら時間をつぶしたことは、その生涯が時間との絶え間ない競走だった男にとって、ただそれだけでも一つの破局である。またまた地獄の責苦がはじまった。彼の留守中一家を切りまわしていた母親は、「まるでシャイロックそっくりの剣幕で彼をいじめつづけ」た。彼はもう一度万事を一枚のカルタに賭けた。済度の見込みない幻想家の彼は、脚本「パメラ・ジロー」が彼の留守中かわりに働いて、ロシアで一週間に使いはたすだけのものを日ごとにもたらすだろう、帰国後は一息つけるだろうと信じていた。しかし帰国の途中、早くもこの脚本が当らなかったことを知った。これは「ヴォートラン」ほど月並でなく、「キノラの手だて」よりも現実的でいきいきしたものだが、しかしパリのジャーナリストたちは、パリの新聞界の腐敗に対する彼の攻撃を赦してはいなかった。彼らはゲーテ座の上演を中止しなければならないほど烈しく攻めたてた。

一切が彼には非だった。思惑で買っておいた北部鉄道株は、——（いったい誰の懐から出たどういう金なのやら）。下落してしまった。レ・ジャルディーの地所の清算は頭痛の種だった。アカデミー・フランセーズの空席を狙った立候補は失敗した。またもや彼は全面的崩壊の瀬戸際に臨んだ。一度自由に息をつくたびに、またしても幾晩かの徹夜仕事でその埋合せをしなければならなかった。

しかし彼の不幸はわれわれにとっては仕合せとなる。劇作が思うようにいかず、次々と舞台で敗北するので、この「ドラモラマ」の熱心な製造家は再び小説に帰ることを余儀なくされた。彼は改めて主著『人間喜劇』にとりかからなければならなかった。それは今や「私生活場景」と「パリ生活場景」の改訂新版を手はじめとして、一巻また一巻と急速に出版された。彼は雑誌や新聞と掛け合い、そして「農民」の発表について話をつけたが、これはやがて彼の主要作品の一つとなる。バルザックは数年来この長篇小説にかかっていた。しかし彼の手間どりすぎた計画にはいつも危険が伴った。彼はすでにこの作品がどれだけ収益をあげるかを計算していた。すなわち「ラ・プレス」紙の掲載料一万四〇〇〇フラン（一行六〇サンティームの割で、これまで彼が新聞から得た最高の報酬だ）、それと単行本にして一万二〇〇〇フラン、合計二万六〇〇〇フランとなる勘定だった。「ラ・プレス」紙は早くもこの作品の予告をしたが、約八万行が書かれたとき、突然あらゆるものがとまってしまった。バルザックはにっちもさっちもいかなくなった。車輪が回りすぎたのだ。途方もなく大きなバルザックのような人の労働力でさえ限界がある。彼の生命力もこのようなありとあらゆる力の濫費にはもうこれ以上抵抗できなかった。

*

体のなかにゆっくりうつろの穴があきかけていた。幹はまだ巨人のように立っていた。

やっぱりたわわに実がなった。毎年新たに葉が茂った。しかし木の髄を、心臓を、早くも虫がくっていた。彼はしきりに衰えゆく健康を嘆いた。一八四四年四月にはこんなことを書いている。

どう踏んばっても眠ってしまうありがたい時期にさしかかりました。自然はもう何もしたくないといって、休んでいます。自然はもうコーヒーには感じなくなっています。「モデスト・ミニョン」を仕上げるために、浴びるほどコーヒーを飲みました。まるで水でも飲んでいるような塩梅でした。三時に起きますが、すぐ眠くなります。八時に朝めしを食べますが、もう一度寝る必要を感じて寝直します。

やつれた顔になり、体にはむくみがき、頭痛や眼の神経性のひきつりに悩まされ、「農民」第二部を果して書く力があるかどうか疑い出した。

僕はコーヒーの濫用にもとづく恐るべき胃の神経痛の時期に入りました。絶対に休養が必要です。前例のないこの恐ろしい痛みは三日前から僕にとり憑いています。初めは何かの偶然かと思いました。いや、ひどく疲れてはいるのです。けさ勘定してみたら、この二年来『人間喜劇』の四巻分の仕事をしています。これから二十何日かしたら、僕はもう郵便馬車に積み込まれるよりほかどうしようもない人間になるでしょう。

そしてまた、

ちょうど天使と格闘を演じたヤコブのように、僕はこれから書かなくてはならない六巻分を前にしてすっかりヘタばっています。おまけにそれがなんという小説でしょう。フランス全体がこの作品に眼を向け、耳を傾けました。地方をまわった版元の注文とり、僕が受けとる手紙、みんな異口同音に、僕がこの国一般に通じる傷に手をふれたといっています。「ラ・プレス」紙は予約購読者を五〇〇〇獲得しました。期待は大きいのに、僕はまるで空っぽの袋みたいです。

しかし体の疲ればかりではなく、魂も大いにヘタばっているのだ。「休息をとること」、いつかは休息し、人なみに生活し、永遠の奴隷状態から抜け出すことだ。ハンスカ夫人だけが自分を救うことができ、ただ夫人のそばでだけ生活を秩序立てることができるという気がした。

希望というものに狂気のようにしがみつく瞬間があるものですが、いまの僕がそれなのです。いまいったような目的を僕は生涯わき目もふらず追ってきたので、一切が僕の心のなかでメリメリ音を立ててきしんでいるような気がします。

文学には殆ども関心がなかった。彼の思いは仕事の上にはなく、したがってまずいものを書いた。彼は、自分と縁のない小説人物のことを考えるかわりに、彼自身の生活を形づくる夢を追った。「一八四六年にはパリでも一番気持のよい家を一軒もつことになりましょう。借金はもう一スーもなくなるでしょうし、『人間喜劇』のためにざっと五〇万フラン分の仕事が残っています。少くともそれだけにはなるこの仕事の将来の印税は勘定に入れずにです。だから美しい奥さま、僕は死にさえしなければ一〇〇万フラン以上もっている結婚相手です。あなたにいわせれば、僕は貧しい女とは結婚しないわけですが、同様にあなただって貧しい男と結婚するわけではありません。われわれは年寄りになって、――しかしシスモンディ夫妻のように愛情のお蔭で魅力的な年寄り夫婦になるでしょう。あとに残ったものこそ不幸です。生きて行くのが随分と辛いことでしょう。」

＊

しかしさしあたりわれわれはなお一八四四年にいる。希望の光が現われたことは確かである。ハンスカ夫人はウクライナの荒野からドレスデンに行こうと心をきめていた。彼女の娘の伯爵令嬢アンナは、七月に裕福な貴族ゲオルグ・ムニシェヒと婚約をかわした。こうして障害はすっかり取りのぞかれ、ヤコブがラケルを家に伴いかえるときがきた、――こんなふうに永遠の軽信家バルザックは考えた。しかしまたしても当てがはずれただけだ。なるほどハンスカ夫人は十二月ドレスデンにやってきて、娘ならびにその未来の婿と一緒に冬をすごした。ドレスデンに彼女を訪ねることを許してほしいというバルザックの願いはしかしむなしかった。そこで多分会うかもしれない社交仲間のロシア人なり親戚なりを恐れたのか。それともバルザックと一緒にいることが肉体的に不快だったのか。要するに結婚を延ばそうと思ったのか、それは分らない。いずれにせよ来させなかった。彼がこの時代に彼女から受けとった唯一の消息は迷惑千万な用事だった。

　彼女は自分で出向くかわりに、手紙のなかでは「リレット」と呼んでいる腹心の侍女アンリエット・ボレルを彼のところへ送った。これより先ボレル嬢は突然、ハンスキ家を出て修道院に入るつもりだと宣言したものだった。スイスのカルヴァン教徒にしては驚くべき決心である。明らかにそこには何か世間の知らない事情がひそんでいる。ハンスキ氏の死が彼女に重大なショックをひき起したらしい。老嬢は何かの形でハンスキ氏とつながりがあったのか。奥方の姦通の取持ち役として良心の呵責を感じたのか。いずれにせよハンスカ夫人に対する関係は緊張するばかりで、しまいにはお互いひそかに敵意を抱くようになってしまった。以前の腹心の友は憎らしい女となった。彼女がいくらかモデルになったバルザックの「従妹ベット」の二、三のくだりもまた、それを暗示している。彼女の「腹心」という役割はいずれにせよ終ったのだ。彼女はもはや必要でなくなった。ヒステリーになった年増娘の世話をするいやな役目はバルザックの肩に落ちてきた。彼は彼女を大切にあしらわなければならなかった。というのも彼女には恩義があり、また彼女はカトリック教に改宗するのだが、それについて必要な処置を残りなくとってくれとハンスカ夫人に頼まれたからだ。バルザックはその問題で高位の聖職者を方々の修道院にたずね、あたら貴重な時をつぶした。彼はついに目的を達し、尼僧になる儀式にも参列した。これで長篇小説「異国の女」の開巻の幾章かを知っている最後の人が消え去った。

*

一八四五年の春、やっとハンスカ夫人から会いたいという知らせがきた。バルザックは数千の読者が続きを待っていようが、稿料を前払いした新聞編集部が彼の当てにならないことを憤慨しようが、そんなことはお構いなしにさっさと原稿を机の抽斗に投げこんでしまった。文学なんかどうでもよい。彼自身の人生小説から呼出しを受けたのだ。仕事は十分やったのだ。休息と安静の権利がある。年から年じゅう精神労働に忙殺され、事業や借金や手形の支払い期限につきもののあらゆるいやしさに悩まされて、何かしら無性に胸がムカついていたに違いない。彼は奴隷のように鎖を引きちぎり、うしろで何が起ろうと頓着せずに姿を消した。母親が借金とりと戦ってくれるだろう。新聞主幹のジラルダンはなんとか好きなように予約購読者と話をつけるだろう。アカデミー・フランセーズの会員諸氏は自分をさんざ待たせたが、今度は永久に待たせてやろう。今や彼は、ひたすら生きようと思った。みんなと同じように生きるのだ。

ドレスデン滞在については大して分っていない。毎日ハンスカ夫人と一緒にいたから、バルザックの手紙はない。しかし仕合せな、ほがらかな、屈託のない時期だったに違いないと思われる。バルザックはとりわけハンスカ夫人の家族と仲よくした。伯爵令嬢の若い婚約者のムニシェヒ伯爵は、格別賢い男でも機転のきく男でもなかった。ちょっと変っていて、昆虫集めに熱中していた。しかし善良な人柄だった。その婚約者の伯爵令嬢アンナは、これといって取柄のない、娯楽好きの娘だった。みんな笑いこけたり遊んだりすることが好きだった。退屈しているときの彼らにとってバルザックが何を意味したか、想像にかたくない。彼もまた仕事をせずに笑い、肩のこらない生活を楽しんだ。彼はパリで見たことのある喜劇を思い出して、この小さな仲間を「旅まわりのサーカス」一座と呼んだ。彼らは役者の一座さながらに流浪の旅をした。ただし芝居はやらない。世間様がする芝居を見せてもらうほうだった。

というのはドレスデンにばかり逗留していないからだ。彼らは連れだってカンシュタットやカールスルーエやストラスブールへ行った。バルザックは夫人の家族に強い勢力をもつようになったので、パリでも旅興行をするようハンスカ夫人を説きふせることができた。もちろん微行である。もともとパリはロシア臣民には立入禁止区域だった。ロシア皇帝は、革命騒ぎのあるフランスに臣下が滞在するのを許さなかった。しかしバルザックはこの種の困難を乗り切ることにかけては名人だ。ハンスカ夫人は彼の妹になりすまして旅行用身分証明書を手に入れた。伯爵令嬢アンナは彼の姪のウジェニーの名義でつれて行かれた。パリでは彼はバス街に小さな家を一軒借り受け、今やパリを一同に見物させる運になったことをなんとも言えないほど喜んだ。彼ほど素晴らしいパリの案内人をほかに求めることができようか。彼は説明し講釈しながら、自分でも外国の訪問客のようにパリを楽しんだ。八月、みんなしてフォンテーヌブロー、オルレアン、ブールジュへ行った。生れ故郷のトゥールの町も見せた。一行はそこからロッテルダム、デン・ハーグ、アントウェルペンを見物してブリュッセルに行った。そこでしばらく休んだ。ゲオルゲ・ムニシェヒはバルザックがパリへ帰っているあいだ二人の女の付添い役を引受けた。しかしバルザックは九月には早くもバーデン・バーデンに駆けつけて再び一行に加わり、そこで二週間一緒にすごした。それから「旅まわりのサーカス」一座は呑気にイタリアめぐりの旅に出た。船でシャロンからリヨンに、そこからアヴィニョンに行った。十月末にはマルセイユにつき、そこからナポリに行った。愛人とイタリア見物をしたいという彼の昔の夢が実現された。カストリー侯爵夫人に拒まれたものが、いまジェヴスキ伯爵家に生れたハンスカ夫人によって叶えられたのだ。

バルザックはこの旅行のあいだじゅう一字も書かなかった。いつもなら一六時間も仕事机に向っているのが手紙さえ書かなかった。友達も出版業者も編集者も借金も眼中になかった。あるのはただこの女と自由とだけだった。『人間喜劇』は忘れられてしまった。不滅の名声などどうでもよくなってしまった。バルザックはその桁はずれの性質に従って桁はずれに楽しんだに違いない。一〇年間この世の誰よりも精力を使いはたしブチまけたこの男は、今度は吸収し蓄積した。幸福なものは黙して語らない。バルザックは、必要に迫られなければ生み出さない芸術家の一人だった。

ところで彼の借金や契約はどうなったか。不意にヴェールがおろされてしまった。あとから計算できるかぎりでは（バルザックのやりくり算段の迷路をうまく通り抜けることに成功したものはまだ誰もないが）、自分の金でこの旅行の費用をまかなったわけではあるまい。二人のあいだにはその頃すでに、ある種の財産共有が始まっていたらしい。ハンスカ夫人は彼と結婚する決心はつかなかったが、決定的な約束をすることなしに数年のあいだ自分の生活と運命と財布を彼とわかち合うことには少しも異存がなかった。天才のくせに彼はブルジョワ臭い月並な感情をもっていた。貴族の彼女のほうがかえってずっと自由な気持でいた。彼女はバルザックや娘や将来の婿と呑気に一緒にいられるのを素晴らしいことだと思った。そして恐らくただ一つ恐れたことといえば、彼と二人だけの羽目になることだった。

第二十二章　蒐集家バルザック

この一八四五年と四六年に書かれたバルザックの手紙を、署名を隠して何も知らない人に見せ、手紙の主の職業や性向をたずねるとしたら、まず骨董商か絵画蒐集家か、それとも土地投機師か家屋ブローカーだろうと答えるに違いない。いずれにしても小説家という見当はつかないだろう。事実その頃バルザックは『人間喜劇』を完成することよりも、未来の妻のために建てたい家のことのほうがよっぽど気になっていた。ハンスカ夫人がいずれ相続する財産と、やがて彼の仕事から得られるはずの金でもって建てようというのだ。この素晴らしく性こりもない幻想家にとって、希望はいつもそれだけですでに立派な事実だった。今度も彼は車を馬の前においた。というより、やがて馬がくるはずの空いている場所の前に空の車を据えた。一八四五年、バルザックは家もなければ、新しく家を建てることのできる敷地もなかった。そもそも新しい御殿のための敷地を買う金からして持ち合せなかった。しかるに彼は、このまったくありもしない邸に早くも家具のそなえつけを始めた。骨董熱という新しいマニアが彼におそいかかったのだ。ジェヴスキ家の出のハンスカ夫人といえば、一国の王妃の甥の娘にあたる。その人が寝起きすることになる家は宝庫であり、画廊であり、美術館でなければならない。この雄大な空想家は二ヵ月ごとに、二、三〇〇フランのことで差押えにあうくせに、ルーヴル美術館、エルミタージュ美術館、ウフィツィ画廊、王宮、帝宮と張り合う仕事に大まじめでとりかかった。彼もまた彼のホルバインやラファエロやセバスティアーノ・デル・ピオンボやヴァン・ダイクやヴァトーやレンブラントなど、あらゆる時代の傑作を自宅の画廊の壁にかけてみたいのだ。客間には最も貴重な古代の家具や、中国やザクセンの最上の磁器や、素晴らしい指物が並ぶはずだった。それはアラディンのお城のように、夢の御殿にならなくてはならなかった。

バルザックのような男がそれだけの元手もないのに、自邸を飾るためのホルバインとかティントレットの画をどうやって手に入れたのだろう。至極簡単だ。つまり古道具屋や小さな商人の店先でいろんな古い絵やいわゆる「見切り品」を買い集め、勝手にそれをホルバインとかティントレットとかきめるのである。母から受けついだ投機癖が、突然この骨董あさりにハケロを見つけた。どこに滞在しようと同じ伝で、どの町へ行っても古道具屋をあさりまわらなければならなかった。まったく磁石に引きつけられるようなものだった。ここでは額縁、そこでは絵、かしこでは花瓶、こちらではシャンデリアというふうに買った。骨董商の店で何日もつづけて品物あさりをした。どの部屋に据えたらよいのか自分でも分らないうちに、ナポリやジェノヴァやドレスデンやオランダから未来のバルザック御殿のために宝物の入った荷箱が届くのだが、大抵の場合その運賃さえ払えない始末だった。天才にも拘らず、むろんこれらの品物のほんとうの値打は少しも分らず、いたってつまらない商人でさえ彼より眼がきいていた。しかし彼は酔ったようになって値段の掛け合いをやった。熱のあるものが幻覚におそわれるのと同じように、バルザックはそれらの買物でいつも莫大な儲けが得られるものと思った。乞食、永遠の債務者、その彼が一八四六年には早くも自分の財産を四、五〇万フランと見積った。そしてハンスカ夫人あての手紙には、のべつ新しい掘出し物についての報告が含まれている。

　さてハンスカ夫人自身格別倹約家の素質があるわけではない。夫人も娘も買物気違いで、ラ・ペー街の宝石商の上々のお得意だった。何よりも彼女は、ひどくこった化粧道具で身辺を取り巻いた。十九世紀好みの、途方もなく高価な金象嵌の細工品である。しかし大きな金高にしろ、彼女はそれでもまだ計算するにはした。彼女はざっと一〇万フランの金を、——二人の往復書簡のなかで使われている愛称にちなんで「ルールー資金」というのを、邸宅買入れと家具整備のために彼の自由に任せておいたらしい。バルザックの場合いつもそうだが、根本の考えは正しかった。彼は家に調度品をそなえつけるつもりで、古い上等な家具を買おうとした。好機会が訪れるまで待つことができたら、ハンスカ夫人のまずはほどよいその一〇万フランで結構な家を買い、設備のほうも居心地よく、いや贅沢なものにさえすることができたろう。しかしバルザックは待つことができなかった。休むことができなかった。最初は時たまの買い手にすぎなかったが、たちまち蒐集家となり、マニアにとり憑かれた投機師になってしまった。作家として同時代の誰とでも競争できると彼がいうのは尤も千万だが、一方その彼が絵の買い手として王侯と力くらべをし、ルーヴル美術館のような、いわば美術品で埋まった家をわずか二、三年で、しかもろくに金もないのに持とうというのは愚の骨頂だった。彼の生涯を通じて、いつも理性をわずかに痴愚からへだてる一本のかぼそい線が走っている。ハンスカ夫人は時々心もとなくなって、慎重に振舞うよう注意した。そこでバルザックは、どんなに自分が抜目なくやっているか、どんなに始末屋で器用であるかを、まわりくどい計算で証拠立てて見せた。そして人は何遍かこのべつ幕なしの自己欺瞞にうんざりすることだろう。

しかし一度はバルザックのこうした仕事のあとを辿り、未来の画廊所有者がどんなふうに金を儲けたか探って見るのも大いに面白い。たとえば「古代中国」の食器九人前一揃いを買って得意になった。

> 僕はそれを三〇〇フランで手に入れました。デュマは同じものに四〇〇〇フラン払ったそうです。少くとも六〇〇〇フランの値打はあります。

それからしばらくたって彼は、この中国の磁器がオランダでつくられたことを認めなければならなかったが、前ほどの元気がないのはいうまでもない。「僕が中国の人間でないように、あれも中国できではありません。」そして悲しげに、「ほんとうのところ、骨董を集めるのも一つの学問です。」とつけ加えている。

もちろん彼はこれぐらいのことにへこたれず、その厄介な学問を楽しそうに研究しつづけた。たった一日（一八四六年二月十五日）で、どんなに素晴らしい取引をしたか、まあ見ていただきたい。「三時間ほどぶらついて、次のような買物をしました。第一、黄色い茶碗一個（五フラン）、一〇〇フランの値打は大丈夫あり、大した代物です。第二、タルマに贈られた茶碗一個、青いセーヴル焼の帝政時代もので、非常に見事です。というのは上のほうに花束が描いてあり、二五ルイ（五〇〇フラン）はしたに違いありません（二〇フラン）。王様の道具のように立派な椅子六つ。……四つはそのままとっておきますが、あとの二つを使って夫婦椅子をつくるつもりです。こいつは大儲けです。扉は別ですが、あの小さな客間の家具はこれで完了です（二四〇フラン）。」

その同じ日、やっぱりぶらぶら歩きながら、ほかにこんなものも見つけた。「セーヴル焼の花瓶二つ。……これは五、六〇〇フランしたに違いありません（僕はそれを三五フランで手に入れたんですが、秘密にしておいて下さい。……）。これまで一度も見たことがないような掘出し物です。パリとはいったいどういうところか、わかりません。時間をかけ辛抱すれば、安い値段でなんでも見つかります。僕が五フランで手に入れた立派な、黄色い茶碗を御覧になる段になったら、僕のいうことなんかとても信じる気にはなれないでしょう。」

同時に彼はほかにシャンデリアを一つ値切っていた。「それはドイツ帝室の払下げ品で、……重さは二〇〇ポンド、どこもかも銅でできています。銅は一キログラムあたり二フラン二〇サンティームですから、僕は潰し値段でそのシャンデリアを買うことになります（四五〇フラン）。」――さればまさしくただも同然だった。「あなたはこの上なく立派で豪華で優雅な美術品に取りかこまれて、女王様の御殿のようなところに住むことになるでしょう。しかもわれわれの手には元手がそのまま残るでしょう。」なぜなら彼は、自分が世界で一番格安にものを買う人間だという確信をもっていた。

　あなたのルールーがよき働き手であり節約家であるのと同じくらいよき管理者であることを認めていただきたいものです。僕はパリのあらゆる隅々をあさりまわります。美しい品物の値段は日ましに高くなって行きます。

　時々やはりちょっとした不幸が持ち上り、さすがのバルザックもそれに気がつくことがあった。

ルイ十四世時代にできたセヴィニェ夫人の微細画肖像を一〇〇フランで見つけました。御所望ですか。傑作です。

あくる日、彼はこう訂正した。

あの微細画はまずくて二目と見られません。

しかし仕合せなことに彼は早くも別の素晴らしい掘出し物をしていた。

あなたの大伯母、フランス女王マリー・レシュチンスカのすこぶるよくできた肖像画を買います。コイペル原作によるもので、明らかに彼のアトリエで制作されたものですが、あなたのためには一家肉親の肖像画になるでしょう。安心しなさい、ルールー、額縁の値段で買うのですから。

一週間後、彼は早くもそれがコイペルではなく、「単に」ランクレの作にすぎないことを知った。幸いにして額縁だけでも、彼にいわせると市価八〇フランのものだった。しかも彼はみんなひっくるめて一三〇フランしか払わなかったのだ。彼がこんなふうに書くと、往々彼の理性を疑いたくなる。

　まるくて小さな「風景」はロイスダールです。ミヴィルはナトワールとホルバインの例の絵を三五〇フランで送ってよこします。

　その同じバルザックが同じ頃「従兄ポンス」において、ホルバインの作品の法外な価値を述べていることを思うと、愚かな画商がどうしてほかならぬ彼にわずか三〇〇フランでホルバインのその絵をゆずるのか、せめて一度ぐらいは考えてみなかったものかと不審がらずにはいられない。しかし彼はそんな疑問を抱かなかった。夢み、あらぬことを考え、買うのだ。どの町角にも何かしら幻想的な取引が彼を待ちかまえていた。「パリの通りはかような掘出し物で文字どおり敷きつめられている。」この素晴らしい取引の裏面は、後年その蒐集品が売却されたとき初めて暴露することになる。彼の妻の死後、ドルーオ館での競売がそれの無慈悲な評価を示した。本物のホルバインやロイスダールの作品など、もはや噂にも出なかった。どんなコレクションを見渡しても、どうにか注目に値する絵で「バルザック旧蔵」という由来書のついているものなど一つもない。彼のとっときの上等な品物に買い手のつけた値段は潰滅的なものだった。彼はそれを見ずにすんだ。しかし生前すでに一つ経験したことがあるのだ。彼のフィレンツェの家具の話は、売るより買うほうがどんなに楽であるかを彼に教えた、——いや教えたはずだった。そして本来ならば彼はこの教訓をすでにレ・ジャルディーの土地の思惑のときに覚えるべきだった。レ・ジャルディーの土地は一〇万フランで買ったのだが、一万五〇〇〇フランで投売りしなければならなかったのである。

一八四三年十二月二十一日、彼はさる骨董商の店先で仕事机と古箪笥を見た。八、九分どおりそれは典型的なイタリア製のダース売りの安物だった。しかし古道具屋の店先で時計を見つけると、たちまち「女王アンリエット・ダングルテールの時計」ときめてしまう例のやたらに空想的な眼で、彼はその道具についてすぐさまこう主張した。

　この道具ならば宮殿に飾られてもそこの自慢の品になるでしょう。なにしろ問題はマリー・ド・メディシスのためにフィレンツェで制作され、彼女の紋章が打ってある書き物机と箪笥なのです。総黒檀づくり、真珠象嵌で、故人となったデュ・ソムラールを気絶させるほどの豪華さ、洗練さ、意匠です。僕は眼がくらんでしまいました。……ルーヴル美術館におくだけの値打があります。

バルザックにおいては直観と投機がどれほど不可分に結びついているか、今や一つの手本で示すように確かめることができる。彼の胸には感激と同時に事業欲が目覚めた。最初の本能はまだ美学的なもので、愛国的な色どりさえいくらかまじっている。

　メディチ家の、そしてルーベンスのパトロンだったマリー・ド・メディシスの記念品を、人はブルジョワの手から救い出す義務があります。僕はそのために二〇ページ書くつもりです。

しかし同時に早くもこうつけ加える。

　投機という見地から見ると、これには三〇〇〇フランの儲け仕事があります。

　あくる日の十二月二十二日、バルザックはこの二つの家具を一三五〇フランで手に入れた（幸いにも、その金の大部分は一年以内に支払えばいいのであった）。その買物にはおまけとして、これまでの大抵の幻想よりもっと馬鹿げた一つの新しい幻想がついた。

　僕は歴史上の大発見をしたので、けさはそれを確かめに行きます。箪笥だけがマリー・ド・メディシスのものです。書き物机にはコンチーニもしくはエペルノン公爵の紋章が打ってあるはずなのに、その上には惚れぼれするような縁どりのなかにMという文字があるのです。これはマリー・ド・メディシスと彼女のいずれか一方の寵臣との親密な関係を示すものかも知れません。彼女は寵臣に自分の箪笥を与え、書き物机のほうは作らせたのです。アンクル元帥、笑われものの元帥はその書き物机の上に大砲や戦いにちなんだものを真珠で象嵌しています。

この空想的な物語で事実に一致するのは、後年アンクル元帥となるコンチーニが実際に女王マリーの寵臣だったという一事だけである。そのほかの一切はいうまでもなく小説的なおまけだった。しかしバルザックにとってこの二つの品物は、たった一日のうちにすこぶる貴重なものとなった。彼は早くもそれらに新しい値段をつけ、買い手の見当をつけた。

箪笥だけで四〇〇〇フランの値打があり、僕は書き物机のほうはとっておいて、箪笥はデュ・ソムラール美術館のために国王に売るつもりです。……僕はその買入れをまっさきに宮廷に申し込ませるつもりです。それがあるべき場所はルーヴル美術館ですから。

まだ実際に儲けてもなんにもいないのに、バルザックの空想ではその儲けの使い道はいうまでもなくちゃんときまっていた。すなわち素晴らしくてしかも楽な取引仕事に、改めてそれを振りむけようというのだ。

簞笥と引換えにルイ・フィリップ王から三〇〇〇フランせしめたら僕は随分嬉しいでしょう。なぜなら一六五〇フランの儲けから、骨董品で稼ぐための、そしてわれわれの宝物を増やすための、ちょっとした元手が生れるでしょうから。

不思議なことに、ハンスカ夫人はこの仕事の素晴らしさを信用せず、彼の「道具気違い」を非難した。バルザックはそれにこう答えた。

例の名高い二つの道具の片方を僕はその両方に払った値段で売るように命じておきました。だからいま一つのほうをただで手に入れることになりましょうし、燭台が一つ買えるぐらいの金も残るでしょう。

彼は老獪な商売人らしく、新聞に宣伝記事をのせてその道具の売却を早めようとした。

僕の発見が騒ぎをひき起したということを、恐らく近い将来新聞紙で御覧になるでしょう。

そして事実、二月十一日の「メッサジェー」紙にバルザックの書いた次のような記事が現われた。

わが国の最も有名な作家の一人で非常な骨董愛好家でもある某氏は、近日偶然のことからすこぶる歴史的価値の高い道具を発見した。マリー・ド・メディシスの寝室を飾っていた箪笥である。現に見ることのできる最も素晴らしい美術品の一つであるこの道具は、総黒檀製で、……

しかし見たところどうも国王は、先代の女王の所有にかかる見事な品物に心を動かさなかったらしい。最後にやっと数人の商人が宣伝広告に釣られてやってきた。バルザックは早くも歓声をあげた。

僕のフィレンツェ出来の二つの道具に一万フランを払って、王室へそれを二万フランで又売りしたいという男があります。その買い手は商人のデュフールに一〇〇〇フラン約束しています。僕は箪笥しか売りたいとは思いません。四方八方から見にきます、骨董商人さえやってきます。そしてこちらが肝をつぶすほどの感心ぶりです。

買う気できた人も、見て感心した人も、仔細に品物を観察するに及んでやはり手を引いてしまったらしい。三月になってもまだ契約は結ばれず、これがほかのものなら今ではだれでも自分の間違いに納得がいくはずであった。ところがバルザックは、その空想のなかでかえってその値段をぐんぐん高めて行った。

二つの道具のうち手もとにとどめておきたい片方がいまここにあります。あらゆる讃辞、あらゆる感嘆の言葉を越えた見事さです。しかし僕はそのどちらもずっと手もとに残しておくことはしないでしょう。ここで一番有名な骨董屋はこれを六万フランと評価しました。これを修理した職人は、書き物机の細工だけで二万五〇〇〇フランのものと踏み、三年はかかった仕事に違いないといっています。唐草模様はラファエルの作といってもおかしくありません。僕はロンドンでサンダーランド公爵、あるいはイギリス上院議員、あるいはロバート・ピールといったような人がこれに三〇〇〇ポンド支払う気があるかどうか、これから調べてみます。この道具が僕のうちを出て行くときは僕の借金を支払ってくれるでしょう。それまでは手もとにとどめておきます。

またもや一月過ぎ去ったが、三〇〇〇ポンドのうちただの一ポンドも姿を現わさなかった。しかしバルザックはあとに引かなかった。驚くほどのねばり強さで新しい計画をでっちあげた。彼は「家庭の美術館」という雑誌にこの「王室にふさわしい家具」の複写を掲載させ、その出版権として五〇〇フランを雑誌社に支払わせようとした。そうなると二つの家具はもう一三五〇フランかかったわけではなく、八五〇フランにすぎなくなる。

しかし春もすぎ夏もすぎた。複写は出版されず、買い手も一人として現われなかった。

十月に一筋の希望の光がさした。

　大変なニュース。ロートシルトが僕のフィレンツェ家具をほしがって、そのうちきっとそれを見に僕のうちへやってきます。僕は四万フランはほしいと思います。

すなわちこの買物を種に夢みた三〇〇〇フランを、あらゆる宣伝広告にも拘らず一年かかっても儲けることができなかったバルザックは、当てにならないお世辞を真に受けて、またまた数字を四万に釣り上げたのだ。ロートシルトの訪問についてはその後二度と聞くことはない。そのかわりデヴォンシャー公爵が問題となり、バルザックは「もしこれが成功したら。ああ、事情はまるで変ってくるんだが。」と、うめき声をあげた。しかしもちろんそこからは何一つ生れなかった。いささかも「変ったこと」は起きなかったし、これからも変ったことは決して起きはしない。彼は翌年オランダ国王をめあてに最後の試みをしたが、今や捨鉢になって七万フランというまったく馬鹿げた値段を打ちだした。パリで手に入れそこなった値段の十倍である。彼はこの目論見のために友達のテオフィル・ゴーティエさえ動員した。

　フィレンツェ家具について新聞の文芸欄に記事を一つ書いてもらうために、僕はゴーティエを必要としています。版画をつくるのにもはや一週間しかありませんが、その試し刷りを一枚手に入れてオランダ国王に送ってやります。版画は大変な騒ぎをひき起すでしょう。

　しかしこの騒ぎもやはり収まった。彼は王家の二つの道具と引替えに七万フラン、五万フランはおろか五〇〇〇フランさえ眼にしなかった。そしてそのまま死んでしまったお蔭で、これがその後ドルーオ館の競売でどんな馬鹿げた安値をつけられることになるか知らずにすんだ。

＊

家具や磁器、箱や箪笥が未来のわが家のために山のように積み重なった。これらの宝物の番をすることは並大抵のことではない。というのは、借金とりが相変らずバルザックのあとをつけているからだ。そこで何はさておき家のこと、――ハンスカ夫人の名義で登記される家のことを考えるべきときだった。そうしておけば指一本ふれられないだろう。この場合もバルザックの出発点は割合に控え目だった。彼の計画によると、二人はパリで「ひどく簡単な生活」を送ることになる。もちろんこのまったく簡単な生活でさえ一年に少くとも四万フランはかかるだろう。それ以上安くあげるわけにはいかないと彼は説明した。なぜならヴィクトル・ユゴーは二万フラン使っているが、「まるで鼠みたいな暮しです。」

　さてバルザックにとって家を買うということは、ほかの人たちの場合のように単に寝起きのできる建物を手に入れるということを意味しない。ものを買うということはバルザックの場合、いつも何かそれで儲けたいということなのだ。

> 家を一軒手に入れたいというのは三年このかたの考えですが、それはひとえに経済を考えてのことです。家を一軒手に入れて、それで得な取引をするというのはごく当り前な考えです。

　そこで彼は探しまわり、何か見つかると、いかにも格安な値段だというふうに自分のほうから暗示にかかる。パッシーのある家は一〇万フランのはずだった。しかし彼の勘定によれば、実際には六万フランにしかつかない。

なぜというとパッシーにこれから道路が一つできるのですが、丘を避けるために五〇万フランかかるでしょう。その道は、高台になっているわれわれの地所の二間ばかり下を通りますが、地所の一部分は買上げになりましょう。賠償でそれが一万フランにはなるという話です。おまけにその地所のフランクリン街に面するほうにも、売れば三万フランになるところがあります。

十二月、ムーソーで一つの地所を見た。「われわれはそこで確実に元手を倍にすることができるでしょう。」次に彼はモンパルナス街で一軒の家を見つけた。

私たちにまるで手袋みたいにぴったりはまるでしょう。

ただほんのちょっとした工事が必要だった。「一部分とりこわさなくてはなりません。」内部をすっかり模様がえしなければならないのだ。そうなると一二万フランはかかるだろう。この無駄な物入りは、儲かる地所を別に買い足すことによって造作なく取返しがつく。

これは出版社に印刷所、印刷所に活字鋳造所というふうに買い足していった彼の発足時代の古いやり方である。

春になると彼の眼はあてどなく田舎へ向けられる。そこではまったくただで生活できるばかりでなく、静かにに地価の値上りを待つことができるのだ。土地こそ利潤をもたらす投資だ。田園生活はなんと簡素だろう。

ヴーヴレーの葡萄園はちゃんと利潤をあげるでしょう。しかもわずか二万から二万五〇〇〇フランで買えるでしょう。

しかしトゥーレーヌで葡萄園と果樹、台地とロワール川の素晴らしい眺望づきの城館《シャトー》がそっくり一つ買えるときに、そんな葡萄園を買うなんて愚の骨頂だろう。それも二、三〇万フランの値段ではなかろうか。バルザックはこれをただも同然の値段で手に入れるわけだが、しかも彼は念入りに計算している。

あなたは嬉しくて跳びあがるでしょう。モンコントゥールが売りに出ます。三〇年来の僕の夢がいよいよ実現、というか実現できることになりました。

内金として現金はせいぜい二万フラン払えばよい。あとは地所の一部をいくつかに分けて売る。地所の葡萄園だけでも、——一〇年の平均価にもとづくもっとも確実な計算によれば、五分の利回りを保証されている。またこれらの葡萄畑から一〇アルパンの土地を割いて、四、五万フランの現金に換えることも造作なくできる。こうすれば買入れの費用はそっくり帰ってくる。そしてその手紙はおしまいごろになるとまた抒情的になる。

　モンコントゥールや、小さな塔が両側についていたかわいいお城を覚えておいでですか。お城はロワール川に影を落としていて、トゥーレーヌ州どこでも見渡せましたね。

　昔の学校友達が彼のために交渉してくれた。しかしこの計画も恐らくまだあまりにも小さすぎたのだろう。バルザックは、ほんとに巨大なものだけが実際は安くつくのだという議論を精力的に主張する。

　ちょっとしたものは、世間には小金をためている連中などザラですから、かえって法外な値段です。得な取引をするには大物に限ります。

とすればサン・グラシアンの城館《シャトー》がいけないわけがあろうか。持主はキュスティーヌ氏といって、ちょうどレ・ジャルディー荘でのバルザックのようにそこでおちぶれていた。

サン・グラシアンに彼は三〇万フランかけているのですが、一五万フランなら誰にでも売ると僕にいいました。しまいにはただで手離すようになるでしょう。

キュスティーヌ氏はしかしバルザックではなく、やはりただでは地所を手離さなかったらしい。バルザックは更に探さなければならなかった。一八四六年の秋になってやっと、最後的な家を見つけた。すなわちフォルテュネ街のボージョン荘である。これは十八世紀に建てられたもので、大革命前にはさる富裕な収税請負人のものだった。今や王室の茶碗、王侯の簞笥や書き物机、本物のホルバインやロイスダール、重さ一〇〇ポンドのシャンデリアなどがそこへ運び込まれた。そこは「バルザック美術館」、彼のルーヴル、そして魔法のように無から傑作を生み出す彼の芸術の記念碑になるはずだった。しかしのちに友人のゴーティエがこの邸を見物にきて、バルザックがいつの間にかほんとうに大金持になったに違いないといって驚いたとき、彼は悲しげにこう否認したものだ。「違うよ、君。僕は前よりかもっと貧乏なんだ。この豪勢な品物は一つとして僕のものじゃない。僕はこの御殿の門番にすぎないんだ。番人にすぎないんだ。」なぜなら彼は債権者を顧慮して慎重に構え、さしあたりまず仕事机のおいてあるパッシーの質素な隠れ家に相変らず住んでいたからだ。われわれにとって真の「バルザック美術館」はボージョン荘の絨毯やゾッとするような青銅の品物やシャンデリアではなく、彼の原稿などもあるこの簡素な家である。人は、――最も天才的な人でさえ、その本来の仕事に誇りをもたず、もっとずっと楽で安価なもので畏敬や感嘆や尊敬を買おうとするが、それが人生の定めである。蒐集家バルザックはそのいかにも特徴的な例だ。

第六篇　事の成就と終り

第二十三章　最後の傑作

一八四三年、四四年、四五年の三年間は何かとあせり抜いた年月であった。偏執狂的に仕事に没頭するのがバルザックの根源の力だが、その力が打ち砕かれて、——いやもっと適切に言えば一時中断したように感じられる。一五年ほど絶えず創作活動をしてきた彼も、この数年は主として蒐集家だった。言葉どおりの意味でそうだったし、もっと純化された意味でも蒐集家だった。時計、磁器、絵画、家具などを集めたばかりでなく、それまで生活にかまけて手が届かなかったあらゆるもの、——ひまな時間、女性との散歩、異境で誰にも脅かされずにすむ長い恋の夜、上流の崇拝者たちの讃美などを集めた。彼の全生産力は向きを変えた。小説原稿のかわりに、彼自身の人生小説を幸福な結末に持っていこうと努めた。

この時代バルザックの生命力が生活のほうに向けられ、創造的なものからそらされたことは、彼の芸術を見ればわかる。一八四一年と四二年、彼はなお「暗黒事件」や「ラブイユーズ」のような雄大な作品を創作した。前者は、細部にわたれば本当らしくない個所もあるにはあるが、大きな政治的陰謀をたとえようもなく彫塑的に描いた政治小説である。後者の性的隷属という問題におけるその近代性と洞察に、彼の同時代人はまるで気がつかなかった。彼はそれから「幻滅」を完成した。パリの文芸や演劇の世界、すなわち技巧的なものや人為的な成功が幅をきかせる世界の断面を描いたものである。「浮かれ女盛衰記」がそのあとに続いた。文学の世界と金融の世界がこの作品で一つに結びつけられた。彼のヴォートランの姿が再び現われ、そして一つの大きなパノラマのように、彼は旧作のいろんなテーマをこの一作に集中した。時たま通俗小説や探偵小説畑へ踏み込むが、そうした脱線にも拘らずこの小説ほどパリとパリの社会をよくつかんでいるものはない。作者はこの作品で、あらゆる危険を冒してジャーナリズムに復讐し、彼の作中人物を誘惑したように彼自身をも再三誘惑した金銭というものに仕返しをしてしまった。

　しかしもはや長篇「農民」を完成することはできなかった。彼はこの小説で都市と農村の抗争を描き、一つの大きい社会学的な問題を論じるはずだった。パリの株式取引所や文壇で行われる闘争は、その原始的な形をいまだに農村の百姓のあいだにとどめている。田舎で問題となるのは眼で見ることも手で触れることもできない価値ではなく、現にある地面、土地、一つ一つの地所なのである。バルザックは長年この小説と取り組んだ。決定的な作品となるに違いない気がした。彼は再三この作に立ち戻った。とにかく第一部を公けにして無理にも全部片づけようとした。しかしやはり一旦中止しなければならなかった。そこで彼はその何年かのあいだに、もっと小さな、それほど重要でない作に手をつけた。長篇「ベアトリックス」、――わずかに最初の何章かが芸術的作品と見なされているが、――彼はそれに不自然で感傷的で生気のない結末を糊ではりつけるようにつけ足した。また「夫婦生活の悲惨」のようなくだらぬものも書いたが、これはむろん多くの機知と魅力で薬味をきかせてあるけれども、以前書いた「結婚の生理」のムシ返しにすぎない。中篇小説「モデスト・ミニョン」はハンスカ夫人がテーマを提供したもので、そのため「あるポーランドの女性に」とあるように彼女に捧げられたが、これなどは彼の模倣者の作品だといっても通るような代物である。するどいライオンの爪、――この作家の真の力強さはどこにも感じられない。彼は一つ一つのほんとうの仕事に対して偏執狂の法則を打ち立ててきたわけだが、今や自ら逆の意味でその証拠を提出した。かつて彼は、芸術家が長らく仕事から遠ざかったような場合、再び仕事にかかるにはまずよく手を慣らさなくてはならないと言ったことがあるが、その彼があまりにも長いあいだ仕事場を離れすぎた。半日家を探したり、骨董商の店先をあさりまわったりでは、誰しもペンをとることはできない。この時代の彼の手紙には、何ページものあいだ一言半句も仕事について、それどころか仕事の計画についてさえふれていない文面がいくらもある。問題はただもう家具とか社交界とか、どうでもいい下らないことばかりだ。精神集中の法則は破られてしまった。

＊

バルザック自身それに気がついていた。申分ない働き手だった彼は、自分の手首がどんな働きをするかよく心得ていた。「ひとえに生活に身を委ねる喜び」という別の喜びを知って以来、仕事に対する喜びをなくしてしまったことを知っていた。一八四六年一月、ナポリ滞在中のハンスカ夫人にあてて、こう書いている。

> 精神も理解力も動きません。……すべてが僕をうんざりさせ、すべてが僕には不愉快です。

「農民」の稿がはかどらなくても、または「プチ・ブルジョワ」が（これはそれ自体甚だ重要ならざる仕事だが）やはりそうであっても、もはやイライラしなかった。相変らず仕事をするにはしたが、それはただもう借金を返すためで、芸術的なものにはとかく関心がないように見受けられることが往々あった。そういう関心は、家の設備が一応ととのうときまで一時おあずけとなるのである。三月、突然彼は何もかもほったらかしてローマへ急いだ。

帰ってくると、「これからうんと仕事をしなくてはなりません。」といういつものきまり文句を添えて、追いかけ追いかけハンスカ夫人に手紙を書いた。三ヵ月のあいだ（「二人が結婚するために、せいぜい一五日間だけは仕方がないとして」）中断なしに昼夜兼行で仕事をすれば、まだ残っている六万フランの借金は返せるに違いないというふうに、またもや彼は思い込んだ。芸術的霊感については、もちろんわれわれはまだ何も聞くことがない。六月二日、ついにこう彼女に知らせた。「この二四時間来、僕はガツガツするような活力を身内に覚えます。」そして十二日には、「僕は『農民』と中篇の構想にかかっています。」

六月十五日、早くも二つの新しい作品の輪郭が出来上った。

僕がこれから書こうと思うのは次のようなものです。第一、『人間喜劇』で二、三葉（一葉は刷上り一六頁）になる「ポンス老人」という題の貧しい縁者の物語、その次が一六葉になるでしょうが「従妹ベット」、その次が「ある初審裁判所検事の悪事」。

前にいった中篇は二つになった。しかしバルザック自身にもまだその構想の広さと深さの見当はつかなかった。手紙で知らせた作品の分量が示すとおり短い物語で、長篇にはならないだろうと思い込んでいた。

彼はこれまで作品の分量ばかり計算してきた。バルザックがそうするのは、彼が本というものをどれだけの収入をもたらすかという見地からしか見なかったことを意味する。「農民」と「プチ・ブルジョワ」と「従妹ベット」によって、今度こそ借金生活も決定的に打止めとなるはずだというふうに勘定していた。しかし不意に昔の功名心が目覚めた。これらの作品の腹案を立てているうちに、芸術家としての使命を感じ、そして創造の喜びとほんとうの仕事をしたい野心がついに再び彼をとらえたのだ。六月十六日付の同じ手紙で、彼はなすべき仕事を自分に割り当てた。

> 　いまさしあたり必要なことは、俗悪文学のニセ神様どもを打倒するところの、そして僕が旧に倍して若々しく、新鮮で、偉大なことを証拠立てるであろうところの重要作品を二、三篇書くことです。「老音楽家」とは親戚から不当に侮辱を加えられる貧しい男で、人情に厚い男です。「従妹ベット」とは親戚から不当に侮辱を加えられる貧しい女で、三、四軒の親戚に身を寄せて暮し、苦しんだことについて逐一仕返しをする女です。

　金銭上の問題や土地の投機や北部鉄道株や磁器の食器などについて、さんざおしゃべりをしたあげく、再び実際に芸術創作への意志が働き出したのは見ていて気持のよいものである。いつもの宿命的なやり方に従って彼は、小説の分量がどれほどになるかまだ見通しもつかないうちに、早くも出版社と報酬の件で掛け合った。しかし一旦それがきまると仕事に没頭した。以前の仕事時間が再び採用された。外部生活の誘惑や刺戟が、骨董商から絶えず送られてくる品物ともども、今や厄介な、うるさいものになったというような言葉が見出される。

> 絵の入っている荷箱がいま全部荷解きされていたらどんなにいいだろうと思います。待ちこがれていた美しいもの、またそれがどんな状態か知ることの不安、そういうものがあまりにも激しく僕に働きかけます。霊感と不眠との絶え間ない熱狂が生み出す興奮状態では、ことにそうです。きょうはもういつもの時間割に立ち戻れましたが、これからも毎日きょうと同じく午後一時半に起きて、月曜までに「老音楽家」を仕上げてしまいたいと思っています。

バルザックは自分でも不思議なほどの素早さで、それこそ一気にこの長篇の構想を立てた。六月二十日、彼にしては珍しい言葉が見られる。

> 「老音楽家」は自分でも大いに満足しています。「従妹ベット」のほうは万事これから考案しなければなりません。

い込んだブロンツィーノはとても本物ではあるまいとか、そんなことしか分らない。そして借金や仕立屋のことが話題になっている。ところが六月二十八日「従兄ポンス」が完成した。バルザックはここ数年聞かなかったような歓声をあげた。

わが愛する心よ、いま「食客」を終えたところです。「食客」というのが「ポンス老人」とか「老音楽家」とか呼ばれてきたものの決定的な題名です。……これは少くとも僕にとって、人の心というものをそっくり含んでいる必然的に簡素な傑作の一つです。これは「トゥールの司祭」と同じくらい大きく、それより一層清澄です。僕は嬉しくてたまりません。いずれあなたのところへ校正刷を持参します。／これから「従妹ベット」にかかります。これは恐ろしい小説です。というのもその主要人物は、僕の母親とヴァルモール夫人とあなたのロザリー伯母さんをつきまぜたような人物になるでしょうから。これは多くの家庭でおこるような物語になるでしょう。

母親に対する怒りや、ハンスカ夫人と彼との人生小説の発端のいきさつに詳しいリレットの運命など、すべてがここに写し出されている。そして同時に「従兄ポンス」は早くも活字に組まれるが、活字に組むということはバルザックの仕事のやり方に従えばもう一度書き直すということにほかならない。芸術家の焦躁が事業家のそれと結びついた。彼は必ずしも内心の要求どおりさっさと仕事をするわけではない。「ああ、きょうはもう七月十五日です。」と、かような傑作をわずか半月で仕上げたことを神に感謝するかわりに溜息をつく。「だのに『貧しき縁者』をやっと終えるか終えないぐらいのところです。『貧しき縁者』は一二葉になり、印税も勘定に入れると一万フラン近くになります。」この馬鹿げた期限がきちんと守られなかったことはもちろんであり、小説は八月になってもまだ出来上らなかった。八月十二日にはたった一日で二四ページ書いた。そして初稿を書き終えるか終えないうちに校正の仕事に飛びこんだ。肉体的にまったくヘタばるまで仕事をした。バルザックがこう報告しているように、主治医は肝をつぶした。

彼にしろ、彼の同僚であり友人である医者たちにしろ誰一人、人間の頭がこれほどまで酷使できるものとは思わないのです。彼は、いずれろくなことにはなりませんよといい、暗い顔つきでそれを繰り返します。こうした脳味噌の放蕩に（彼はこう呼ぶのですが）せめていくらか間をおくようにと拝むようにいいます。僕は「従妹ベット」を六週間で即席にやっつけたのですが、僕のその努力に彼は度胆を抜かれたのです。「いずれ何かきっと致命的なことが起りますよ。」と彼は申しました。事実、何かしらやられたように自分でも感じます。人と話をしている最中、時々名詞を思い出すのにひどく苦労することがあります。休養の潮時がきているのです。

十月、校正仕事の真最中、ハンスカ夫人のかたわらで新たな気力を汲みとるためにヴィースバーデンへ行った。しかし彼はそこでほんとうに休息することができた。夏のあいだに傑作を生み出していたのである。

なぜならもともと「貧しき縁者」という一つの腹案に端を発した「従兄ポンス」「従妹ベット」の二長篇は彼の最大の作品だからだ。働き盛りの時期にバルザックは、これらの作品で彼の芸術の絶頂に達したのである。かつて彼の眼がこれほど明らかだったことも、また彼の表現の腕がこれほど確かで無慈悲だったこともなかった。絶えず追い立てられる過労の濫作家ではなく、十分に休養をとったバルザックが、これらの傑作を書いたのであった。そこには見当違いの理想主義や甘ったるい浪漫主義はあとかたもなく姿を消している。そういうもののお蔭で彼の初期の作品の多くは、今日のわれわれにあまりにも非現実的に思われ、またそのために効果が薄いのである。多くの経験の苦さが、つまり、現実的な世界認識がこの二つの小説に盛られている。もはや何物にも眩惑され威圧されない男、もはや世間的成功や贅沢や優雅などに動かされない男がこれを書いたのだ。そして「ゴリオ爺さん」や「幻滅」に早くもいくらか「リア王」の幻滅があるとすれば、これら最後の長篇には「コリオレーナス」の切るような鋭さがある。時代におもねらず、時代を超越して絶対純粋の作品をつくり出すとき、バルザックは最も偉大である。「従妹ベット」と「従兄ポンス」はただ偶然舞台をパリにとり、ただ偶然時代を十九世紀前半においたにすぎない。これらの作品は人間本然の情念を描いているから、今日のイギリスやフランスやアメリカに、そしてあらゆる時代のあらゆる国々に移しても差支えないだろう。彼の偏執狂の画廊には今や色情狂のユロ男爵と蒐集家のポンスが加えられたが、――なんと素晴らしい小説人物だろう。「浮かれ女盛衰記」に出てくる例のいささか「椿姫」式に描かれすぎた「しびれえい」（エステル・ヴァン・ゴプセックの綽名）、――パリ好みに仕立てられた「とりわけ」淪落の女のあとに、要するに少々芝居掛った高級娼婦のあとに、今やほんとうの生れながらの娼婦、あのマルネフ夫人、誰にでもわが身を売るあの町家の人妻が現われる。そしてそのそばには他に比類のない従妹ベット、――あのリレットを悪魔にしたような女、ただ嫉妬するばかりで何一つ楽しむことを知らず、男女の仲を取りもってひそかによこしまな喜びにひたる老嬢。その上にまた、名声の輝きがまだいくらか残っているあいだは辛抱してもらえた従兄ポンスの、貧しい縁者の悲劇。家政婦シボにおける貪欲の衝動。金銭を追い求めて純な人や無邪気な人をだます狡猾な連中や悪漢の群。もっと前の作品でヴォートランが恐らくあまりにも悲壮な調子で表明したところのものが、ここでは極めて強く劇的に対比されている。これら最後の長篇小説においてリアリズムや感情の真や情熱の透射が達成されたが、フランス文学はその点でこれを凌ぐものをもはや生み出さなかった。

*

芸術家にしてこれら晩年の作品におけるバルザックほど堂々とおのれの芸術に別れをつげた例はまずない。これらの作品から推測できることは、彼がもしもまだ一〇年、いやほんの五年でもよいから十分働ける歳月を与えられていたとしたら、『人間喜劇』はどんなものになったろうかということだ。「農民」では定めし都市と農村の決定的対決を取りあげ、清純な自然人の登場するジャン＝ジャック・ルソーのかんばしい田園ではなく、――ちょうどあるがままのパリを見せたように、あるがままの農民を見せたことであろう。「戦闘」その他軍隊生活ものの長篇小説では戦争の姿を描いたことであろう。以前彼は「田舎医者」でナポレオンをほめたたえたことがあるが、そんな抒情的な形ではなく、実際あるがままの戦争を、である。「暗黒事件」において早くも彼は、伝説中心の歴史把握をはるかに超えて一段と写実的な叙述に到達したことを示している。演劇の世界、幼年期、少年少女の寄宿学校生活、学者、外交官、代議士の行状、ヴァンデ州の百姓一揆、エジプトのフランス軍、スペインのイギリス軍、アルジェリアの植民地戦争なども見せてくれたことだろう。いわば何もないところからわずか一〇週間そこそこで「従妹ベット」と「従兄ポンス」を生み出した彼のこととて、その上なにをやってのけたか想像もつかないほどである。これまで悪いお手本に従っていつもメロドラマふうのものばかり書いてきたが、戯曲の方面でもまさに模倣から抜け出すところだった。債務者が逆に債権者を取っておさえる喜劇「ぺてん師」、——その時分「メルカデ」と呼ばれていたものは、この領域における彼の最初の最高の仕事である。死後上演されたバルザックの戯曲のなかで、大きな成功を収めたのはこれ一つだった。彼の力がかつてこのときほど素晴らしい集中を見せたことはなかった。今にして初めて彼は、小説にしろ戯曲にしろ何をなすべきかを知り、その使命の本質的なものがなんであるかを認識したかの観がある。

しかし今度こそ最後的に身も心も疲れはてた。バルザックは右の二つの作品を完成するかしないうちに何もかも投げ出した。休みたいのだ。じっくり徹底的に休みたいのだ。どこかへ行きたかった、——できるだけ遠くへ、そして短い訪問の旅でなく。彼は最後の大した踏んばりで休息の権利をかせぎ出したように思った。そこでフランスを去って、ウクライナのヴィエジュホヴニャに住むハンスカ夫人のもとに旅立った。

第二十四章　ウクライナのバルザック

一八四六年秋、ほんのしばらくだったが、バルザックのやたらにかき乱され追いまくられる生活がそれでもやっと落ち着くかに見えたことがあった。ハンスカ夫人が彼をなだめすかすために繰り返し用いてきた逃げ口上も使えなくなる日がきた。愛する娘を縁づけないうちは自分の再婚のことなど考えるわけにいかないと言っていたのだ。ムニシェヒ伯爵は伯爵令嬢アンナと一八四六年十月十三日ヴィースバーデンで結婚した。バルザックもそれに列席し、改めて希望でいっぱいになった。彼はかねてレジオン・ドヌール勲章を授かるのに必要だと称して、用心深く戸籍書類を取り寄せておいた。彼を知っている人もハンスカ夫人を知っている人も殆どいないメッスの町でひそかに婚礼の式をあげようと、万端の準備をととのえていた。彼と少しばかり交際のあったメッスの町長がこの計画にまきこまれていた。戸籍登録、――といっても単にフランスでだけ有効なのだが、それは夜中にこっそり町役場ですます段どりになっていた。結婚立会人のうち二人はこの目的のためにパリからくるはずだった。二人というのは友達でもあり主治医でもあるナカール博士の息子と、今一人の知人だった。ハンスカ夫人はいよいよという日までドイツ領のザールブリュッケンに逗留し、日が暮れてからメッスに来ることにしてあった。それから教会での結婚式はドイツで挙げる手筈になっていた。メッスの司教もしくはパッシーの司祭が結婚の許可を与えるであろうし、そうなればヴィースバーデンの司祭が結婚の式典をとり行って差支えない段どりとなる。もともとこの結婚はロシアに知れわたってはならないことなのだから、このような小説的に込み入った準備もたしかに必要やむを得ないことだった。バルザックはこんなふうにせき立てた。「今夜のご返事を待っています。それから言っておきますが、僕は毎時間あなたで生きているんです。これは今や二重の意味でほんとうです。」——というのはある事情が、この結婚を一層猶予ならないものにしたからだ。イタリアでの結婚前の素晴らしい数週間が、何かの結果なしにすまなかったことにいささかの疑いもない。ハンスカ夫人は四十五という歳にも拘らず一子誕生を待っていた。そしてバルザックは例によって早合点で楽天的な性分から、それが男の子に違いないと思った。彼は早くもヴィクトル・オノレという名前を用意した。

　しかしハンスカ夫人は決心がつかなかった。この期に及んでもやっぱり娘から離れたくないのだ。自分で結婚するよりむしろ娘の新婚旅行に同行するほうがいいのだ。そこでバルザックは苦心して入手した書類をみんな旅行鞄にしまいこみ、入念にお膳立てした計画をあきらめ、手ぶらでパリへ帰って「従兄ポンス」と「従妹ベット」の校正に当らざるを得ない羽目になった。ハンスカ夫人がほんとうにバルザックを愛していたかどうかという論争問題をどう考えようと勝手だが、ただ一つ確かなことがある。それは娘とバルザックのいずれを取るかきめなければならない場合、彼女はいつも娘のほうを選んだということである。娘の結婚も、後年の彼女自身の結婚も、親子のあいだのとりわけ親密な関係を打ち砕くことはできなかった。二人はめいめいの愛人なり夫なりをどこか無頓着に、傲慢な態度であしらっていたものだ。

翌年二月、ハンスカ夫人がパリに行く決心をすると、バルザックは取るものも取りあえずフォルバッハへ駆けつけなくてはならなかった。二人の関係はいつもそんなふうだった。彼女が旅行に出ればそのお供をしなければならなかったし、彼女がやってくる気になれば迎えに行かなくてはならなかった。彼はこれが最後とばかり腰の低い農奴や下僕の役目に甘んじた。その日その日がかぎりなく大切であり、その仕事が全世界にとって重要だったこの男が、彼女の合図をつつしんで待たなければならなかった。そして即座に一切を投げ出し、夜を日についでジュネーヴ、ナポリ、ヌーシャテル、ウィーン、フォルバッハへと、彼女の御機嫌をうかがいに駆けつけた。

ハンスカ夫人の二度目のパリ滞在はまったく秘密につつまれている。多分新しい家のことで一緒にあれこれ計画をめぐらしたのだろう。子供が生れた。しかしそれは流産だったか、生れてすぐ死んだかのどちらかであった。――事情は殆ど明らかにされなかったが、うなずけることではある。子供は女だった。バルザックは、世間の父親にありがちのまったく自然のままの遠慮なさを発揮して、その事実に大分悲しみがやわらげられたと、次のように書いている。「ひたすらにヴィクトル・オノレであってくれと願っていたのです。ヴィクトルならば母親の膝下を去らないでしょう。二十五歳までわれわれの手もとにおいておけたでしょう。なぜといってわれわれはまだこれからそれぐらいのあいだは一緒に暮せますから。」しかし今度もハンスカ夫人は決定的な処置を後日に延ばした。いつも何かしら新しい口実を見つける。いつも一息つくことが必要なのであり、親しく彼を知れば知るほど、彼と決定的に結ばれることに不安がつのるらしい。今度は、身辺の整理をするためにどうしてもヴィエジュホヴニャへ帰らなければならないと言いはった。バルザックは素直に彼女をフォルバッハまで送って行き、それから自分はパリの仕事机に戻った。

＊

永遠の楽天家バルザックは、間もなく彼女のあとを追うことができると期待をかけていたのだ。もはや彼は、前払いで稿料を受けとってある「農民」だけ仕上げればよかった。旧友のヴィスコンティ夫妻のところで借りた第二の借金一万五〇〇〇フランのほうは、いずれ戯曲を書いて返すはずだった。しかしこんなことは初めてだが、体がもう言うことを聞かなかった。バルザックにとって恐ろしい体験だったに違いない。「従妹ベット」の奇蹟は繰り返されなかった。医師は彼に警告した。彼自身も不安を感じた。そして出版者も編集者も彼を信用しなくなった。「ラ・プレス」紙の編集者ジラルダンが「農民」の稿料を支払ったのは数年前のことだった。彼はパリ中に鳴りひびくバルザックの精力を信用して、すでに二回この小説の紙上掲載をはじめたことがある。というのもバルザックは決して新聞や出版業者を見殺しにしたことがなく、最悪の場合、ほかにどうしようもなくなれば別の作品を代りに提供したからだ。今度はしかしジラルダンも、原稿を全部入手した上でなければ連載をはじめるわけにいかないと言いはった。今やバルザックは生れて初めて文学の領域でも屈服を余儀なくされた。生れて初めて「私にはできません。」という言葉を口にしなければならなかった。彼はこの敗北を自分にも隠そうとして若干の金を手に入れ、――どこでどうしたのか分らないが、とにかく少しの額を残して前借を返した。これは四半世紀にわたり苦役に服していた牢獄から解放されるために納めた身代金である。さてそこで彼は、世界の向うのはしのヴィエジュホヴニャへ逃げ出すことにした。婚約者を迎えに行ってこれと結婚し、そしてついに、――今度こそついに夫となり百万長者となって戻り、新しい家で気楽に誰の厄介にもならずに暮すためだった。彼の心を占めるのはもはや将来の幸福という考え、というよりむしろ彼の生活を決定的に築きあげたいという夢よりほかに何もなかった。そして今度の家がかわいいばかりに、もともと大嫌いで、手紙でいくら悪態をついてもつき足りなかった母親とも、いわば手を握って和解した。七十になる老母は彼の気持を知っている唯一の人であり、また彼にしても彼女の辣腕と農民的な倹約ぶりには信頼がおけるので、貴重な財産の監視役を母親に委ねたのだ。かつて借金とりとの戦いに際してカシニ街の家から逃げ出さなければならなかった時も母親を起用したが、あれとまったく同じ筆法である。誰かほんとうに頼りになる人が必要になると、いつも頼みに行く先はこの老母であった。そして彼は、殆ど小説じみた感じのする監視の指令を出した。それによると母親は時々、近日中にバルザック氏が帰宅するだろうと言って召使を脅かさなければならなかった。それを毎週やらなくてはならなかった。「これをやられると、召使たちはいつも気を張っているでしょう。」

彼女は宝物がぎっしり積み上げてある「小さな家」を入念に見張らなければならなかった。「ハンスカ夫人は高価な品物があんなに沢山詰め込んであるあの家に最大の不安を抱いている。それらの品物は六年間の貯蓄の結実なのだ。何か盗まれるかもしれないし、どんな不幸が持ち上らないともかぎらない。」と、彼は妹への手紙に書いた。そして満足そうに母親にこう述べている。「二人の召使はどちらも読み書きを知りません。僕の筆跡や署名が見分けられるのはお母さんだけです。」

つまるところ頼りになるのはこの年老いた母のほかに一人もないのだということを、彼はこのときになって初めて知った。

　さてそこで長い旅路についた。

＊

　バルザックの時代、ヴィエジュホヴニャへの旅は一つの冒険だった。彼は次のようにいっているが、もっともである。

　僕は地球の直径の四分の一を踏破した。……これが倍の長さだったら、ヒマラヤのかなたに行っていたろう。（妹への手紙）

　当時、普通の旅行者ならばかような大旅行には少くとも二週間を必要とした。しかしバルザックはこの場合も桁はずれなことをしたい野心にかられて、どこにも逗留せず一気にのした。八日そこそこで目的地につき、友人たちの家にひょっこり現われた。彼の到着を知らせるはずの手紙より一〇日も早かった。

　彼の第一印象は恍惚状態に近かった。バルザックの燃えやすい心は何事にあれ、いつもすぐ感激するが、富裕ということほど彼の心を酔わせるものはない。このヴィエジュホヴニャはたしかに豊かだった。友人たちがどれほどほんとうの大名らしい規模で暮しているかを、彼は初めて目のあたりに見た。城館《シャトー》は部屋が途方もなく沢山並んでいて、いわばルーヴル宮の観があった。領地も月並の領地ではない。フランスの県と殆ど同じくらいの大きさである。彼は、一度も肥料をやらないのに穀物が実るウクライナの肥沃な土地や、ハンスキ家の所有にかかる広大な森林や、夥しい使用人に眼をみはった。そしてバルザックの内なる反動家は、奉公人たちについての所見をこんなふうにいい気持で述べている。

> 彼らは長々と腹這いになり、三遍地べたに額をつけ、それからこちらの足に接吻します。ほんとうに平伏するのは東洋だけです。「権力」という言葉が意味をもっているのは東洋だけです。

彼はありあまるほどの銀器と磁器を見、ありとあらゆる贅沢を見た。ここには心配事など何一つないような気がした。そしてこれらの人たち、――ジェヴスキ家とムニシェヒ家の人たちがどのようにして成人したかがおぼろげながら分った。彼らの祖先はかつてフランスの半分の広さの領地を所有していたのだ。ムニシェヒ伯爵は今でも領内に、彼の呼び方に従えば四万の「魂」(農奴)を持っている。しかしほんとうに土地を耕作しようと思えば、実際は四〇万人が必要なのだ。ここでは一切が浪費的で、――バルザックが夢みていたようにひどく豪勢な生活だった。彼はこの城館《シャトー》でわが家のようなくつろぎを覚えた。

＊

生れて初めてバルザックは金のことを考えなくてもすんだ。部屋、召使、馬、車、本、――ほしいものはなんでも思うがままに手に入った。来れば邪魔になる借金とりも影さえ見せず、手紙もろくろくこなかった。しかし人間、もって生れた性質から抜け出すことはできないものだ。万事金に結びつけて考えるというのがバルザックのどうにもならないくせだった。作曲家が感情や気分を音楽に移すように、彼は自分が観察したものをみんな金勘定に置きかえてしまう。相変らず性こりもない投機師だった。ヴィエジュホヴニャに到着するどころか、ハンスキ氏の領地の森林地帯を通過中にすぎないのに、さっそくもう彼は、森の木立を風にさやぐ緑の壮大な樹海と見るかわりに商売の対象と見なした。思い切った放れ業で一挙に一山あてようという昔の夢が再び彼をとらえた。印刷所、活字鋳造所、サルデーニャの銀鉱、さてはロートシルトの北部鉄道株などの失敗、――これらはすべてなんの役にも立たなかった。バルザックは森の木を見た。かと思うとすぐさま、やがて彼の婿になるムニシェヒ伯に材木の投機をやってはどうかと提案した。ロシアの国境にはすでに鉄道が敷かれていて、やがてフランスとロシアを結びつけることになっていた。例によってせっかちなバルザックは、友人たちの森林とフランスの材木市場をつなぐ線を早くも鉛筆で引いてみた。

ところで目下フランスでは鉄道の枕木のためにオーク（かしわの類）が大量に消費されているが、オークは殆どない。オーク材の値段が家屋建築や指物細工で倍になってることを僕は知ってる。（妹への手紙）

それから彼は計算に計算を重ねた。ブロディからクラカウまでの運賃を考慮する必要があった。数ヵ所でとぎれてはいたが、鉄道はすでにそこからパリまで曲りなりにも通じていた。マグデブルク付近のエルベ川とケルン付近のライン川にはまだ橋がかかっていなかった。これはこの二つの河では、安いウクライナのオークの枕木を積みかえねばならないことを意味していた。

「かような角材六万本の積換えは」、――というのも彼はただもうこうした大きな数でのみ勘定あるいは夢想するわけだが、――「ちょっとに片づく仕事ではない。」

彼自ら計算してみて、この角材が一本につき買入れに一〇フラン、運賃として二〇フランかかるだろうということが分った。しかし次にその角材は鋸で引かれて一〇フィートそこそこの何本かの枕木にされるのだ。銀行家を引き入れ、北部鉄道管理部を乗り出させる。

管理部は自分たちの利益からいっても運賃を安くするだろう。すると角材一本につきほんの五フランの利益しかないにしても、諸雑費をすっかり差し引いて四二万フランの儲けを生むことになる。

これは考えてみるだけの値打がある。

バルザックのこの最後の投機も紙上の計画に終ったことは述べるまでもない。

＊

バルザックは数ヵ月間ヴィエジュホヴニャでチヤホヤされて暮した。城館《シャトー》の若い貴婦人たちと一緒にキエフに出かけ、その紀行のなかでキエフの人たちがどれほど親切のかぎりをつくしたかを述べている。キエフのある金持のロシア人は毎週バルザックのためにお寺に蠟燭を一本奉納し、ハンスカ夫人の召使に向って、バルザックに会いたいのだがいつまたくるか知らせてくれたら酒手をうんとはずもうと約束したという。バルザックは城館《シャトー》の、「客間と書斎と寝室からなる心地よい、こぢんまりした組部屋に」住んだ。「書斎はバラ色の化粧漆喰仕立で、煖炉、素晴らしい絨毯、気持のいい家具がついている。窓はどれも錫泥の塗ってないガラスがはまっているので、どちらを向いても景色が見える。」彼は更にクリミアやコーカサスまでの大小の旅行を企てたが、残念なことにそれらは実現しなかった。ところで仕事のほうは何もしなかった。というか、何もしないも同然だった。最近数年間、ハンスカ夫人と一緒の時は仕事らしい仕事をしたことがない。ハンスカ夫人やその娘や婿にとって、バルザックは「起上り小法師」すなわち軽口屋にすぎなかった。これに反してカロー家とかマルゴンヌ家といったほかの友人たちは、彼のうちなる芸術家に最高の敬意を表し、彼の時間を独占するようなことなく、彼が望まないかぎり誰も彼に構わなかった。そこでは仕事がはかどった。しかしここでは違う。生れてこのかた指一本動かしたことのないこの甘やかされてのらくらしている女たちのまわりには、何かほんとうにまじめな仕事と矛盾する雰囲気があった。

それから突然バルザックは、酷寒の冬の最中の一月、パリをさして帰国の途についた。華氏二八度の寒さをおかして旅行しなければならなかった。彼をこんなに急に追い返すものは手持ちの不幸な北部鉄道株の追加払込みの件だと自分では言っているが、恐らく彼の邸についても何か新たな不安におそわれたのだろう。ハンスカ夫人はもちろん彼をひとりで旅立たせた。婚約や結婚については一言も口に出さなかった。彼を知れば知るほど、ますます結婚をためらうようになったのだ。ここウクライナにいればまったく安全に、裕福に、しかも何一つ心配なく暮せることが分っていた。パリでこの見込みのない浪費家投機師と一緒では決して平安は得られない、——多分こんなふうに見当をつけてしまったのだろう。だから彼を、——病気にかかりやすくなっている彼を、大して躊躇もせずに出発させた。ロシアの厚い毛皮の外套を別れぎわに肩にかけてやっただけだった。

＊

生涯のいかなる年であれ、バルザックがちょっと長い旅から帰ってくると、いつも破局、——大抵は自ら招いた破局が、敷居をまたぐ前に早くも戸口で彼を待ちうけていたものだ。今度もフランスの土地を踏むか踏まないうちに一八四八年の二月革命が勃発した。君主政体は一掃され、それと一緒にコチコチの君主々義者であり正統王朝派でさえある彼にとって、政治的進出の機会はすべて消えうせてしまった。三月十八日、求められれば代議士に立候補してもよいと、「コンスティテュショネル」紙に公然と申し出たことは申し出たが、むろんまじめな招請はどこからもこなかった。ただ「万国友愛会」というパリのあるクラブが幾分の好意を示し、政見表明の用意があるなら立候補者のリストに載せようかといったにすぎない。しかし彼はきっぱりことわった。彼を代議士に選出しようとするものは、彼の政治的信念がいかなるものかをすでに全集本で承知しているはずだというのだ。創作の世界では社会の移りかわりを実にはっきり予見し論証した彼が、こと実際の政治となると、彼が手を染めた事業の場合と同じく間違ってばかりいたのはいかにも彼らしい。

ほかにも次々と幻滅を味わわされた。北部鉄道株はどんどん下落していった。いつも望みをかけている芝居の成功は今度も事実になっていなかった。ずっと前から約束しておいた戯曲「ピョートルとエカチェリーナ」はまだ渡してなかった。そのかわりロシアから別の戯曲をたずさえてきた。『心理劇』と銘打った「継母」である。これは実際に五月二十五日歴史座で上演されたが、政治的に不安な時代のこととてなんら望ましい反響を呼ばなかった。彼の最も重要な戯曲「メルカデ」はコメディー・フランセーズ座の審査委員会で万場一致で受理されたが、上演は当分のあいだ延期された。小説についてはこの時分殆ど聞くことがない。芝居にすっかりとり憑かれていたらしい。彼はすぐれた劇作家たちの大同団結を夢みた。戯曲を協同執筆してフランスの舞台を豊かなものにしようというのだ。しかし彼にとって、恐らくこんなことはすべてどうでもいいことだった。文学的功名心の時代は過ぎ去った。家のことだけが大事だった。工事は彼の留守中大分はかどったが、まだ仕上らなかった。そこに繰りひろげられた豪奢とバルザック自身の貧しさとの対照は途方もないものだった。彼を信用しなくなった出版社からは、もはや前借の金を引き出すことができなかった。本屋に渡してもいい新しい原稿もさっぱりなく、彼の最後の出版者スーヴランにはまだ沢山借りがある。新聞とは反りがあわない。時たま、自分はもう忘れられてしまったという気がしたに違いない。しかし憎しみは愛よりもずっといい記憶をもっている。ウクライナ旅行に出発する前、七二一フラン八五サンティームというわずかな金額をのぞいて「農民」の前借を綺麗に返したものだが、バルザックが帰ってきたのを聞くとその日にエミール・ド・ジラルダンはこの残額を請求した。二週間後バルザックは訴えられ、右の金額を支払うよう判決を受けた。一行六〇サンティームの稿料を要求することができた輝かしい時代は過ぎ去っていた。ほんの食事代を手に入れるために、中篇「新会員」（「現代史の裏面」第二部）をあわれな値段で雑誌「家庭の美術館」にゆずり渡さなければならなかった。彼はこれまでよりも一層懐工合が淋しかった。収入の源はすっかり涸れてしまった。あまりにも長く留守にしすぎたのだ。おまけにフォルテュネ街の御殿、つまり彼の言う「質素な邸」のために世にも馬鹿げた出費を重ねながら、一方で金を借りるのはいささか恥かしかった。応接間の壁はダマスクス織の金襴緞子を張りつめ、扉は彫刻するか象牙を嵌め込むかした。書架はべっこう張りで、今日の観念ではゾッとするような書棚だが、これだけに一万五〇〇〇フランかかった。バルザック夫人の死後、ドルーオ館の競売で五〇〇フランでやっと買い手が見つかった代物である。階段にさえ高価な絨緞を敷きつめずにはいられなかった。中国製の花瓶や磁器や孔雀石の皿がいたるところにおいてあった。本物、ニセ物、あらゆる贅沢品がぎっしり並んでいた。バルザックの自慢は「大画廊」だった。この画廊のためにわざわざこの家を選んだくらいだが、もともとこの家は間取りが実にまずく、彼のような幻想家以外恐らく買い手はなかったろう。画廊はまるい屋根をガラス張りにした細長い部屋である。壁は白と金色に塗ってある。彫像が一四体、円陣をつくっている。そこの黒檀の戸棚には、ドレスデンやハイデルベルクやナポリで暇にあかせて買い集めた骨董や素晴らしい掘出し物や美術品が陳列してあった。——本物とニセ物、没趣味なものと趣味豊かなものが雑然と入りまじっていた。壁にはセバスティアーノ・デル・ピオンボ作と称するものや、ホッベマ作と称する風景画や、バルザックが躊躇なくデューラー作と言明する肖像画など、バルザック画廊の六七枚の絵がかかっていた。

一方にこの御殿のための気違いじみた浪費と、他方に彼自身の貧しさと負債という対照は、当然彼の家族との摩擦を生み出した。バルザックは身内のものに向って事実を正直にいうことができなかった。ハンスカ夫人がなぜ結婚を延ばしているかについて、絶えず新しい説明を考え出さなければならなかった。皇帝《ツァール》に直接手紙を書いて許しを求めたがことわられたと話したこともある。これは恐らく九分どおりまったくの作り話だろう。それからハンスカ夫人をロシアに釘づけにしている込み入った訴訟について語ったこともある。いつも彼は、夫人がひどい金づまりに喘いでいるというふうに思わせたがっていた。彼は最初、夫人は財産をそっくり娘にゆずり渡してしまったので、もはやそれは彼女の意のままにならないのだと言った。次には一切の収穫物を焼いてしまったらしいと言った。事実は一生を通じて常にハンスカ夫人は大金持だった。しかしバルザックは身内のものに、愛人と自分の境遇の差をいつも小さく見せようとしていた。双方の家族同士はお互い反目しあった。一方のジェヴスキ家では頑迷なロザリー「伯母さん」が音頭をとっていた。彼女は絶えず姪を思い止まらせようとして、かのパリの文士はあてにならぬ浪費家、どうしようもない馬鹿者だから、お前に迷惑をかけてハンスキ家の財産を使いはたしてしまうだろうと言った。――他方のバルザック老夫人とその娘は、バルザックの婚約者を高慢ちきな自惚れの強い貴族、冷酷無情な利己主義者としか見なかった。二人に言わせれば彼女はオノレを「召使」の地位に落とし、病弱な彼の健康を顧みることなく地球の半周を東奔西走させるというのだ。

七十になるバルザックの母親は、かねてフォルテュネ街の御殿の番人の役目と造作仕上げの監督を辛抱づよく引受けていた。出入りの商人と渡り合って値切ったり、借金とりを追い払ったり、召使たちを監督したり、金銭の出納をつかさどったり、それは気骨の折れるありがたくない仕事だった。老夫人は万事引受けて勇敢にテキパキやってのけた。しかしこの新しい家での彼女の主権は、家の設備が仕上るときまでしかつづかないということをよく承知していた。当座の手伝いに呼ばれたにすぎないことを心得ていた。この贅をつくした御殿が御意に適って、ポーランドだかロシアだかの王女が本気で引き移ってきたら、この自分には裏手の一部屋さえ与えられそうもないということもはっきりしていた。恐らく最後の塵あくたと一緒に御殿から掃き出されることだろう。長いあいだ番をしてきた邸の戸口で息子の妻を迎えることさえ許されないだろう。――そして事実はまさしく彼女の恐れていた通りになった。これまでハンスカ夫人は、愛人であり婚約者であるバルザックの母親の安否を、手紙でほんの一言でもおたずね遊ばされたことはなかった。まして老母の骨折りに感謝する気持など薬にしたくもなかった。

気まずい思いが昂じていったのは尤も千万だった。たとえばフォルテュネ街から娘のいるシュレーヌまで乗合馬車で行っても差支えないかどうか、——七十歳の老婆はわれとわが胸に一度どころか何度となく訊きただしたものだ。彼女が家令として管理している御殿では勘定は数千、数万フランという金高になるのに、自分のことだと二スーの支出も莫大なものに思えた。そこでは、甚だ平民的なバルザック夫人を容れる席はまったくないような王侯的生活が用意されつつあった。したがって一家は、やがて親戚となるはずのロシアの貴婦人に対して非常に懐疑的だった。巨万の富を相続した女だのに、その婚約者が老母から借りた金を払ってやる気など毛頭ないこと、少くとも老母の請求に対して公証的に適法な終身年金を贈ることさえ念頭にないことに一家は驚き入ったが、あながち間違っているとは言えない。オノレがいくら断言しても、ハンスカ夫人が結婚をためらっている事実は母親の眼を逃れるわけにいかなかった。当然のことながら母親は、この拒絶の蔭に思い上った気持がひそんでいるものと推察した。一方ハンスカ夫人のほうでも、パリに引き移るのを無性に嫌がったことは疑いをいれない。パリではかような老母や妹や義弟や平民の下郎たちと交際しなければならず、その上こんな連中と一緒の生活さえしなければならないだろう。金ピカの贅をつくした御殿はバルザックに不愉快をもたらすだけだった。この御殿を実際に楽しむことはできないだろう。何かを享楽しようとすると、いつもバルザックは運命から罰せられるのだ。

＊

邸の用意がほぼ出来上った今となってはどっちみちハンスカ夫人もやってくるだろう、こういうのが恐らくこの幾月かの間のバルザックの期待だったらしい。しかしやさしい感情や永遠に結ばれたいと願う気持は、まずこの大作家の側にしかない一方的なものであって、ヴィエジュホヴニャの女城主はフォルテュネ街の家に移り住む気など毛頭ないということが、事あるたびにはっきりしてきた。そこでバルザックは冬の寒さのまだ訪れてこない九月末、――一月の帰国の時には寒さでさんざ苦しんだものだが、地球の周囲の四分の一を旅行する決心を、よかれあしかれ固めなければならなかった。またもや、――はて何度目のことだろう、このいやにつつしみ深い愛人を結婚の祭壇に引きずり出そうとするためにである。

その前にもう一度アカデミー・フランセーズの会員になろうと試みた。シャトーブリアンといま一人の不滅の人(アカデミー会員のこと)、――その名前は今日とうの昔に忘れられてしまったが、その二人が死んだので椅子が二つあいたのだ。バルザックは立候補の届け出をした。今やパリの慣例に従って、できることなら他のアカデミー会員三八人を訪れて支援を乞うべきだったろう。しかしバルザックにはもはやそんな暇がなかった。冬がくる前にロシアに行かねばならないのだ。そこで選挙の結果は運命に任せた。事のなりゆきは悲しむべきこと、――われわれから見ればむろんバルザック本人にとってよりもアカデミーにとって一層悲しむべきことだった。すなわち『人間喜劇』の作者には全部で二票しか投じられなかったのである。ノワイユ公爵というのとほかにいま一人、――その不滅の功績はもはや誰一人覚えているものもないが、その二人が会員の椅子と礼服を獲得した。バルザックがこの三度目の拒否を威厳と優越感をもって受けとったことは、彼の名誉のために言っておかなければならない。彼は、彼に一票を投じた二人の勇敢な会員に謝意を表したいと思い、それが誰だったか探し出してほしいとある友人に折入って頼むだけにとどめた。

*

バルザックは十月再びヴィエジュホヴニャについた。しかし今度は彼の感激も目立って低調だった。ヴィエジュホヴニャはもはや楽園ではなく「沙漠」なのだ。

ああ、あなたもウクライナに半月いたら、フォルテュネ街が実に美しい町に見えるようになることでしょう。

と、母親に書いている。自分がどれほど大歓迎のお客であるか再三強調するが、不安を抑えきれない調子だ。

僕が一緒に暮している人たちは僕に実によくしてくれます。しかしいまだに僕は、至極大切にされているお客様、言葉のほんとうの意味における友人にすぎません。ここの人は僕の家族を残らずよく知っていて、心から僕の悲しみに同情してくれます。しかし不可能なことに対してはどうしようもないではありませんか。（シュルヴィル氏あて）

こうして人はいまやっと、――バルザックは家族にあてたこれらの手紙のなかで、ハンスカ夫人を呼ぶのに「人」という不定代名詞以外の言葉を決して使わなかったが、――彼バルザックにはパリに母と妹がいるということをお知り遊ばされたのだ。ところでヴィエジュホヴニャでは何かがうまくいっていないということが手紙の行間に、――いや実はその本文にさえおおっぴらに読みとられる。「不可能なこと」――これは何よりもまず、バルザックがパリでやらかした実際に支払い不可能な金づかいを指すらしい。自分ではろくろく住む意志のない家のために気違いじみた金額が使われたのを聞いて、ハンスカ夫人はさぞ驚いたことだろう。無理からぬことである。バルザックは不意にブレーキをかける気になって、パリに手紙を書いた。

犠牲にも限度があること、何人をも、――われわれと最も固く結びついている人でさえあきあきさせてはならないことは申し上げるだけ野暮です。あの家についてはいつまでたってもきりがないほど借金を重ねましたが、それはこれまでも悪い結果を生まないわけではなかったのです。が、ここで何か新しい事件でも持ち上ろうものなら、僕の将来がどんな打撃を受けるものやら分ったものじゃありません。

ひと悶着あったらしい。

それほどの大金を注ぎ込んだというので、人は腹を立てています。

ハンスカ夫人はバルザックの算術にはもっときびしい監督が必要だということを、改めてまた認めないわけにいかなかった。初め一〇万フランと見積りを立てた家は、今や家具調度を含めて三〇万フランの金がかかった。だからエヴァ・ハンスカのような百万長者でも、そんな調子では不安になったに違いない。ヴィエジュホヴニャを支配する苛立たしい気分は伝染した。バルザックが不機嫌な調子で手紙を書くと、母親も立腹の体で返事をよこした。これらの手紙の一つがハンスカ夫人の手に落ちた。新たにいざこざが持ち上り、バルザックは一切の罪を家族になすりつけ、結婚が成立しない場合の責任を負わせようとした。ハンスカ夫人はひょっとしたらフォルテュネ街の家をあっさり売り払うつもりかもしれない、――すでにそんなことまで述べてある。

　彼女はここで富み、愛され、一目も二目もおかれている。何一つ無駄遣いはしない。出会うものといえばいざこざや借金や物入りや知らない顔ばかりの場所へ行くのをためらっている。彼女の子供たちも彼女のためを思ってビクビクしている。（妹への手紙）

　バルザックも心配になって、まったく正気の沙汰とは思えない節約を試みた。いきなり女中が解雇されることになる。給料と食事代が、突然、高いものにつきすぎるようになったのだ。ただし下男のフランソワだけは引き続き雇っておくことにする。うずたかく積まれた宝物の番人としてなくてはならない人間だからだ。バルザックはなお一段と奇怪な極端に落ち込む。彼は、――ウクライナの沃野の真只中からシュレーヌの妹に手紙を書き、彼が帰国したら月曜日ごとに彼女の家の料理女を貸してもらえるかどうかをたずねた。彼と下男のために牛肉をまとめて一週間分、その女コックに用意してもらおうというのだ。かつては百万単位で計算した彼ともあろうものが、今や極めて控え目な数字しか並べなかった。

二〇〇フランと残っていない。で、これがなくなったら金の蔓はもはや芝居にしかない。しかし今からわかってるが、たとえ傑作を持ち出したところで当りをとることはあるまい。

こんなに意気のあがらなかったことはバルザックとしてもかつてないことだった。これは彼が次第に弱ってきたこと、もはや彼自身ではなくなったことを示している。彼の生命力はすでに決定的な打撃を受けていた。コキ使った体組織から仕返しを受けたのだ。あらゆる方面から警戒信号が入っていたが、彼はろくに注意を払わなかった。今やからだの器官は、どれもこれもひどくゆさぶられてしまった。あとほんのひと押しで、彼のようなさしも強壮な体格も崩れおちるに違いない。

ヴィエジュホヴニャへの不幸な旅行にしてからがすでに愚かなことだった。トゥーレーヌ生れのバルザックはロシアの気温に慣れていなかった。気管支カタルにおかされ、同時に心臓の状態の悪いことも分った。これが容易ならないものだということは、誠実な友人ナカール博士がすでに一八四二年に診断を下している。やっと寝床から出ても差支えないようになったが、もはや以前のように身軽ではなくなった。一足ごとに息がつまり、ものをいうことさえ苦労だった。彼は「一八一九年ごろのように痩せ」、病気は「私を子供にしてしまった。」どんな仕事にせよ、仕事などとても考えられることでなかった。「まる一年というもの一銭も稼いでいない。」そして修道院の僧服という彼の愛する仕事着を自分から脱がねばならなくなったことは、何かしら象徴的である。「僕は今度の病気中ずっと部屋着で通した。シャルトルー会の修道僧の白衣は永久にお払い箱だ。」

ロシアの冬をおかして帰国するなどということは考えられないことだった。かねて計画のキエフやモスクワ旅行もやはりあきらめなくてはならなかった。二名のドイツ人の医者、――クノーテ博士というのとその息子が治療にあたり、いたって近代的な感じのするレモン療法を試みた。しかしこれも一時の小康をもたらしたにすぎない。努力してほんとうにふるい立とうとしても、もはやからだがいうことをきかなかった。ある時はここ、ある時はそことというふうに、どこかの器官に故障がおきた。まず眼が悪くなる。かと思うとまた熱が出る。それが片づくと今度は肺炎といったあんばいだった。

ハンスカ夫人の態度についてはわれわれの手には暗示程度のものしか残されていないが、二人の関係が最良のものでなかったことだけはたしかだ。初め彼女はこの有名な作家に夢中になり、彼の崇拝の的にされてまんざら悪い気はしなかった。それから彼は「起上り小法師」つまり愉快な冗談をとばす滑稽家になった。いつも上機嫌な話し相手であり、「旅まわりのサーカス」一座の機知縦横の道づれだった。だが今はまったくの厄介者にすぎない。娯楽に飢えている母と娘の二人は、数ヵ月このかたキエフの歳の大市を楽しみにしていた。家を一軒借り、車や召使を先発させ、家具類も前もって送ってあった。そのための衣裳も山のように買い込んでおいた。今やバルザックの病気のお蔭で、——恐らく道が悪いせいもあったろうが、その計画は幾度か延期しなければならなかった。そしてバルザックの唯一の楽しみは、二人の貴婦人がたが肺炎で寝ている彼に、二人がやがて気晴らしの場所で着ることになる新調の衣裳を時々見せてくれることだった。

　家族にあてた手紙では、彼はむろんその後もエヴァと実際は至極浅はかで単純なその娘に、相手がまるで天界の存在ででもあるかのように心酔している。しかしその頃の彼は孤独という氷のように冷たい雰囲気に取りかこまれていたに相違ない。——贅沢に慣れて遊ぶことしか考えないこれらの女たちのあいだで、まったくよそものという気がしていたに違いない。なぜなら不意に昔の友達のことが思い出されたからだ。長年にわたりハンスカ夫人は、彼とつながりのある人々をすべて押しのけていたものだ。ズュルマ・カローは彼の女友達のなかでも一番忠実で物わかりがよく、彼の青春時代の同伴者だったが、そのズュルマにもこれまでろくろく便りをしなかった。ズュルマがどんなに彼のことを気遣い世話をしてくれたか今にして思い出し、このような場合どんなに深く心をくばってくれるだろうか想像してみた。

　むろん彼女のことを考えなくなってずいぶん久しくなるので、「親しきものよ」とか「カラ」（イタリヤ語、同上）といういつもの呼びかけは、彼のペンの先に出てこない。「わが親愛かつ親切なズュルマ夫人よ」と、相手がまるで赤の他人にでもなってしまったかのような書出しだった。しかし間もなく親しみのこもった昔の調子に戻るが、以下の手紙の行間には思いなしか一脈の哀愁がただよっている。

　姪たちと妹があなたについて二回にわたり随分悲しい知らせをよこしましたが、手紙を差し上げなかったのは、ものを書くことができなかったからなのです。死んだスーリエと同じ病気で私もすんでのこと死ぬところでした。と申しますのは懲役同様の無理な仕事を一五年続けて下地をこしらえた恐ろしい心臓病がここで勃発したのです。で、ここ八ヵ月ばかりある医者の手にかかっていますが、たまたまこの人はウクライナくんだりにいながら、私がいま厄介になっている友達の御殿づき、領地づきの名医なのです。ダニューブの沼沢地からオデッサへやってきてステップを荒らしまくるモルダヴィア熱というのがありますが、その恐ろしい熱のために心臓のほうは一時手当が中止となりました。それは脳間歇熱と呼ばれて、私の場合は二月続きました。慢性心臓病の手当を改めてまた受け出してからまだ一週間にしかなりません。で、一昨日姪たちがよこした手紙に、あなたがフラペールのお宅を手もとにそのまま残したいと思っていらっしゃること、しかし地所のほうはお売りになるということが書いてあったのです。

このフラペールとかカロー夫人とかいう言葉が私のあらゆる思い出を実に強く呼びおこしたので、仕事は一切、——手紙を書くことまで禁じられているのですが、この二月以来わずかな用事の手紙は別としてなぜ手紙を書くことができなかったか、その次第を申し上げたくなったのです。地所と違ってほんとうの友達は消えてなくなるものではないと思っていただきたいからです。それからあなたのことを考え、あなたを愛し、当地でさえあなたの噂をするのをかつて一度もかかしたことがないということを知っていただきたいからなのです。当地といえば、ここの人たちは一八三三年このかたボルジェを知っているのですよ。……

五十歳の高みから眺めると、人生はなんと違ったふうに見えることでしょう。なんとしばしばわれわれはわれわれの希望から遠くにいることでしょう。よく私がデグレー夫人をトロトロ寝入らせた時分のフラペールを覚えておいででしょうか。思うにあれからも私は、随分多くの人を寝入らせたものです。(催眠術)しかし、あれ以来どれほど多くのものが、夢が、遠くへ投げすてられたことでしょう。愛情はつのるばかりでこれは別ですが、以前と比べて私はちっとも進んでいないといってもあなたはほんとになさるでしょうか。禍の開花はなんと早く、幸福がもたらす事柄にはなんと邪魔物が多いことでしょう。まったく生きていくのがいやになるくらいです。私が一つの巣をこしらえてから三年になりますが、いやはや、ひと財産だけのものがかかってしまいました。しかも肝心の鳥はその巣にいないのです。いつ鳥はやってくるでしょう。歳月は駆け足で過ぎ去るし、われわれは年老いていくし、すべてが、――その巣の織物や家具のたぐいでさえ色あせてしまうでしょう。親しい友よ、お分りでしょう、見たところ仕合せそうな人たちでも、すべてが楽しいわけではないのです。……

彼はドラノワ夫人にも手紙を書いた。夫人は彼が借金で苦しんでいるとき実にしばしば援助の手を差しのべてくれたものだが、これまでほんとうに感謝の念を捧げたことは一度もなかったのだ。金銭の負債はどうしても返すことができなかったこの男は、まだ間に合ううちにせめて愛情と感謝の負債だけでも綺麗に返したいという、何か自分でもはっきりしない願いを抱いたらしい。もう駄目だということを多分バルザック自身すでに知っていたのだろう。

第二十五章　結婚と帰国

自分がどんな工合か、恐らくバルザックにはぼんやり分っていたろうが、医師のほうは助かる見込みのないことをはっきり知っていた。そしてそのことをハンスカ夫人にあからさまに言ったものと見なければならない。そこで結婚してもほんのわずかのあいだだということが確かになったので、彼女は長年求婚し続けてきた男の最後の願い、彼の一生で一番大事な願いを聞き届けてやろうと決心した。そういう手段に出たところでもはや危険はないことを彼女は知っていた。もうやたらに金を使うことはできないだろう。「善良なバルザック」は「あわれなバルザック」となり、ちょうど上流の貴婦人があす知れない重病で寝込んでいる忠実な老僕に対して感じるであろうようなある種の同情を覚えたのだ。そこで結婚はついに一八五〇年三月ときまった。

式はベルディチェフという一番近くの、田舎では大きな町で行われることになった。春になったらパリへ行って、ついに出来上った邸に住むことになろう。新婦を迎え入れるためとあって彼が早くも遠くから出した指令ほど、想像家バルザックの焦躁ぶりを如実に示すものはない。次のような正確な通牒が母親あてに発せられた。

二階の取っつきの部屋の、嵌木床の広間の側にある栗色の簞笥の上に乗っている中国の大きな鉢のなかに、シャンゼリゼの植木屋の所書が見つかるでしょう。この植木屋は前に一度一八四八年にやってきて、家中を花で飾るには半月ごとにどれだけ花がいるか、一年を通してどれくらいかかるか見て行きました。なんでも年に六〇〇フランから七五〇フランかかるような話でした。旅に出なければならなかったので、そのほうの支出はひとまず見送りましたが、金が潤沢でないかぎり、それからあの人がそれでいいといわないかぎり、そんな費用は出せるものじゃありません。もっともあの人は花が大好きなのです。で、一度うち中を花で飾ってしまえば、その植木屋は僕と取引をする土台ができるわけでしょう。ひとつ、綺麗な花を入れるようにやって下さい。やかましく注文をつけて下さい。

飾りつけなくてはならないところは次のとおりです。第一、取っつきの部屋の花台、第二、日本陶器の間の花台、第三、円天井の部屋の二つの花台、第四、円天井の鼠色の間の煖炉棚のごく小さな二つの花台に、小さな喜望峯のヒースを飾ること、第五、階段の両方の踊り場にある二つの大きな花台、第六、フシェールが取りつけた二つの鉢に、小さな喜望峰のピースを飾ること。

まだ結婚式もすまず、新居に入るのは幾週間も先の話だのに、こんなふうに手筈をととのえたのだ。病気中でも彼の想像力がどれほど見事な活動をしていたか、彼の記憶力が極めてこまかなところまでどれほど正確に働いたかが分る。家具類をいちいち覚えていたし、花瓶や花台がどこに置いてあるか一つ残らず知っていたのだ。結婚式や帰りの長旅を飛びこえて、気持の上では早くも彼はフォルテュネ街に行っていた。

＊

三月十四日、結婚式はウクライナの地方都市ベルディチェフの聖バルバラ教会であげられた。人目を避けたいので、式はごく内々で執り行われなくてはならなかった。誰も招待せず誰にも知らせなかった。式は午前七時、まだろくに夜の明けないうちに行われた。かねて臨席の期待をかけられていたジトミールの司教はむろんやってこなかったが、しかしオザロヴスキ伯爵という上流貴族出身の僧院長が式をつかさどってくれたので、バルザックはせめてもの満足を味わった。証人として立会ったのは僧院長の親戚一人と、これから彼の婿となるムニシェヒ伯爵だけだった。式が終るとすぐヴィエジュホヴニャに引き返した。そして家に帰りついたのはその日の夜十一時頃で、みんなクタクタに疲れていた。

二、三日後のある朝バルザックは書き物机の前に坐って、――幸福が彼をまた丈夫にしたかのようだが、もう一度ナポレオン式の偉大な文体で、彼の最後にして最大の勝利に関するコムュニケをつくった。彼は母親に、妹に、友人であり医師であるナカール博士に、ズュルマ・カロー夫人に、手紙を書いた。

青年時代からの旧友ズュルマにはその手紙のなかで、「ここで友人たちについて訊かれたとき、僕はまっさきにあなたの名前をあげました。」と今一度繰り返し、次のように報告した。

> 僕が愛したところの、いまも昔以上に愛しているところの、そして死ぬまで愛するであろうところの女性と僕は三日前に結婚しました。思うにこれは、僕が逆境をしのぎ、長年働きつづけ、さまざまな障害に出会ってそれを乗りこえたことに対して、神様がとっておいてくだすったご褒美でしょう。僕には楽しい青春も花ざかりの春もありませんでした。これからは世にも輝かしい夏、あらゆる秋のなかでも一番心地よい秋が訪れてくるでしょう。こう考えると、僕の多幸な結婚はあなたの眼に、恐らくあなた個人の慰めのように見えてくるでしょう。長きにわたる苦悩には、摂理がついに分配するに至る財宝が与えられるという証明になるわけです。

彼は手紙に封をした。そしてただもう、これらの手紙のあとを追ってついに家に帰るのだということしか考えなかった。

彼の妻はそれらの手紙に便り一つ同封せず、一行の添え書きもしなかった。この期に及んでも彼は、妻にすすめてちょっとした好意を表明させることさえできなかった。そこでバルザックは母親にひどく不自然な言い訳を書きおくる羽目になる。

> 妻はこの手紙のおしまいに二、三行自分でも書くつもりでいましたが、郵便集配人は待ちかまえていますし、字も書けないほど手をひどく腫らして妻は床についています。今度僕が手紙を書き次第、そこでご挨拶するでしょう。

バルザックは手に入れた幸福の一つ一つに高い値段を払わなくてはならなかった。彼は出発するわけにいかなかった。相変らず雪に埋もれていて、道が通れないのだ。おまけに通れたにしても、彼の健康状態ではどんな旅行も不可能だった。フォルテュネ街の邸を飾る花の注文は早すぎたのだ。衰弱した体は、新たに激しい発作に見舞われた。

> 心臓と肺にひどいぶり返しがきました。せっかく前進して地の利を占めていたのに、

大分また押されてしまいました。……眼のなかに黒い星ができ、それがまだ消えず、見るものにかぶさります。これが邪魔になって、いまだに字が書けません。……きょうはこの炎症以来初めて書いてみようと思います。

すくなくとも今となってはエヴァ夫人も、息子の病気についてその母親を安心させてやるために、せめて二こと三こと書きおくったろう、――こう誰しも思うだろう。ところがバルザックはビクビクものでこうつけ加えなくてはならないのだ。

妻は自分の時間は一分とてありません。おまけに雪どけの湿気のせいで実に驚くほど手が腫れあがっています。……

二週間後の四月十五日、バルザックは母親に手紙を書くために、改めて彼の全精力を傾けなくてはならなかった。

こうして手紙を書くのに、字が見えるか見えないかぐらいなのです。眼の患いで、読むことも書くこともできません。

そしてジェヴスキ伯爵家の姫君は、いまだにほんの一筆老母に書きおくるだけの決心さえつかなかった。バルザックは重ねてまた言い訳にもならない言い訳を持ち出さなければならなかった。今度は娘が病気で、母親は病床につききりだというのだ。「母上に敬意を伝える」よう、くれぐれも頼んでいるというのだ。そして彼自身のことでは次のように告白しなくてはならなかった。

心臓と肺の点で、馬鹿々々しくありません。ほんのちょっとした動作のあとでも言葉が続けられなくなり、呼吸がとぎれます。

*

ついに彼らは出発の決心をしたが、それは恐ろしい旅行だった。ポーランド国境のブロディで早くもバルザックは極度の衰弱状態に陥った。全然食欲がなく、猛烈な発汗に苦しみ、そのためにますます衰弱の度を加えた。彼に会った知人は、もうちょっとで間違えるところだった。一八五〇年五月十一日、ドレスデンから次のような報告を送っている。

六日で行ける道のりにたっぷり一月かけてしまった。一度どころか一〇〇ぺんもわれわれの生命は危険にさらされた。馬車ごと昇降口まではまり込んでしまうのだが、その底なしのぬかるみから引き揚げてもらうためには、しばしば一五、六人の人手と巻揚げ機械が必要だった。どうやら命だけはとりとめて、やっとここまできたが、二人とも病人のていでクタクタに疲れている。このような旅行は一〇年は命を縮めるね。なぜといってお互い熱愛し合ってるのに、もしかして殺し合うことになりはしないだろうかとか、一方が片方を殺すことにはなりはしないだろうかとか、そんな心配をすることがいったいどんなことか考えてもみたまえ。（妹への手紙）

まったくヘトヘトに疲れ、半ばめくらになって彼はこの宿場に辿りついた。もはや一足も階段をあがることができず、いったいこんなことでパリへの旅が続けられるものかどうか、自分でも怪しくなった。

　僕の健康は実にあわれむべきものです。……今度の恐ろしい旅行で僕の病気は一段と重くなりました。

　眼がいうことを聞かないにもかかわらず、この手紙はやはり自分で書かなくてはならなかったし、やさしい心遣いに欠ける妻をまたしてもこんなふうにかばってやらなくてはならなかった。

君が手紙のなかで家内に触れて書いていることに、家内はひどく感じ入っている。しかし手の工合が悪くて、手紙が書けないのだ。（妹への手紙）

奇妙なことに、エヴァ夫人の手の指を利かないようにした恐ろしいリューマチは、彼女がドレスデンの宝石商をあさりまわって、とびきり素晴らしい真珠の首飾を二万五〇〇〇フランで買う妨げにはならなかった。そしてこの数ヵ月、バルザックの母親にも妹にもほんの一行さえ書きおくることができなかった彼女が、自分の娘にはこの買物について、分りやすいしっかりした筆跡で詳しく報告できる状態にあった。視力の衰えたバルザックが疲れきってホテルの一室で横になっている折も折、ただもう真珠の首飾のことしか考えなかったということは、なんといっても彼女のまぎれもない冷酷さを示すものだ。そしていかにも彼女らしいのは、娘あてのその手紙のなかでバルザックがまだやっぱり「善良で親愛な友」にすぎなかったことである。――観念してあちこち引きずって行く荷物なのだ。こんなことがこの先そう長く続きっこないことは分っている。

ドレスデン滞在中に何かいざこざが持ち上ったらしいが、それは娘への手紙にある数行の冷淡な言葉からぼんやり推察することしかできない。しかしバルザックは彼の役割を最後まで演じ通さなければならなかった。彼は妹に次のような指示を与えた。

　君を当てにしているのだが、僕が帰宅するときはフォルテュネ街にいてはならないということをお母さんに呑み込ませてもらいたい。

明らかに彼はこの二人の女同士の出会いを気づかって、まずい口実を使った。

　荷解きが始まればお母さんは手を貸すだろうが、そんなことをしたらお母さんの沽券にかかわるだろう。

　バルザックの老母が不信の念を抱いたことは結局正しかった。この数ヵ月のあいだ彼女はいつも忠実に宝物の番人をつとめ、召使を監督し、出入りの商人と掛け合ってきた。高慢ちきなロシアの王女は、その邸のなかにこの自分がウロウロするのを見たくないだろうということも知っていた。頼まれた仕事がまだ一つだけ残っている。すなわち二人を迎えるために花を飾りつけることだ。それから息子夫婦が乗り込む前に黙って出て行きさえすればよい。召使のフランソワが門口で待ちかまえていて、ジェヴスキ伯爵家のお姫様を御殿のような彼女のパリの自宅に導き入れる手筈になっていた。部屋といわず階段といわず、いたるところあかりが燃えていなくてはならなかった。お祭のような迎え方でなくてはならなかった。しかしバルザック老夫人は何か虫の知らせでもあったのか、仰々しく騒ぎ立てずにとうの昔にシュレーヌの娘のところへ行ってしまった。

＊

バルザックの帰宅にはまたしても呪いが掛った。夢に描いた幸福に対して、彼は現実世界でいちいち貢ぎ物を納めなければならなかった。彼は「幻滅」の作者であるばかりでなく、永遠にその痛ましい主人公だった。パリのフォルテュネ街の邸への到着は、彼自身その小説のなかでもこれ以上恐ろしいものを思いつくことはできなかったろうと思われるほどの場面となった。最後の道程は鉄路の旅だったが列車は遅れた。二人が馬車を乗りつけたときは夜も更けていた。バルザックはかねての指令が厳密に文字どおり実行されたかどうかと思って、ひどくヤキモキしていた。万事前もって正確に指図してあった。花台や花瓶はどこにおくことになっているか、蠟燭は何本とぼすことになっているか知っていた。また召使が花の恰好の飾り燭台を手に迎えに出ることも知っていた。

ついに車がとまった。フランソワは言われたとおりにしていた。邸は上から下まで明るく照らされていた。しかし門の前には誰も出ていなかった。呼鈴を鳴らしたが返事はなかった。バルザックは呼鈴の引きづなを今一度、続けて今一度引っぱった。明るく照らされた邸は静まり返ったままだった。ぼつぼつ近所の人が集まってきた。訊いてみたが誰も知らなかった。門の扉をあけるため、バルザックが御者を走らせて錠前屋を迎えにやらせているあいだ、バルザック夫人は馬車のなかに腰かけたままだった。結婚が押しの一手であったように、今度はほかならぬわが家を力ずくでこじあけて入ったわけだ。

その続きは妖怪じみた光景だった。召使のフランソワは一室に見出された。気違いになっていた。折も折、肝心なときに気が変になったのだが、その夜のうちに精神病院に連れていかれることになった。荒れ狂う男がとり押えられ運ばれていく一方、バルザックはかくも熱烈にあこがれ抜いたわが家へ、ジェヴスキ伯爵家の姫君を導き入れた。

第二十六章　おわり

バルザックの運命を支配する法則は、しまいまでいつも新たに繰り返される。すなわち彼の夢が実現されるのは書物のなかだけの話で、決して彼自身の生活においてではないということだ。言語に絶する辛苦を重ね、死物狂いの犠牲を払い、燃えるような期待をかけてこの家の設備をととのえたのも、やっとのことで結婚まで漕ぎつけた妻と「二五年間」そこで生活をともにするためだった。実際は死ぬために入ったにすぎない。彼はそこの書斎で『人間喜劇』を完成しようと思って、すべて自分の希望通りに書斎を作っておいた。五〇以上の新しい作品の腹案がすでに出来上っていた。しかしこの部屋ではもはや一行も書かないだろう。今や彼の眼はまったく用をなさなくなったが、フォルテュネ街時代の現存する唯一の手紙は読む人の心を突き動かす。これは友人のテオフィル・ゴーティエにあてたもので、エヴァ夫人の代筆だが、ただ追伸の一行だけがバルザックのたどたどしい手で書かれている。

僕はもう読むことも書くこともできない。

彼は、べっこうを嵌めこんだ非常に高価な戸棚づきの書架をつくらせておいたが、もはやそこの本を開くことはできなかった。客間の壁は金襴のダマスクス織で張りつめてあった。パリの上流社会の人々をそこへ迎え入れるつもりだったのだ。しかし彼をたずねてくるものは一人もなかった。一言しゃべるのがすでに大儀であり、ものをいうほんのちょっとの努力も医師から差しとめられた。彼は大きな画廊に愛玩の絵を並べておいた。いつの間にこんな比類のないコレクションができてしまったのだろうと、パリ全市を驚かせ大評判をとるためだった。友人の作家や芸術家たちに所蔵の名画を見せ、いちいち説明する自分の姿を思い描いていたものだった。ところがかねて夢みていた喜びの宮殿は無気味な地下牢となった。彼はだだっぴろい邸にひとりぼっちで寝ていた。時たま影法師のように母親がオズオズと見舞いにやってくるだけだった。というのは旅行中やドレスデン滞在中早くも露見したことだが、彼の妻は今度も真実の心遣いに欠け、残酷なほど無頓着な様子を見せたからで、この点あらゆる証人の報告は一致している。

彼女の態度は娘にあてた手紙に争う余地がないほどはっきり現われている。手紙の内容はレースとか装身具とか新調の衣裳とかについてのバカバカしいおしゃべりである。瀕死の病人についてほんとに心配していることがおのずとわかる個所は殆ど一行もない。「起上り小法師」——これはあの楽しかった「旅まわりのサーカス」一座時代における道化役バルザックの綽名だ。階段をのぼるにもあえぎあえぎ立往生するめくら同然の夫を、今も彼女はこの名で呼んでいる。

> 起上り小法師は（今だからこそ打ち明けられますが）、眼も見えず、歩くこともできず、続けざまに失神するという、これまであなたが見てきたよりはるかにずっと恐ろしい状態でパリに着きました。

バルザックがもう駄目だということはどの見舞い客にも分った。ひとりだけそれを信じないか、または信じようとしないものがいた。すなわち彼自身だった。バルザックは困難をものともせず、不可能を可能にすることに慣れていた。そこで例の途方もない不敗の楽天主義から、今でもやはり勝負をあきらめなかった。時たま小康状態がきて、声が出るようになる。するとあらん限りの力を振りしぼって、様子を見にきた訪問客と話をするのだった。政治問題を論じ、再起の確信を示した。自分を欺くばかりでなく人をも欺こうとした。昔の力の蓄えが相変らず残っていることをみんなに信じさせようとした。そして時たま、彼の頑強な気質は、これが最後とばかり今一度パッと燃え上った。

しかし夏の初めごろになると、もはや疑問の余地はなかった。四人の医師、――ナカール、ルイ、ルー、フーキエの諸博士が立会診察に呼ばれた。そして彼らの報告によれば、実際にはもう鎮痛剤と臨機の軽い興奮剤が唯一の頼りだったことがわかる。とにかく医者は早くも匙を投げたらしい。ヴィクトル・ユゴーはついこの数年来彼と一層親密になり、ことにここ数週間は大いに友達としての実を示したものだが、その彼が駆けつけて見るとバルザックはもはや身動き一つせずに床に横たわり、顔は熱っぽく、生気のあるのはただもう眼だけだった。今やバルザック自身も心配になりだした。『人間喜劇』を仕上げることができないのを嘆き、死んだら自分の作品はどうなるかについて語った。まだどれほどの時間が自分に残されているか正直に言ってくれと、忠実な主治医のナカール博士に迫った。そしてこの旧友の顔から、病状がどの程度のものかを読みとった。ほんとの話か、それとも信心深い伝説にすぎないのか、バルザックは頭がどうかなったらしく、オラース・ビアンションを呼び立てたという。『人間喜劇』のなかで医学の奇蹟を成しとげるあの医者である。

「ビアンションさえ来てくれたら、おれは助かるんだが。」しかし最後の幕は容赦なく近づいて、やがて彼がある作品中に描いた主人公の死よりもっと恐ろしい、もっとすさまじい死となった。ヴィクトル・ユゴーはその回想録のなかでバルザックの臨終の床への訪れをこう述べている。

呼鈴を鳴らした。時々雲のかかる月あかりの晩だった。町には人影がなかった。だれも出てこなかった。いま一度呼鈴を鳴らした。門の扉が開いた。女中らしいのがあかりを持って現われた。「何かご用でも。」といった。彼女は泣いていた。私は名前をいった。一階にある客間に通された。壁煖炉と向い合うの小卓《コンソール》に、ダヴィッド・ダンジェが大理石に彫ったバルザックの大きな胸像が載っていた。蠟燭が一本、客間のまんなかに据えてある卵形の立派なテーブルの上で燃えていた。世にも好みのいい金めっきの小立像が六つ、このテーブルの足がわりになっていた。別の女がやってきた。やはり泣いていたが、私にこんなことをいった。「旦那さまは死にかけていらっしゃいます。奥さまはお部屋にお引取りになりました。お医者さまにはもうきのうから見放されてしまいました。左足に傷がございます。そこが壊疽《えそ》になっております。お医者さまがたも途方にくれていらっしゃいます。旦那さまの水腫は脂肪膜性水腫、——浸潤とか、お医者さまがたはおっしゃいます。それから皮膚と肉がまるで豚の脂身のようになっていて、穿刺が利かないんだとおっしゃってでした。そう、先月のことでしたが、旦那さまはお休みになろうとして、何か飾りのついた道具にぶつかったんです。(……)けさ九時には旦那さまはもう何もおっしゃらなくなりました。奥さまは坊さんを呼ぶようにとおっしゃいました。坊さんがやってきて、旦那さまは終油を授かりました。よくわかってるという合図をなさいました。それから一時間ほどしてお妹さんのシュルヴィル夫人と握手をなさいました。十一時からこっちずっとゼイゼイあえいでいらっしゃいます。もうなんにもお見えになりません。今夜一晩もたないでしょう。なんでしたらシュルヴィルさんをお呼び致します。まだ起きていらっしゃいますから。」その女は出て行った。しばらく私は待った。蠟燭の光は、客間のきらびやかな家具調度や、壁にかかっている素晴らしいポルビュスとかホルバインの絵をやっと照らすか照らさないぐらいだった。大理石の胸像がその薄暗い蔭のなかに、まさに死のうとするこの主人の亡霊のように、ぼんやり浮び上っていた。死臭らしいものが邸じゅうに立ちこめていた。シュルヴィル氏が入ってきて、女中が私に語ったことを裏書きした。私はバルザック氏に会いたいといった。廊下を通り抜け、まっかな敷物を踏みながら階段をのぼっていった。花瓶、立像、額、七宝をのせた戸棚など、いろんな美術品が所狭いまで階段の途中に飾ってあった。いま一度廊下を抜けると、あけ放しになっている扉が眼についた。末期の不吉なあえぎが、そこから声高に聞えてきた。バルザックの部屋に入った。部屋のまんなかに寝台があった。つるし上げる装置と見えて、横木や革ひもが頭のほうにも裾のほうにもついているマホガニー材の寝台だった。それを使って病人を動かすのであろう。バルザック氏はその寝台のなかにいた。恐ろしく沢山な枕で頭を支えているが、それでもまだ足りないのか、この部屋の長椅子用の赤いダマスクス織のクッションまで動員されていた。右のほうにかしがっている顔の色は紫から黒に変りかけていた。髯はむさ苦しく伸びたままだが、半白の髪の毛は短か目に刈ってあった。眼は開いたまま一点を見据えていた。私のほうから見えるその横顔がなんとなくナポレオン皇帝に似ていた。一人の老婦人とさっきの看護婦と、いま一人下男が寝台の両側に立っていた。枕もとのうしろのテーブルで蠟燭が燃えていた。別の一本が扉のそばの箪笥の上で燃えていた。銀の花瓶がナイトテーブルの上においてあった。下男と老婦人は何か恐ろしそうな顔つきで口をつぐんだまま、瀕死の病人が騒々しくあえぐのに聞き入っていた。枕もとの蠟燭は、壁煖炉のそばにかけてあるニコニコ顔の、バラ色の頬をした青年の肖像をはっきり照らし出していた。どうにも我慢のならない匂いが寝台から匂ってくるのだった。私は掛けてあるものを持ち上げて、バルザックの片手をとった。手は汗まみれになっていた。固く握りしめたが、なんの答えもなかった。（……）

看護婦がいった。「明け方ごろがおあぶのうございます。」彼の鉛色の顔を胸にたたんで、私は階段をおりた。客間を通り抜けるとき、また胸像が眼にとまった。なんにも感じないような、高く構えた、しかもどこか晴れやかな面持の不動の姿だった。私は死と不死を思い比べた。

バルザックは一八五〇年八月十八日から十九日にかけての夜に死んだ（午後十一時三十分）。つきそっていたのは母親だけだった。バルザック夫人はとうの昔に自分の部屋へ引き取っていた。八月二十一日、葬儀が行われた。サン・フィリップ・デュ・ルール教会で死者のミサがとなえられた。遺骸はしのつく雨のなかを墓地に送られた。バルザックの妻が、彼の心の願いというものをどれほど見抜けなかったかがここでも分る。すなわち棺にかぶせた黒布の飾り紐はヴィクトル・ユゴーとアレクサンドル・デュマとサント・ブーヴと大臣バローシュの手に握られたのだ。ヴィクトル・ユゴーをのぞいてあと三人のうち、生前のバルザックと親しかったものは一人もない。おまけにサント・ブーヴは、彼にとって一番の怨み重なる敵で、生前ほんとうに憎んでいたただ一人の男なのである。墓地はペール・ラシェーズが選ばれた。バルザックはいつもこの場所を愛していた。ここから彼のラスティニャックはパリを眺めやってそれに挑戦したのだ。ここが彼の最後の住家、債権者から安全に守られ、休息を見出した唯一の住家だった。

ヴィクトル・ユゴーがそこで発言する。——彼だけがかような時にふさわしい品位と偉大さをもっていた。

今しもこの墓におりていった人は、世間一般がその死を悼んで葬列に加わるような人々の一人でありました。いまのこの時代、あらゆるこしらえものは消えうせました。これからは人々の視線は支配者にではなく、思想家の上に据えられ、かかる人たちの一人が姿を消すとき、国全体がギクリとするのであります。こんにち民衆の喪、それは才能ある人の死であります。国民的な喪、それは天才の死であります。皆さん、バルザックの名前はわれわれの時代が後世に残す輝かしい印象に加えられるでありましょう。

（……）

彼の死はパリを茫然自失させました。数ヵ月前から彼はフランスに帰っておりました。自分でも近く死ぬような気がして、いま一度祖国を見たいと思ったのであります。だれしも大旅行の前夜、母を抱きに行くようなものでしょうか。彼の一生は短いけれども充実しておりました。月日であふれる以上に作品であふれておりました。ああ、かつて疲れたことのない力強いこの働き手、この哲学者、この詩人、この天才は、あらゆる時代あらゆる偉人に共通するあの嵐と格闘と争いと戦いの一生を、われわれのあいだで生き抜きました。こんにち彼はここに安らかに横たわっています。論争と憎しみから抜け出します。栄光と墓穴に、同じ日に入るのです。これから彼は、われわれの頭上にある雲のかたまりの上に出て、祖国の星の群に立ちまじって輝こうとしています。ご参列の皆さん、なんとなく羨ましいような気が致しませんか。皆さん、かような人を失ってわれわれの悲しみがどれほど深かろうと、こうした不幸な大詰めにあきらめをつけることに致しましょう。かかる大詰めには胸を突きさすような、きびしいものがありますが、そういうものとしてこれを受け入れましょう。いまのような時代では時々偉人の死が、疑いや懐疑論に悩まされている人々に宗教的な衝撃を伝えることが恐らくいいことであり、必要なことかも知れません。摂理はその為すところを心得ております。摂理はかようにして民衆を最高の神秘と対面せしめ、大きな平等でもあり大きな自由でもある死を、瞑想の種として与えるのであります。摂理はその為すところを心得ております。なぜならそこにこそあらゆる教訓の最高のものがあるからです。崇高な精神の持主が新しくあの世の生活をおごそかに始めるとき、誰の眼にも見える天才の翼で長いあいだ群集の上を舞っていた人が、誰の眼にも見えない別の翼を不意にひろげて未知の世界に矢のように突っこむとき、すべての人の心にはただもう、きびしいまじめな考えしかあり得ません。未知の世界、いや未知ではありません。そう、前に一度別の不幸に際して申しましたし、（一八四七年スーリエの葬儀）これからも飽きもせずに繰り返すことでしょうが、そう、それは夜ではありません、光です。それは終りではありません、始めです。虚無ではありません、永遠です。ほんとうでしょう、聞いていらっしゃる皆さん。かような棺は不死不滅を証明するものであります。（……）

バルザックは生前このような言葉を一度も聞いたことがなかった。彼の作品のあの主人公（ラスティニャック）のように、やがて彼もペール・ラシェーズの墓地からパリを征服することになる。

編者あとがき

亡友の最後の作品の編者として、この本の成立ちについていささか説明の言葉をつけ加えたい。ツヴァイクの死後、彼の親戚や相続人から私の手に委ねられた原稿はまさに厖大な遺産を形づくっていた。私はまずそのなかから論文と講演を集めて「時代と世界」と題する一巻を、まだ戦争最中の一九四三年に公けにした。それから次に「バルザック」の資料に眼を通しはじめた。

この「大バルザック」、――ツヴァイクはこの企てを以前書いたもっと規模の小さな試論と区別するために家庭ではこう呼び習わしていたのだが、これは彼のつもりでは彼の主著、彼の magnum opus（最大作、傑作）となるはずだった。彼は十年この方この原稿と取り組んでいた。彼はこれにその作家的経験と人生知の全部を注ぎ込むつもりだった。彼にとってバルザックは、彼独特の資質に打ってつけの、まさしく彼のためにとっておかれた最大のテーマのように思われたのだ。ウィーンで文学生活を始めたとき以来、彼はバルザックの作品やバルザックの伝説とともに生きてきた。ここで恐らく人は、ウィーンがヨーロッパにおけるバルザックの名声の歴史のなかで、まったく特別な役割を演じているということを思い出すだろう。このフランスの小説家を世界の公衆の意識に決定的に植えつけたバルザック熱のあの二度目の大きな波は、実にウィーンから起ったのである。すでに生前にも、一八三五年ウィーンを訪れて初めて彼は、ヨーロッパの読者層に完全に認められていることを感じとり、それを心から楽しんだのであった。フーゴー・フォン・ホフマンスタールは世紀末におけるウィーンの青年作家グループの代弁者で、シュテファン・ツヴァイクもそのグループの一人だった。ホフマンスタールは「バルザック全集」への彼の序で、バルザックというテーマを種に、ドイツ語のものとしては最も素晴らしい解説を書いた。バルザックはこれらウィーンの若い作家たちにとって小説の巨匠というよりは、――小説という形式が彼らには少々疑わしいものに思われたのだが、――むしろずっと普遍的な、「さまざまな人物がうようよしている一つの世界、……一つの大きな、恐ろしく内容豊かな想像、シェイクスピアこの方最大かつ最も内容豊富な想像」の世界であった。バルザックは彼らにとって芸術的創造力の化身そのものを意味していた。いわば「文学の潜勢力」で、それはこれまで決して完全に利用しつくされたわけではなく、のちの人をいたずらに模倣や夢想へ誘ったものだった。ツヴァイクのバルザック観はかような解釈に根ざしている。そしてこの世紀末時代の青年らしい感激の幾分かは、六十歳のツヴァイクのこの作品のなかにもいきいきと残っている。

主としてフランス文学の紹介者として自分の力量をためしていた時代、ツヴァイクはたびたびバルザックというテーマに近づこうと試みた。彼はまず最初バルザック名文選に序文をつけて出版した（一九〇八年）。彼は雑誌に二、三の文章を載せ、それからあの大きなエッセイ「バルザック」を書いた。これは「ドストエーフスキー」や「ディケンズ」とともに「三人の巨匠」一巻（一九二〇年）を形づくり、順序からいうと「世界建築の巨匠」連作の発端となった。ツヴァイクはこれら一連のエッセイ集ならびに短篇シリーズ「鎖」と一緒に、例の伝記連作を入念に築いていったが、その伝記物の締めくくりとしてこの「大バルザック」が彼の一生の仕事を飾るはずだった。

この作品は大幅に構想され、そして彼は時折それが二巻物になるはずだと語った。しかしその言葉はバルザックの仕事と同じ道、『人間喜劇』と同じ道をたどった。すなわちついに達成されなかったのである。バルザックふうの落ち着きのなさが作品や記録からこの伝記作者にもいくらか伝わったらしい。ツヴァイクはある補足の章のための草稿で、――残念ながらこれは本書と一緒にして発表するにしてはあまりにも断片的だが、バルザックの死後、未亡人とその家族が奇妙なことに故人の浪費癖にとりつかれ、苦労して守ってきたウクライナの数百万の財産を勝手気ままに撒きちらしてしまった次第を述べている。のちの伝記作者ツヴァイクも自分の時間にはやはりケチケチしなかった。もともとシュテファン・ツヴァイクは物質的にも精神的にも決して欲の深い男ではなかった。とはいえ長い年月、仕事中の彼は実に健康的でつましい規律に努めて従っていたものだ。そうでなかったら、あの豊かな一生の仕事は築きあげられなかったろう。ところがバルザックというテーマの前では、それがすべてもろくも消え去った。次から次と新しい紙挟みがつくられた、――私は時々、彼が仕事をしているところを見たり、それに手を貸したりしたことがあった。いつも新しい眺望が生れてきた。すでに書かれたものもひっきりなしに書き改められた。ツヴァイクには文豪たちの「肉筆原稿」の見事な蒐集があり、バルザックの貴重な原稿も一巻もっていたが、それには夥しい棒組ゲラ刷が一緒に綴じこんであった。そしてやたらに掘り返したような、いつ果てるともないその校正は、あたりに神秘的な暗示を放っていた。それがこの伝記作家の原稿にも伝染した。原稿の中核をなす部分は、協力者として倦むことなしによくつとめた彼の夫人の手で何度も清書されねばならなかったが、そのまわりには書き込みの紙片が積み重なった。特別な綴込みやノートブックがいくつもできた。目録や表がつくられた。バルザックの版本や研究書は、横線や欄外の注やスリップや参照の指示でいっぱいだった。戦争の始まる少し前に移っていったバースのシュテファン・ツヴァイク家の小さな書斎は、いわばバルザック記念館、バルザック文庫、バルザック官房となった。

一九四〇年の夏アメリカへの旅に出たとき、――もはや二度とそこから帰らなくなるのだが、彼はそれらをすべてあとに残していかなければならなかった。彼はブラジルの夏の首都ペトロポリスの静かな避難先で自伝（「昨日の世界」）と「チェスの話」を完成した。そして死の直前、再びバルザックに打ち込もうと最後の準備にかかった。彼から手紙がきたので、私は彼の覚書の一部分の写しを送った。しかしそれはもう彼の手に届かなかった。開封されずに、受取人死亡という付箋づきで戻ってきた。そしてペトロポリスに残された書類の整理を委ねられた二人、――彼のブラジルにおける出版者と文筆家のヴィトコヴスキーが彼の机を調べたところ、持っていった一部原稿の綴じたものが一冊見つかったが、何も手がついていなかった。ツヴァイクはすでに疲れきっていて、ロンドンとバースにおいてきた制作材料と手稿がなければ、この作品は仕上げることができないと思い込んでいたのだ。最後のころ、暗い気持でこんな意見を述べたことさえあった、――バルザックのような巨人を完全につかまえるということは要するにできない相談で、まだ誰も成功したものはないのだと。

　制作材料を調べたとき、実際に残っているのは断片にすぎないのではあるまいかという疑問がまず浮んだ。しかしそうではなかった。本は出来上っていた、――すべての章が完成していたわけでもなく、必ずしも最後的な形でまとまっていたわけでもないが、大事な部分はすっかりできていた。私は自分が使った基本資料をここで精確に文献学的に列挙することはできない。それには特別に一つの論文が必要であろう。ただ本書のテキストについていささか述べると、底本を形づくったのはツヴァイクの手稿であるが、その包み紙にはすでに彼の手で To be sent to the publisher. と英語で書きとめてあった。これは恐らく第三稿だった。彼自身、夫人と一緒にこの原稿に眼を通したのだが、夫人の働きは決して浄書というような機械的な仕事だけに限られなかった。彼女の明快で適切な質問や欄外の注は、この作家の抒情に走りやすい想像にとって、しばしばありがたい引きとめ役を演じた。ツヴァイクは時々この魅惑的なテーマに誘われるがままに、彼のいわゆる「アリア」を歌ったからだ。ツヴァイク自身たびたび改めたり削ったりしているが、ときには私が決定しなければならない場合もあった。そんなとき、もの静かなロッテ夫人のことを思い出す機会が少なからずあった。彼女は人目にたたないように、――それが彼女の情熱だといってもいいほどの、持ち前の態度だったが、――彼と仕事と生活を分け合い、そして同じようにごく当り前に死の道づれにもなったのである（一九四二年）。私がこの作品の文体と調子にまったく手をふれなかったことは今更いうまでもない。時によると原稿の本文や引用文がところどころ抜けていたが、それは第三稿以前の原稿や故人がいつも用いていた参考資料でおぎなうことができた。最後の幾章かは粗筋だけの草案にすぎなかったので、私が書き直した。そのほかに私は、すでに述べた綴込みだのスリップだのノートブックだの大量の資料を利用し、ツヴァイクが引用している版本も参考にした。彼の手沢本はブートロン校訂のフランス語全集ならびにインゼル書店の『人間喜劇』の美しいドイツ語版だった。

これは彼のために一部特別に印刷されたもので、「本冊は発行部数とは別にシュテファン・ツヴァイクのために印刷された。」という記載がついていた。この版本は一九〇八年この方いつも彼の座右にあったものだ。バルザックについての仕事に関係のある彼の友人や教示者の手紙も、遺品の書簡のなかから取り出して参照した。この機会に亡友にかわり、彼の仕事を助成された方々のすべてに感謝をささげたい。

校訂の仕事は必ずしも簡単ではなかったが、当時の外的事情について一言つけ加えることを許して頂けるだろう。基本資料はここロンドンに一部分、バースに一部分というふうに、バラバラに分けて方々においてあった。二、三の材料はあちこちの銀行の金庫にあずけてあった。そしてツヴァイクは「奇妙な戦争」（戦況不活発だった一九三九年十月から一九四〇年五月頃までを指す）のまだ初めの頃に原稿を書きあげることができたが、私のほうは世界戦争の現実が眼の前に迫ってきた時期に校訂にとりかからなければならなかった。私はこの現実に直接影響されて、三度も転居しなければならなかった。爆撃で家をすっかり破壊されたからである。仕事の最中に私が見ていた彼の手稿は、二度までも文字どおり私の手からもぎとられ、部屋のなかに投げ出された。天井が崩れおちて、覚書を埋めてしまった。今でも書類のあいだにはそここに、いくらかガラスの破片やモルタルのほこりが残っている。あの悪評の高い「ベデカー攻撃」に一度見舞われた時には、バースのツヴァイクの家の静かな玄関にまでも破片が落ちてきた。彼の書斎の壁のすぐ前に落ちた爆弾は幸にして不発弾だった。私が時々調べものに行った大英博物館も爆撃を免れるわけにいかなかった。にも拘らずそこの North Library（北図書室）の気持のいい閲覧室が戦争中ずっと開かれていたことは驚嘆すべきことだった。だからこの仕事は英語の「控え目な言い方」を使って差支えなければ、必ずしも正常な状態のもとで行われたわけではないのだ。ひどい試練を受けたわれわれ旧大陸の人間にとってまったく特別なことでもなんでもないこれらのことに言及するのは、何も個人的な理由からではない。単に一つの記録として書きとめておきたいだけである。

シュテファン・ツヴァイクをその故郷から追い出し（一九三四年）、死に駆り立てた暗い権力は、しかしすべてに対してと同じように結局この作品に対しても勝ちはしなかった。本は出来上った。必ずしもシュテファン・ツヴァイクが意図したとおりのものではないが、しかし彼の一生の仕事の立派な締めくくりだと意を安んじて言うことができると思う。そして一人の善良なヨーロッパ人の、世界市民の、最後の本が今や再びどこからも妨げられずに旅路につくことができ、そして暗黒の長い年月、いつも彼に誠実を守ってきたあらゆる国々の彼の友達を訪れることができるのは、この上なく慰めを必要とするいまの時代に、一つの希望のしるしのように私には思われるのである。

一九四五年十二月、ロンドン

リヒャルト・フリーデンタール

訳者のことば

バルザックの名前が日本に伝えられてから今年〔一九五九年〕で七十年になる。明治二十年十二月の保安条例で東京を追われた咢堂尾崎行雄が、翌明治二十一年（一八八八）ロンドンからそれを伝えたのであった。当時咢堂は故国の「朝野新聞」にはるばる連載もの「米欧遊記」を送っていたが、その十月六日号に「仏国の小説」と題する一文を寄せ、ヴィクトル・ユゴー、エミール・ゾラとならべて初めてバルザックの名をあげたのであった。それ以来バルザックの作品は明治、大正、昭和を通じて大半邦訳されているから、ここに改めてバルザックを語る必要はない。

ツヴァイクについても同じことが言える。彼は一八八一年ウィーンに生れ、詩、翻訳、戯曲、小説、エッセイ、回想記というふうに多方面に活躍した。その精力的な仕事ぶりが大正末期のわが文壇に初めて紹介されてからすでに三十年、ツヴァイクの名は十分われわれの耳に熟している。ことにフーシェ、マリー・アントワネット、エラスムス、メリー・

ステュアート、マゼランなどの評伝は彼の本領が最もあざやかに発揮されたものとして、世界各地においてと同様わが国でも現にひろく読書子に迎えられている。ここに繰り返し彼の業績を説くまでもない。

さてこの本の編者リヒャルト・フリーデンタール（Richard Friedenthal）であるが、訳者はこの人については残念ながら何も知らない。わずかに知っていることといえば、一八九六年ミュンヒェンの学者の家に生れたこと、ナチス時代ツヴァイクと同じようにイギリスに亡命したこと、第二次大戦後、有名な文学雑誌「ノイエ・ルントシャウ」の編集にたずさわるようになったこと、小説家としても多少知られているらしいこと、——そんなものである。去年東京で開かれた国際ペンクラブ大会に、ドイツペンクラブの代表として来朝したことを覚えている人もあるだろう。ツヴァイクとの結びつきは学生時代からで、その絶対平和主義に共鳴して次第に近づくようになり、それからツヴァイクが死ぬまで二十年にわたって親しい交際を重ねた由である。フリーデンタールは自分でも小説を書くというから、この本の内容や作者の主張には深い理解が持てたろう。また親友の遺稿をまとめるにあたって、ジャーナリストとしての経験が大いに役立ったことであろう。とにかくこの本の編者として彼以上の適任者があろうとは思われない。

＊

バルザックの伝記はこれまでいくつもあったが、傑作と呼ぶべきものは不幸にして見当らない。一つには資料がまだそろっていないためである。別して晩年のウクライナ滞在の調べが十分届いていないからである。それよりもっと大きな理由は、バルザックの人と作品に立ち向って存分に料理できるほどの伝記作者はそうザラにいないからである。そこでフリーデンタールがツヴァイクの言葉として伝えているとおり、「バルザックのような巨人を完全につかまえるということは要するにできない相談で、まだ誰しも成功したものはないのだ。」ということになる。

　ところが今次大戦の末期から戦後にかけて、やや理想に近いものが二つ現われた。一つはここに訳出されたツヴァイクの「バルザック」であり、他はそれより二年前に出たアンドレ・ビイーの「バルザックの生涯」である。両方とも心して信用のおける資料にだけ頼り、みだりに自分の意見や想像を持ち出さないところが似ている。資料の選び方といえば、本書の文献表は実に立派で、今のところバルザックの必要にして十分な伝記参考書の見本ともいうべきものである〔本文庫では割愛〕。かようにどちらもたしかな材料を使って慎重に筆を運んでいるが、分量からいうと「バルザックの生涯」はこの「バルザック」の一倍半で、したがってアンドレ・ビイーはツヴァイクの言及しなかった期間、扱わなかったこまかな事柄にもふれている。詳しい上にも詳しい伝記を望む人はアンドレ・ビイーにつくべきであろう。

ツヴァイクの評伝の特色はおのずからまた別である。バルザックの感情生活を取り出して大きく扱い、彼の対女性関係を強く前面に押し出している。バルザックの母や愛人ギィドボーニ・ヴィスコンティ伯爵夫人や最後の年にその妻となったハンスカ夫人について、これほど明快な描写を試み、これほど立ち入った解釈を下した伝記はほかにない。またツヴァイクは「フーシェ」その他世界的に有名な評伝の場合と同じく、ここでもバルザックの生涯のさまざまな危機を巧みにとらえ、叙述のすべてをそれに向って集中し盛り上げていく。バルザックのあらゆる面に万遍なくふれようとするアンドレ・ビイーを平面的とすれば、ツヴァイクの書き方は立体的であり、絵画的、劇的な場面構成に独特の腕を見せている。読みやすく興味深い伝記文学としては断然ツヴァイクをとるべきであろう。

＊

この「バルザック」は本文ならびに割合多くの引用文から成っているが、翻訳についていえば、まず最初その本文のほうは訳者の古くからの友人である日本大学教授竹内精一君によって直接ドイツ語原書から訳出された。次に訳者は原書とフランス訳を使って竹内君の訳稿にまったく自由に筆を加えた。訳者がその際用いたテキストは

Stefan Zweig:*Balzac*.[8.-12. Aufl.] Stockholm, Bermann-Fischer, 1947.

および

Stefan Zweig: *Balzac, le roman de sa vie*. Traduit de L'allemand par Fernand Delmas. Paris, Albin Michel, [1950].

である。仏訳者のデルマスについては知るところがないが、この「ツヴァイク」に関するかぎり、ごくわずかな場合をのぞいて殆ど逐語訳ともいうべき忠実な翻訳で、その誠実な仕事に深く敬意を表したい。ついでに英訳も参考したかったが、原書と同時出版（ニューヨーク一九四六年）の英訳は脱文多く意訳にすぎていて、訳文対照にはまったく用をなさなかった。

次に原書ではバルザックの作品や手紙からの引用文は、他のたとえばゴーティエなどの文章とともに当然のことながらすべてドイツ語に訳されている。ここではそれからの重訳を避け、それぞれ然るべき原典によって直接フランス原文から訳した。その際バルザックの小説ですでに邦訳のあるものはすべてそれによった。拙訳をのぞき、それらの題名と訳者芳名を引用順にあげると次の通りである。

「ルイ・ランベール」　豊島与志雄、蛯原徳夫

「あら皮」　山内義雄、鈴木健郎
「フェラギュス」　樋口清
「カディニャン公妃の秘密」　朝倉季雄
「ランジェ公爵夫人」　岡部正孝
「金色の眼の娘」　木越豊彦
『人間喜劇』序　中島健蔵

訳者はここに右の方々の貴重な訳業に深い敬意をささげ、こころよく引用を許された御好意にあつく感謝の意を表する。

「編者あとがき」によっても知れるように、ツヴァイクは本書の終稿にも校正にも立ち会わなかった。原書テキストに多少事実のあやまりがまじっているとしても怪しむに足りない。訳者は気づくかぎり、――といっても数えるくらいわずかな個所なので一々ことわることをしなかったが、年代や固有名詞などの明らかなあやまりをただした。なお細字二行組の注はすべて訳注である。

巻末の年表は原書より大分詳しくなっている。本文読了後の印象をまとめるのにそのほうが一層便利で効果的だと考えたからである。挿絵はフランス訳も英訳も必ずしも原書そのままの例を追わず、いずれもまちまちである。よってこの訳本でもまったく自由な立場から選ぶことにした。挿絵の数が英、独、仏三国のどの版本よりも多いのは、ひとえに邦訳版発行者早川書房の熱意によるものである〔文庫版では年表・挿絵は割愛した〕。

この翻訳に病いを押して献身的に協力してくれた竹内精一君に、訳者はまず心からの謝意を表する。なおリュシアン・メーヤー神父をはじめ竹内君の質疑にその都度教示を惜しまれなかった彼の友人諸氏に、竹内君に代って深い感謝の意をささげる。それとともに訳者は、戦後まだ海外新刊書を手に入れることが困難だった一九四七年初頭、いちはやく本書英訳本を郵送されたペンシルヴェニア州立大学教授ローレンス・ルサージュ氏にあらためて謝意を表したい。ルサージュ教授の友情に報いるよすがともなろうかと考えたのが本書訳出の直接の動機であった。

最後に訳者は、長いあいだ辛抱づよく訳稿の完成を待ってくれた早川書房と、植字印刷の面倒な仕事を引受けてくれた日東紙工株式会社のそれぞれの当事者に心からの挨拶を送る。訳者はただもう諸氏の熱誠に打たれて、曲りなりにもこの仕事を終えたのであった。いまようやくにしてこの本が出来上ったというのも、ひとえにこれら当事者諸氏の理解と寛容と、練達の技術のお蔭であることを特記したい。

一九五九年三月

水野　亮

解説

宮下志朗

シュテファン・ツヴァイク（一八八一—一九四二）は、優れた伝記文学で知られるウィーン生まれのユダヤ系の小説家である。ベルリンやウィーンで学び、とりわけフランス文学に親しんでパリには何度も滞在し、若き日にはボードレールも訳している。ロマン・ロラン（一八六六—一九四四）との深い交わりからもわかるように反戦平和主義者であった（ロランの『クレランボー』を独訳、伝記も著している）。この平和主義者はコスモポリタンでもあって、各国各地を歴訪して講演等をこなすかたわら、資料収集や調査をおこなった。移動すること、遍歴を重ねることで創作意欲を高めていったという側面がある。しかしながら、本人の言葉を借りるならば、「世界遍歴はもはや自由意志のではなく、追われること」（自伝『昨日の世界』原田義人訳、みすず書房）へと変質していく。

一九三三年、ヒトラーが政権を掌握したとき、作家は再びザルツブルクに住んでいた。自宅からはヒトラーの山荘があるベルヒテスガーデンの山が望まれた。そして翌年の家宅捜索をきっかけに、作家は外国で暮らすことを決意、ロンドンに移住する。同年に『エラスムスの勝利と悲劇』を刊行。チューリッヒ、ジュネーヴ、バーゼルでの資料の読み込みを経て、一九三六年には『権力とたたかう良心』を刊行する。

一九三九年には秘書のロッテと再婚、イギリスの温泉地バースで、ライフワークであるバルザック伝に着手する。バースは作家にとって「平和」を体現するはずの場所であった。だが九月一日、ナチスドイツがポーランドに侵入して第二次大戦が勃発、ヨーロッパの平和な統合という夢は崩れる。自分はもはや「異邦人ではなく敵国人」だと考えた作家は、やがて北米を経て南米ブラジルのペトロポリス（リオデジャネイロの北方）にまで逃れて、人間として、作家としての再生を誓う。だがそれもむなしく、「私の力は」「放浪の幾年月のあいだに、尽きはてた」（『昨日の世界』）と服毒自殺してしまう。遺作は中篇「チェスの話」（同名短篇集あり、みすず書房）と評伝「モンテーニュ」（後述）であった。なお、《ツヴァイク全集》全二一巻（みすず書房）など邦訳は数多い。

以上、ごく簡単にツヴァイクの生涯を紹介した。「優れた伝記文学で知られる」と書いたように、『マリー・アントワネット』『ジョゼフ・フーシェ』といった代表作は現在も文庫で読める。とはいえ、盟友ロマン・ロランもそうだけれど、彼らはどちらかというと一昔前に盛名を誇った文学者という印象が否めず、残念ながら昨今はあまり話題に上らない。時代に対してある（強力な）個性を刻印したところの人間の生涯に興味を抱いて、それを擬似的に追体験することに歓びを得る読者は常にたくさん存在するから、伝記や評伝、そして自伝は、いつの時代にも愛好されるジャンルである。しかしながら、このジャンルの作品は陸続と再生産されるし、消長交替もはげしい。もっとも、ツヴァイクの場合には『マリー・アントワネット』という別格の存在があって、何種類もの邦訳が競合して読み継がれている。池田理代子『ベルサイユのばら』の原作本として有名だし、マリー・アントワネットが（悲劇の）ヒロインとして知名度が高いからにちがいない。

　わたしが最初にツヴァイクを読んだのは学生時代、二十歳のころである。ナチスドイツの台頭と重ね合わせるようにして書かれた二つの評伝『エラスムスの勝利と悲劇』と『権力とたたかう良心』を立て続けに読んだ。渡辺一夫の著書で存在を知って、早速図書館で借りたのである。ここでは、後者についてだけひとこと。「権力」とはカルヴァンを、「良心」とは、個人の良心・信仰の尊厳を不可侵の権利として擁護し、「寛容思想」の立場から平和を呼びかけたセバスチャン・カステリオンを指す。作中上「異端」として「権力」に処刑されるのが神学者ミシェル・セルヴェ（ミカエル・セルウェトゥス）である。「あらゆるカルヴァンに抵抗してひとりのカステリオンが起ち上がり、信念の自主性にたいする崇高な権利をあらゆる暴力からまもるであろう」という結句に感動すると同時に、いくらなんでもこれではカルヴァンが悪者すぎてかわいそうだとも思った。けれども、これはナチズムに対する「無力な文学者」の「抗議」なのだという訳者高杉一郎（シベリア抑留記『極光のかげに』の著者）の解説を読んで納得したことを覚えている。ちなみにセルヴェは二十世紀に入って名誉回復を果たし、ジュネーヴには銅像も建てられた。わたしは、ずっと後になってからセルヴェの銅像を詣でた。

遺作ともなった「モンテーニュ」の方は、ツヴァイク全集8『三人の巨匠』の巻末に収録されていたことを知らず、ずいぶん遅くなってから読んだ（なお、「三人の巨匠」とはバルザック、ディケンズ、ドストエフスキーのことで、一九二〇年に刊行された）。

ツヴァイクにとってのモンテーニュは、宗教戦争という混沌とした時代、ある種「集団狂気」の時代に「個人の自由」を掲げた人物で、この意味では、カステリオンと似た存在である。自分と「類似した運命」のただ中に置かれた人間ではとの直感から、モンテーニュの伝記を書いた彼は、脱稿後まもなく自死してしまう。したがって、「モンテーニュ」を読んだ人はだれもが、自由を守るためのモンテーニュ心構えを、ツヴァイクが自分の流儀で整理している個所を思い起こさずにはいられない。そこには「死から自由であること。生は他人の意志次第だが、死はわれわれ自身の意志次第なのであって、〈自発的な死は最も美しい〉」と書かれているのだ。これは『エセー』第二巻第三章「ケオス島の習慣」の一節をパラフレーズした文章にほかならない。ツヴァイクは、この一節を思い浮かべながら死んでいったのではないのかとまで思ってしまう。重い読後感である。

エラスムス、カルヴァン、カステリオン、そしてモンテーニュ。若き日のわたしのツヴァイク体験は、彼が生きた同時代の狂信への悲憤慷慨と絶望とを、ルネサンス時代という舞台装置を得て、色濃く投影させて書き綴った評伝に局限されていた。

しかしながら、今回ここに文庫化された『バルザック』という評伝は、それらとは異なる。ツヴァイクが、バルザックという存在のうちに芸術創造の究極の姿を見いだして、ライフワークとして構想していた作品だ。作家の到達点となるはずであったが、『人間喜劇』と同様に、完成にいたらず、友人の編纂により出版された（詳細は「編者あとがき」を参照）。系列としては、『マリー・アントワネット』や『ジョゼフ・フーシェ』に連なる作品といえる。

ツヴァイクとバルザックとの付き合いは長きにわたる。一九〇七年には、一五巻本の独訳バルザック全集に序文を書いているし、その後『バルザック――その世界像』という評論も刊行している（邦訳に関しては不明）。わたしは、先ほど触れた『三人の巨匠』のバルザック論を、「モンテーニュ」と共に読んだことがあったが、正直いって、かなり観念的な記述が目立つような気がした。しかし、本書はまったく面目を一新している。小説のみならず書簡集もじっくりと読みこんで書き込まれていて、巻を措くあたわず、全二六章を一気に読み通せる。その筆法の一端を紹介しよう。第一章「少年期の悲劇」では、「真実と大法螺」をまくしたてる「素晴らしい語り手」だという陽気な父親の才能が息子に伝えられたのだとして、『風流滑稽譚』のいくつかも直接に語られたのではないのかと言い添える。ツヴァイクの描き方の特徴は、このようなプラスアルファにあり、もちろんそれがどの程度当たっているのか、わたしには判断のしようもないが、思わず相づちを打ちたくなる。そういえば仏訳版のタイトルは『バルザック——その生涯の小説（*Balzac, le roman de sa vie*）』、「小説」として読んでもかまわない。次に若くて美しい母親だが、作家の筆致は、息子を「望ましからぬ子」としてすぐ乳母に預け、やがて早々とヴァンドームの寄宿学校に追い払うとは、「これほど冷淡で愛情のない態度」は考えられないと、大変に手厳しい。そしてここでも、「鬼のような女でもあり怪物のような女でもあるのです」という、バルザック後年のハンスカ夫人宛書簡が付加される。それにしても、なぜ長男をさっさと放逐したのか、ツヴァイクも不思議に思っているわけだが、その謎はアンリ・トロワイヤ『バルザック伝』（一九九五年、邦訳は尾河直哉訳、白水社、一九九九年）で氷解する。『女帝エカテリーナ』などを著したフランス有数の評伝作家によれば、母親の不義の子の出産が近づいて、オノレは近くにいないほうが賢明だと寄宿学校に入れたのだという。両書のあいだには半世紀という歳月が流れているから、資料面でかなりの差があるのかもしれない。

ツヴァイクとアンリ・トロワイヤ（一九一一—二〇〇七）、われわれは二人の小説家によるバルザック伝を日本語で読める。両者を対比して読めば、ますますバルザックへの関心が深まるはずだ。もうひとつの例を挙げておく。バルザックといえば、ウクライナに住むハンスカ夫人との遠距離恋愛が有名で、膨大な数の書簡が残されている（ただし、夫人からの書簡はわずかしか残っていないのだが）。この「異国の女」が最初に作家に送った手紙は現存せず、それゆえに推測の余地は広い。そこでツヴァイクは、夫人の姪や娘の家庭教師たちも加わってふざけ半分に合作した手紙というのが真相ではと推理してみせる（第十一章「未知の女」）。もちろん証拠はないものの、こうした情景を想像してみるのは愉快きわまりない。トロワイヤはそうした揣摩憶測を下すことはなく、じっと背後に身をひそめている。

ハンスカ夫人に関しては、ツヴァイクはとても辛辣で、ストレートな物言いをする。作家は「彼女の農夫、農奴」とまで下手に出る必要はなかったとして、こう述べている。

「最も天才的な人間の一人が（中略）消え入るばかりに卑下し、三文の値打もないほど身を落としていたのを見ると、ムシャクシャし、不快になる。（中略）バルザックの偉大さを本当に認めた女性ならば、こんな従属関係を苦痛とし不当として拒否した（中略）に相違ない」。天才からミューズとして崇められることが、彼女のプライドを満足させたにすぎないというのである。ついでに、もう一個所。

「この恋愛事件の全過程を通じてハンスカ夫人がバルザックという人間よりも彼の手紙のほうにはるかに関心があったのではないか（中略）。彼女は至上権で手紙という貢ぎ物を彼に要求したが（中略）、彼女自身は（中略）かなり不規則に、またまれにしか答えなかった」。

夫が死去し、娘も結婚して、立ちはだかる障害が取り除かれてからも、バルザックとの結婚は容易には実現せず、最終的には作家の死の年にまで遅延されるわけだが、これについても「娘とバルザックのいずれを取るか」決める際に、「いつも娘のほうを選んだ」と、作家の筆致は厳しい。死期も迫り、「もはや危険はない」「もうやたらに金を使うことはできない」と判断して、この「善良で親愛な友」を夫にしてやったというのだ。

夫人がバルザックの臨終に立ち会わなかったというのも、ディープなバルザック愛好家には周知の挿話なのだが、ツヴァイクはすかさず、「旦那さまは死にかけていらっしゃいます。奥さまはお部屋にお引取りになりました」という女中の言葉を、見舞いに訪れたヴィクトル・ユゴーの回想録から引いてくる。片やトロワイヤも、当然ながらユゴーを引用するものの、「疲れ切ったエーヴは（中略）休息を取っていた（中略）まどろんでいた彼女がバルザックの臨終に立ち会わなかったことだけは間違いない」と、かなりニュアンスが異なるというか、予定調和的な感じがある。真実はいずこに。ともあれ、こうした細部も含めて、なんとも興味津々の評伝が成立している。

ここは、是非ともバルザック研究者による伝記・評伝を読んでみたい。たとえば、『ハンスカ夫人への書簡集』を編んだロジェ・ピエロによる伝記（一九九四年）はどうだろうか。バルザックの一読者として翻訳を要望しておきたい。

さて、時間を戻そう。二十歳になったバルザックが文筆で身を立てるべくパリの屋根裏部屋で苦闘するというエピソードも、かなり感情移入して書かれている。その後、このときのつらい経験が『あら皮』や『ファチーノ・カーネ』に浸透し、書き込まれていくのだが、その描写というか心象風景を意図的にかなり長く引用してくれるのがうれしい。この手法によって、読み手はその都度、『人間喜劇』の世界に強く引き込まれていくのだ。わたしの場合も、ツヴァイクには少し失礼して、『あら皮』を楽しみ、拙訳の「ファチーノ・カーネ」を読みふけった。ツヴァイクの伝記の効用は、こうしたところにも存する。

わたしが本書でもっとも感動したのは、第八章「書斎のうちとそと」に詳細に描かれたバルザックの一日、「苦行者」にして「近代文学の最も素晴らしい労働者」であった作家の一日にほかならない。それは「一六、七時間の重労働でブチのめされ」、暗い部屋で熟睡している午後八時から始まる。夜中の起床、執筆時の礼服である僧服への着替え、メモ用の小さなノート以外には「参考書も覚書も調査資料も」なしに、「疾風迅雷の勢いで」紙の上を走るペン、コーヒーわかしに火をつけての小休止。紙とペンのほかに「コーヒーわかし」が「仕事道具」だとして、バルザックがどのようにコーヒーを入手しブレンドしていたかが語られる個所も必読だ。

かくして「原稿のジャングル」をくぐり抜けると、やがて朝八時の朝食、続いての入浴。でも、これで仕事が終わったわけではない。午前中、あちこちから校正刷りが殺到する。

余白がたっぷりある「ダブル・フォリオ判」の中央には本文がちんまりと組まれている。これを徹底的に書き直す。ここからが本格的な創作行為ともいえる疾風怒濤の校正作業、糊や鋏はもちろんのこと、通常の校正記号では足りずに、「魔術的記号」つきの加筆がなされていく。かくして、「混沌のかぎりをつくした」「百倍も分りにくく読みづらくなった」校正刷りが印刷所に戻される。多いときには、こうした校正が一五、六回繰り返されたというから、信じがたい。手間と費用がかかるので、作家は自腹を切った。そのために、印税・原稿料の「半額、ときには全額」をふいにしたともいう。そこらの作家には及びもつかないほどの「精力と犠牲と狂熱」を作品の完成に捧げたのであった。

　こうして軽い昼食をはさんで夕方まで、「文学の台所仕事」と呼ぶ校正の大作業や、メモや手紙の作成が続く。そして「疲れきって」、夜八時に寝床に入ると「猛烈に眠りこける」バルザック。「プロメテウス的意志」による創作の日々の確立とともに、「精神的、芸術的、人相学的」に芸術家バルザックが完成して、その後、最晩年まで変わることはないとツヴァイクは述べて、「カディニャン公妃の秘密」（一八三九年）に差しはさまれた自画像を紹介してくれる。このあたりの筆致はさすがである。

　ところで社交人士バルザックは？　もちろん、社交だってしたのだ。でも、それはごく短時間のこと、「囚人」が「牢獄の中庭で」、しばし「新鮮な空気を吸う」ごときものにすぎなかった。したがって、そのときのバルザックの姿にしか接しない「のらくら者」の文士連中に、バルザックの偉大さや、作家が自分に課していた厳しさを想像できたはずもないと、ツヴァイクは断言する。

原稿や校正刷りと一心不乱に格闘するバルザックの姿を崇高なものとして描き出したツヴァイク。ここで思い出すことがある。それは彼が無類の原稿コレクターであった事実だ。レオナルド・ダ・ヴィンチ、モーツァルト、ベートーヴェンから、ゲーテ、ニーチェ、『ジャン・クリストフ』に至るまで、まさに壮観だ。もちろんバルザックも所持していて、自伝でこう書いている。

「バルザックの校正刷の紙片は、ほとんどの文章もめちゃめちゃにされ、どの行も掘り返され、欄外の余白は走り書きやしるしや言葉で真っ黒に侵蝕されているが、人間火山の爆発ともいうべきものを私にまざまざと見せてくれる」（『昨日の世界』）。

ツヴァイクは、芸術家の創造を理解するには完成状態だけではなく生成過程を見ることが必要だというゲーテの言葉を信奉していた。したがって、バルザックの校正刷りの混沌に驚嘆し、芸術家のデモーニッシュな創造行為に強く惹かれた。「人間火山の爆発」にかぎりなく魅了されて、この絶対小説家の一日をかくも詳細に描いたに相違ない。

今回、調べてみたところ、ツヴァイクが一時『暗黒事件』の七〇〇枚近い校正刷りを所有していたこと（現在は大英図書館所蔵）が判明して、なるほどと合点がいった。ツヴァイクは、『暗黒事件』の陰で糸引く人物を表舞台に引っぱり出して『ジョゼフ・フーシェ』

という伝記を書いたではないか。さぞかし、この校正刷りをためつすがめつしたことであろう。昨今はバルザック研究の分野でも、草稿や校正刷りを活用した「生成論的研究」が盛んだと仄聞する。ツヴァイクが耽読したであろう校正刷りを用いた研究成果も出ているのかもしれない。

天才の創造の長い一日。バルザックはハンスカ夫人など、女性と各国に旅行に出かけたりするときも、この勤勉かつ規律正しい一日のリズムを変えることはない。不遜きわまりないが、思わずわが身を引き比べてみて、忸怩たる思いをいだく。バルザックのごとくに禁欲を課して、なにかを成し遂げようとした日々、それもなくはなかったが、きわめて稀な、きわめて短期間のことにすぎなかったと。バルザックはこうした日々を二〇年近く継続させて『人間喜劇』を残した。こうした舞台裏を知れば、『人間喜劇』にチャレンジする——わたしの場合には完読をめざすということ——意欲がふたたび湧いてくる。

不撓不屈の彼にも、ついに疲れに負ける時期がやってきた。一八四五年のハンスカ夫人とのヨーロッパ漫遊がそれで、「女性と自由」だけを求めたバルザックは『人間喜劇』のことを忘失してしまう。僧服に着替える日々は失われた。ツヴァイクの表現によるならば、「小説の原稿」の代わりに、自分の「人生小説」をハッピーエンドにする欲望が勝ちを収めたのだ。蒐集家としての日々が、爆発的な創作エネルギーを殺してしまい、「精神集中の法則」がこわれる。ハンスカ夫人が主題を提供したせいだろうか、中篇「モデスト・ミニョン」に関しても作家は辛口で、「模倣者の作品」のごとき代物だと仮借ない。ところでツヴァイクは書いていないけれど、実は、「モデスト・ミニョン」が載った『デバ紙』の次の連載作品こそ『モンテ・クリスト伯』なのだった。このあたりの文学状況も頭に入れながら、本書を読み進めたい。

それでも、いや、それこそというべきか、作家は最後の土壇場で奇跡的な反撃をしてみせる。『従妹ベット』『従兄ポンス』という「最後の傑作」を「一〇週間そこそこで生み出した」というのだ。やはりバルザックは怪物というしかない。その生涯を鮮やかに、ドラマチックに描き出したツヴァイクに感謝する。

最後に、訳者の水野《みずの》亮《あきら》（一九〇二―七九）について。『風流滑稽譚』の訳者小西茂也と並び、（往年の）バルザック・ファンには忘れがたい名前だ。短篇から、『ゴリオ爺さん』『従妹ベット』『従兄ポンス』『農民』等の長篇に至るまで、バルザックの作品をもっとも数多く翻訳した人だと思う。思い出すことがある。わたしは大学の教養課程のフランス語で、二人のバルザシアンによる講読の授業を受けた——テキストは「グランド・ブルテーシュ綺譚」と「知られざる傑作」。バルザックを読むといわれても、初級文法を習っただけ、不勉強な学生にはハードルが高すぎる。頼みの綱は、やはり訳本である。後者は本屋ですぐに見つかった。岩波文庫の短篇集『知られざる傑作』（水野亮訳、昭和四二年、第三六刷）である。いま、これを見ると笑ってしまう。訳本にも「五月十七日」などと書いてある。要するに、授業でどこまで読んだのかを訳本にも逐一記入していたのだ。不真面目でもあるし、几帳面でもあった。「グランド・ブルテーシュ綺譚」の訳本探しには苦労したものの、わたしは古本屋巡りは得意だったから、ちゃんと見つけた。これまた岩波文庫の『海邊の悲劇』（水野亮訳、昭和二六年、第一五刷）で、「グランド・ブルテーシュ綺譚」が収められている。翻訳を読んで、この悲劇的な短篇が好きになったわたしは、ついには自分でも翻訳を出してしまった（『グランド・ブルテーシュ奇譚』光文社古典新訳文庫、二〇〇九年）。わたしにとって、水野亮の翻訳とは、バルザック世界への大いなる指南役だった。今回、その水野亮が訳したツヴァイク『バルザック』の解説を担当できて、感慨もひとしおである。

（みやした・しろう　フランス文学者）

バルザック略年譜

〔↓＊〕は本書の該当個所を示す

一七九九年
五月二十日、父ベルナール・フランソワ（五二歳）と母アンヌ・シャルロット・ロール（二〇歳）の次男としてフランス中部トゥールで生まれる。父はトゥールの師団糧秣部づき官吏。翌年、妹ロール、一八〇二年、妹ローランス誕生。〔↓＊第一章〕

一八〇七年（八歳）
六月、ヴァンドーム学院の寮生となる（寮規により以後六年間一度も実家に帰らず）。十二月、弟アンリ誕生。

一八一三年（一四歳）
四月、濫読のため心身ともに衰え、親元に帰され、一年あまり休養（翌年六月より復学）。翌年末、父の異動に伴い、一家でパリに転居。

一八一六年（一七歳）
高校課程を修了後、代訴人の事務所に見習いとして入る。パリ大学法学部に登録し、文学部の講義にも出る。

一八一九年（二〇歳）
公証人という両親の希望を拒否し、作家になることを宣言。単身パリのレディギエール街の屋根裏部屋に下宿し、文学修行を始める。悲劇「クロムウェル」に取り組む。〔→＊第二章〕

一八二〇年（二一歳）
「クロムウェル」を家族・知己数人の前で朗読するが、不評。

一八二一年（二二歳）
経済的独立を図るためルポワトゥヴァンその他と匿名で通俗長篇小説の合作を始める。〔→＊第三章〕

一八二二年（二三歳）
小説の合作つづく。ベルニー夫人（四五歳）との愛人関係が始まる。以後、三六年の死まで夫人は「ディレクタ（選ばれた女）」であった。〔→＊第四章〕

一八二五年（二六歳）
近親者およびベルニー夫人の資金援助を受け、出版業を始める（単冊縮刷版モリエール全集、ラ・フォンテーヌ全集を企画して失敗）。その後、印刷業、活字鋳造業へと事業を広げるが、いずれも失敗し精算。〔→＊第五章〕

一八二七年（二八歳）
妹ロールの友人ズュルマ・カロー夫人と知り合う（生涯友人関係がつづく）。〔→＊第七章〕

一八二九年（三〇歳）

三月、『最後のふくろう党員』（後の『ふくろう党』）を初めて実名で出版。十二月、『結婚の整理』を匿名刊行し、予期せぬ成功を収める。〔→＊第六、七章〕

一八三一年（三二歳）

前年より始まった雑誌新聞への多量の寄稿がつづく。八月、『あら皮』を刊行し、この長篇によって文壇の地位が定まり、国外ではゲーテが賞讃。濫費癖が始まる。〔→＊第八章〕

一八三二年（三三歳）

前年に匿名の手紙をくれたカストリー侯爵夫人と関係を結ぼうとしたが、拒否され破局。「異国の女」ウクライナの貴族ハンスキ伯爵の妻ハンスカ夫人より来信があり、文通が始まる。翌年九月、夫と旅行中のハンスカ夫人と初めて対面する。その後、愛人関係となる。
〔→＊第九、十一～十三章〕

一八三四年（三五歳）

自身の作品を「風俗研究」「哲学的研究」「分析的研究」の三部構成で体系化することを考え始める。『ゴリオ爺さん』で初めて「人物再登場法」の手法を用いた（刊行は翌年）。『クロニック・ド・パリ』紙を買収し経営者となるも翌年破綻。

一八三六年（三七歳）

一月から六月、『谷間の百合』がロシアの雑誌に掲載された件をめぐってフランソワ・ビュロを相手にした訴訟で、ほぼ全面勝訴。六月、『谷間の百合』刊行。七月、イタリア旅行。その間にベルニー夫人死去。〔→＊第十四～十六章〕

一八三九年（四〇歳）
八月、文芸家協会の会長に選出され、著作権の確立のために尽力。
一八四〇年（四一歳）
一月、自身の著作全体を示す総題「人間喜劇」を初めて提示。七月、個人編集の月刊誌『ルヴュ・パリジェンヌ』を創刊（三号で廃刊）。同誌でスタンダール『パルムの僧院』を絶讃。〔↓＊第十八章〕
一八四一年（四二歳）
フュルヌ、デュポッシュなど四社と「人間喜劇」の出版契約を結ぶ。
一八四二年（四三歳）
一月、ハンスカ夫人より来信、ハンスキ氏の死（前年十一月）を知る〔↓＊第十九章〕。四月、「人間喜劇」刊行開始。〔↓＊第二十章〕
一八四三年（四四歳）
七月、サンクト・ペテルブルクで八年ぶりにハンスカ夫人と再会、結婚を申し込む。〔↓＊第二十一章〕
一八四六年（四五歳）
この頃、骨董品を買い漁る〔↓＊第二十二章〕。六月、『従兄ポンス』完成後、『従妹ベット』に取りかかり八月に脱稿（ともに翌年刊行）。最後の傑作。〔↓＊第二十三章〕
一八四七年（四八歳）

九月から翌年一月までウクライナのハンスカ夫人邸に滞在。〔↓＊第二十四章〕

一八四八年（四九歳）

二月、二月革命勃発。四月、憲法制定議会代議士に立候補し落選。九月、ウクライナに向かう。五〇年四月までハンスカ夫人邸に滞在。この間、四九年に二回のアカデミー・フランセーズ会員補欠選挙に落選。

一八五〇年（五一歳）

三月十四日、ウクライナのベルディチェフでハンスカ夫人と結婚。五月、パリ着。健康状態が悪化。八月十八日、午後十一時三十分死去。二十一日ペール・ラシェーズの墓地に葬られる。墓前でヴィクトル・ユゴーが追悼の辞を述べる。〔↓＊第二十五、二十六章〕

作成にあたり巻末の「バルザックの生涯と作品」をもとに、大矢タカヤス氏（『バルザックがおもしろい』藤原書店）、博多かおる氏（集英社文庫ヘリテージシリーズ）作成の年譜および、光文社古典新訳文庫所載の年譜を参照した。

（編集部）

編集付記

一、本書は『バルザック』（早川書房、一九五九年刊）の改装版（一九八〇年四月刊）を底本とし、二分冊にして文庫化したものである。

一、文庫化にあたり、明らかな誤植と考えられる箇所は訂正し、人名、地名などの固有名詞は現在の一般的な表記に、一部の漢字を常用漢字に改めた。巻末の年表「バルザックの生涯と作品」は新規の略年譜と差し替えた。

一、本文中、今日の人権意識に照らして不適切な語句や表現が見られるが、訳者が故人であること、刊行当時の時代背景と作品の文化的価値を考慮して、底本のままとした。

本書はシュテファン・ツヴァイク／水野亮訳『バルザック』の
第十二章から第二十六章を収録したものです。

中公文庫

バルザック（下《げ》）

2023年11月25日　初版発行

著　者　シュテファン・ツヴァイク

訳　者　水《みず》野《の》　亮《あきら》

発行者　安部 順一

発行所　中央公論新社

〒100-8152　東京都千代田区大手町1-7-1

電話　販売 03-5299-1730　編集 03-5299-1890

URL https://www.chuko.co.jp/

ＤＴＰ　ハンズ・ミケ

印　刷　三晃印刷

製　本　小泉製本

Published by CHUOKORON-SHINSHA, INC.
Printed in Japan　ISBN978-4-12-207446-0 C1197

た-28-21
ゆめはるか吉屋信子 秋灯机の上の幾山河（上） 田辺聖子
大正、昭和と絶大な人気をほこった小説家・吉屋信子。少女時代から敬愛してやまない著者がその真の姿を描き尽くす本格評伝。上巻は『花物語』執筆と青春時代。
207378-4

た-28-22
ゆめはるか吉屋信子 秋灯机の上の幾山河（中） 田辺聖子
大正九年、長篇小説が認められた信子は流行作家の道を歩み始める。林芙美子や宇野千代、パートナー門馬千代らとの交流を描く本格評伝にして近代女性文壇史。
207395-1

た-28-23
ゆめはるか吉屋信子 秋灯机の上の幾山河（下） 田辺聖子
少女小説から出発した信子は歴史小説へ辿り着く。晩年ますます佳作を送り出し筆を擱くことのなかった作家の本格評伝、全三巻完結。〈解説〉上野千鶴子
207404-0

い-35-24
完本 小林一茶 井上ひさし
何重にも施された仕掛けによって、おかしく哀しく敬虔に俳人一茶の半生を描き出す、読売文学賞受賞の傑作戯曲。エッセイ、対談、「一茶百句」などを増補。
206847-6

い-126-1
俳人風狂列伝 石川桂郎
種田山頭火、尾崎放哉、高橋鏡太郎、西東三鬼……。破滅型、漂泊型の十一名の俳人たちの強烈な個性と凄まじい生きざまと文学を描く。読売文学賞受賞作。
206478-2

た-15-9
新版 犬が星見た ロシア旅行 武田百合子
夫・武田泰淳とその友人、竹内好との旅を、天真爛漫な目で綴った旅行記。読売文学賞受賞作。竹内好の随筆「交友四十年」を収録した新版。〈解説〉阿部公彦
206651-9

ほ-16-6
正弦曲線 堀江敏幸
サイン、コサイン、タンジェント。この秘密の呪文で始動する、規則正しい波形のように――暮らしはめぐる。思いもめぐる。第61回読売文学賞受賞作。
205865-1

か-56-15
パリのパサージュ 過ぎ去った夢の痕跡 鹿島茂
パサージュは、パリの通りと通りを繋ぐガラス天井のアーケード街。十九世紀の賑わいを今に伝えるパサージュで辿る新しいパリガイド。〈写真〉鹿島直
207065-3